洗脳されかけていた
Sennou sarekaketeita akuyakureijyo desuga
iede wo ketsui shimashita.
悪役令嬢ですが
家出を決意しました。
谷六花
ill 麻先みち
novel

アレクシス・マッカンブルグ
セリア王国の王太子
「目撃者がいるんだよ。しかも、複数人いる」
「私も、聞きましたぁ！マリアンナ様がぁ、会場の近くで呪文を唱えてたってぇ！」
エレナ・リントン
リントン男爵の養女。もうひとりの王太子妃候補

「私がエレナ様を故意に傷つけたと決めつけるのは、いささか早計では？」
マリアンナ・ロッテンクロー
ロッテンクロー伯爵の一人娘。王太子の筆頭婚約者候補

「マリーがいてくれるだけで、
僕は幸せだよ」

洗脳されかけていた悪役令嬢ですが
Sennou sarekaketeita akuyakureijyo desuga iede wo ketui shimashita.
家出を決意しました。
谷六花
画 麻先みち
novel スピラ

Contents

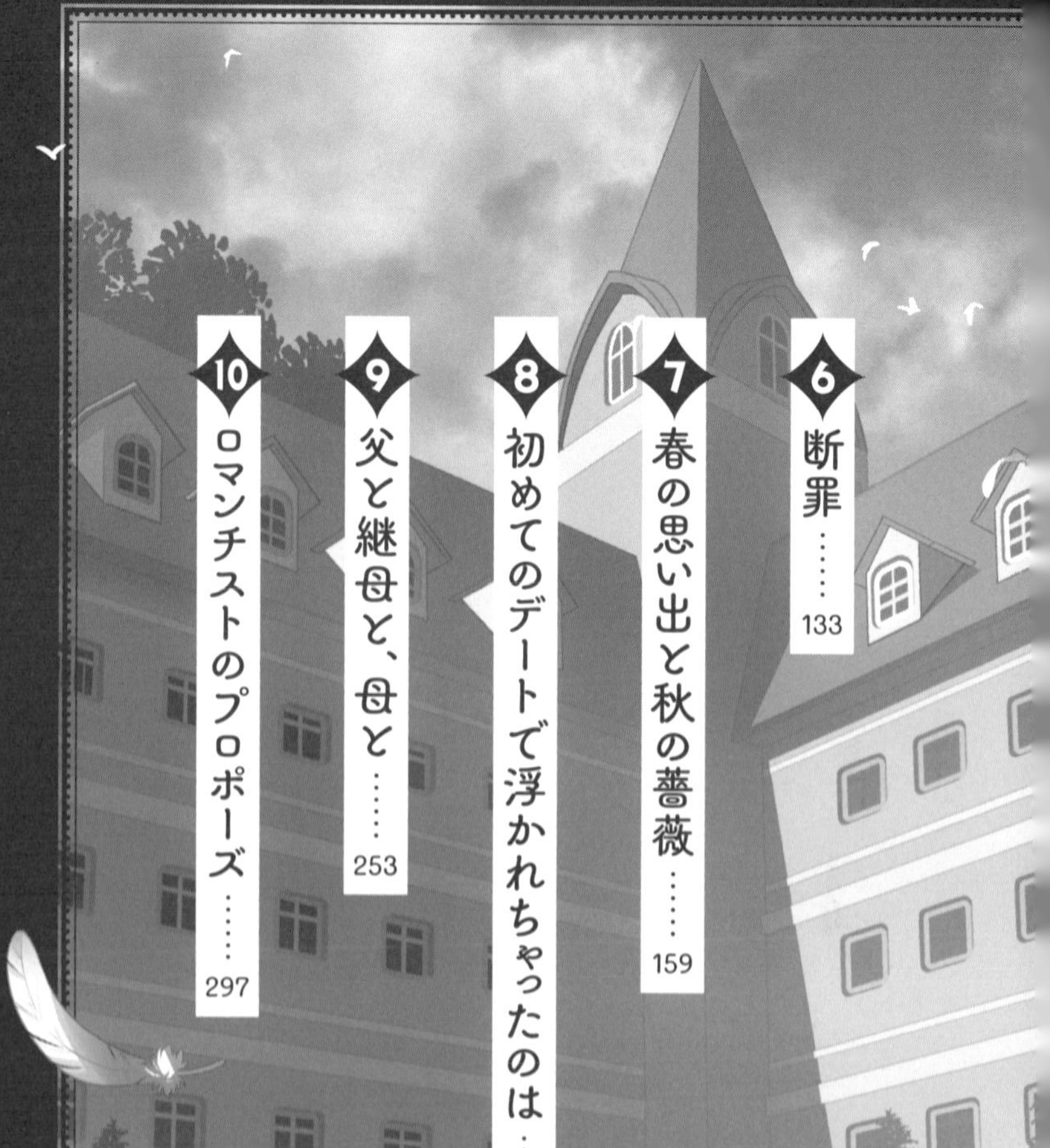

1 よし、家を出よう

「マリアンナ、すまない。僕は、君の婚約者にはなれない」

嗚呼《ああ》、この時が、とうとう訪れてしまった。

未来永劫《みらいえいごう》、あの人の隣にいるのは、私でなければいけないのに。

今、あの人の隣にいるのは、あの娘。やはり、消えていただかなくてはいけなかった。

お父様の、言った通りだわ。

——憎らしくて、妬《ねた》ましくて、身が焦げそうに熱い。

——お父様の言うことを聞いていれば、この燃えるような感情から、解放される……。


「——ってあっつ！！！」

手に持っていた魔石が急激に熱を持ち、熱くなって咄嗟《とっさ》に放り投げた。

「マリアンナ様！」

髪をシニヨンにまとめたメイド姿の若い女性が、自分に駆け寄り、布を水で濡らし手に当ててくれる。

「あ、ありがとう、メアリ……」

無意識に呟《つぶや》いた自分の言葉で、その女性がメアリという自分付きのメイドである、ということを思い出す。

そのメアリが呼びかけた「マリアンナ様」というのは……私の名前だ。

「あまり赤くはなっていないようですが、薬をお持ちしますか？」

心配そうに私の手を見ながら聞いてくれたメアリに、反射的に首を振る。

今は、それどころではない。

横を見ると、緻密な彫刻に縁取られた大きな姿見。花や蔦《つた》が彫られている中、随所で天使様が微笑んでいらっしゃる。

その姿見の中心で、こちらを見つめ返しているのは、窓から降り注ぐ光をきらきらと反射する見事な銀髪と、それと同様に輝く豊かなまつ毛に守られた、真っ赤なルビーのような瞳を持つうら若い少女。瞬きをすると、鏡の中の少女も、少しつり上がった大きな瞳をぱちくりと瞬かせる。

これは……私だ。

マリアンナ・ロッテンクロー。それが私。

でも、もう一つの人生の記憶がある。名前は……あと少しで思い出せそうなのに、まるで文字が霞んでいるかのように、はっきりとは思い出せない。

「今日は少し、力を使いすぎたみたい。少し休むから、下がっていいわ」

メアリが心配そうにこちらを気にしながらも、静かに退室した。

それを視界の端で見送ってから、ぽすん、と三人掛けのソファに座る。

一人になった。そろそろ、例の台詞を言ってもいいだろうか。

「私……もしかして転生してる⁉」

確かに、自分ではない、もう一人の記憶がある。しかし思い出しただけで、この世界で十六年間生きてきたマリアンナとしての自我が消えたわけではない。私は、マリアンナ。それは、揺るぎない。価値観や考えは前の世界の影響を大いに受けそうだが、ただ異なる人生の記憶が流れ込んできただけだ。好みや性格は、マリアンナのまま。転生した、というより、前世を思い出した、という方が感覚は近いかもしれない。

「死んだ覚えはないんだけどな……」

最後に覚えているのは、四年制大学を卒業し、地元の不動産会社への就職が決まって、とうとう明日が初出社、と緊張と布団に包まれて眠ったところまでだ。緊張しすぎて心臓に負荷がかかって死んでしまったのか？　蚤《のみ》の心臓すぎやしないか？

いや、死因はおそらく別で、死ぬ瞬間なんて覚えていたらきっとトラウマになるから、本能的に記憶に蓋をして封じ込めているのかもしれない。そういうことにしておこう。

それより、今の生だ。

幸い、食うに困ることなく暮らせている。伯爵位を賜《たまわ》る貴族に生まれた。むしろ贅沢な層にいると言える。

ロッテンクロー伯爵家自体は、このセリア王国を動かす中枢のお歴々に食い込むこともなく、任された領地を目立つことなく細々と、されど堅実に経営していた。

そんな伯爵家に突然生まれたのは、歴史的に見ても稀《まれ》なほど強い魔力を持った、私マリアンナ、である。

そう、この世界には魔法が存在し、使い道によって生活魔法、攻撃魔法、防御魔法、治癒魔法に分類される。また、魔力は火、水、風の三つの属性によって分けられ、使う者にも魔力の属性が備わる。

そして、有する魔力が強ければ強いほど、その人の持つ瞳の色は濃くなる。

私は火属性の魔力を持って生まれた。火属性は赤い瞳が特徴であり、私は今代一、真っ赤な瞳をもって生を受けた。そして、火属性と相性がいいのが、攻撃魔法。私は、火の攻撃魔法に極端に特化していて、それ故、人々から遠巻きにされてきたのだ。

そして、またもう一人、近年稀にみる、群青に近い濃い青の瞳と強い魔力を持った王太子、アレクシス・マッカンブルグ。彼の魔力は水属性で、水属性は防御魔法と相性が良い。とは言っても、アレクシス殿下は防御魔法以外も器用に扱う。私は攻撃魔法に極振りなのに。ちなみに、同じ時代に二人もここまで強い力が発現しているのは、有史以来初めてらしい。

ちなみに、風属性は、治癒魔法と相性が良く、紫の瞳が特徴である。

王族の婚姻相手には、例外もあるが、なるべく強い魔力を持った者が選ばれるのが通例となっている。そのため、アレクシス殿下の筆頭婚約者候補は、当然のことながら一番強い魔力を持つ私、マリアンナだった。

筆頭婚約者候補、となってはいるが、貴族も平民も、国民の大多数はそのまま私が王妃となるだろう、と予想していた。

もちろん、私もずっとそう思っていた。幼い頃にアレクシス殿下と引き合わされてから、仲良く過ごしてきたつもりだ。

少なくとも私は、まだ王妃の重責を理解していない頃からアレクシス殿下に、恋心を抱いていた。

◇◆◇

「ねえお母様、どこもおかしくないかしら？　このドレス、やっぱりちょっと派手だったかもしれないわ」

マリアンナは八歳になったばかりで、その日、セリア王国の王子であるアレクシスとのお茶会に招待されていた。王城に向かう馬車の中で、マリアンナはそわそわしながら、レースをふんだんにあしらった、赤色のドレスをつまんで母に尋ねた。

マリアンナはセリア王国の伯爵令嬢である。しかし、自分の受けている教育内容が他の貴族令嬢より盛りだくさんであることを知っていた。

それは、自分が将来、これから会う王子と結婚して王妃となるからだ、ということも。

婚約者候補、がマリアンナのもう一つの身分である。候補と言っても、他に候補者はいないから、マリアンナが将来この国を担うアレクシスをお支えするんだよ、と優しい父に教わった。

国を担う、という言葉の重さはピンとこないけれど、優しくて大好きなアレクシスの力になりたい。その一心で、勉強が難しくても、礼儀作法の先生が厳しくても頑張ることができた。

　この前会った時、その大好きなアレクシスが赤い薔薇とマリアンナを並べ見て「マリーは赤色が本当に似合うね」と言ってくれたから、今日は思い切って普段は着ないような赤色のドレスを着てきたのだ。自分の瞳の色でもある赤色は、アレクシスと出会う前は好きではなかったけれど、アレクシスがいつも褒めてくれるから、マリアンナは赤も、自分の瞳も好きになれた。

　城に着くと、アレクシスが出迎えてくれたのはいつも通りだった。いつもと違うところは、隣にアレクシスにどことなく面差しが似ている、壮年の男性がいることだ。マリアンナは、その人物を知っていた。話したことはないけれど、遠くから見たことがある。アレクシスの父、そしてこの国の王太子だ。たとえ自分のような子どもでも、失礼があってはいけない相手だ、とマリアンナは身を硬くした。

「こんにちは、マリアンナ嬢。アレクシスのお父さんだよ！」

　緊張したマリアンナとは対照的に、王太子であるアレクシスの父は朗らかに笑いかけた。

「あっ、お初にお目にかかります。ロッテンクロー伯爵の娘、マリアンナでございます。王太子殿下におかれましては……」

　王族への挨拶を小さい頭から引っ張り出していると、王太子は手を振って遮《さえぎ》った。

「いいよいいよ！　非公式な場だから、アレクのおじちゃんやっほ！　くらいの挨拶で。ロッテンクロー伯爵夫人も久しぶりだね。相変わらず美しい」

「父上！　一人ではしゃがないでください！　僕まだマリーとお話ししてないです」

「おやおや、アレクシスは本当にマリアンナ嬢が好きだねぇ」

マリアンナの母と改めて挨拶をすると、王太子はアレクシスと共にわざわざ出迎えた理由を話した。

「伯爵夫人は我が妻に会いに来たんだよね？　それが、急な公務が入ってしまって、妻が来られなくなってしまったんだよ。それを伝えに来たんだ」

「まあ、殿下自らご足労いただき、ありがとう存じます。残念ですが、またお誘いください、とお伝えいただけますでしょうか」

和やかな雰囲気で会話をしていると、突然、甲高い声が割って入った。

「あっアレクシス様っ！　アレクシス様こんなところにいらしたのですね、お探ししましたわ！今度こそ、わたくしたちとお茶してくださいませっ！」

アレクシスしか目に入らない様子で話しかけてきたのは、アレクシスと同じ年頃の、少年少女たちだった。

「え、何で？　他の子たちとは鉢合わせしないように調整してるって母上が言っていたのに……」

呆気にとられたようにその少年少女たちを見て呟いた後、慌ててマリアンナに駆け寄ろうとしたアレクシスだったが、それより素早く少女たちに腕を掴まれた。

「アレクシス様、お待ちになって！　わたくし、隣国で美味しいお茶の葉を……」

「アレクシス殿下、自分は最近殿下と同じ騎士に師事していまして、今度ぜひ一緒に……」

王太子が傍にいるにもかかわらず、我も我もとアレクシスに話しかけていたが、真っ先に声を

かけた少女がマリアンナに目を向けた。

「あら？　どなたかしら、アレクシス様に何の御用……きゃあああっ‼」

「え？　なっ……うわっ！　赤い……って、あの凶悪な魔力の！　よ、寄るな！」

「うわああ、怖いよ、お母様助けて‼」

叫喚《きょうかん》が響き、子どもたちはこの場にいない父母に助けを求め始めた。

「マリー……」

アレクシスが今度こそマリアンナに駆け寄ろうとすると、次は野太い男性たちの声が横入りしてきた。

「これはこれは、アレクシス殿下……王太子殿下まで！　ご無沙汰しております！　申し訳ございません、娘たちがこちらに勝手に来てしまって。何分まだ子どもですから、ご容赦ください」

「我が息子はアレクシス殿下に憧れていましてなあ、すみません。しかしこれもご縁ということで、もしよろしければ……」

「お、お父様！　赤い目の色持ちが……っ！」

少年少女の父親たちは怯え泣く自分たちの子どもには目もくれず、アレクシスと王太子に擦り寄った。しかし、子どもたちが袖を引き必死に訴えるので、初めてマリアンナの方に目を向ける。

「な……っ‼　赤の色持ち……！　あの凶悪な力を持つ……」

驚き呆気に取られていたマリアンナは、ハッとして慌てて目を手で覆い母親の背中に隠れたが、既に遅く、乱入してきた父親たちは、庇うように自分の子どもを引き寄せた。

「お、お助けくださ い殿下方……何故このような高貴な場所に赤の色持ちが……」

静観していた王太子は、疲れたようにため息をついてから、口を開いた。

「はあ。お前たちが勝手に来たのだろう。それと、このような場所に赤の色持ちが……と言うが、それを言うならば我が息子は青の色持ち。この城には住めないな」

赤い瞳だけを凶悪な力だと差別し、侮蔑した貴族たちは、王太子の言葉に、青ざめて固まった。

それを一瞥して、王太子は冷たく言い放つ。

「許可もなく乱入した上、息子の友たるマリアンナ嬢にまともな挨拶もできぬとは……」

「も、申し訳……」

「もうよい、しばらく登城を禁ずる。下がれ」

王太子の言葉に、震えながらそそくさと去る一行を見送ってから、優しい顔をして王太子はマリアンナを振り返った。

「ごめんね、嫌な思いをさせて」

マリアンナは、不敬だと思いながらも、目を覆ったまま黙って首を振った。

「……伯爵夫人、せっかく来たのだから、女官たちとお茶を飲んでいってくれ、って妻に伝言を頼まれたんだった。来てくれるかい？」

王太子妃に仕える女官は、貴族の夫人たちが務めている。マリアンナの母は、その女官たちとも仲が良かった。

「ありがたいお誘いですが、マリアンナが……」

「大丈夫だよ、アレクシスに任せて」

王太子がエスコートの手を差し伸べると、さすがに拒否できず、娘を気にかけながらも伯爵夫人は去っていった。

「マリー、もう大丈夫だから、手をのけて」

アレクシスの言葉にも、マリアンナはふるふると首を振って手を外さない。

「マリーの顔が見たいんだけどなあ。じゃあ、僕が目を隠すから、マリーは手をのけていいよ」

そう言ってアレクシスもマリアンナと同じように目を隠した。

「……ぐすっ……っ。なんでアレクが隠すの……っ」

「僕も色持ちだもん」

「ア、アレクは、青だから、怖がられないでしょ！　むしろ喜ばれてるじゃない」

こらえるような震える声で、マリアンナは反論する。

「そんなことないよ。彼女たちは王子の身分が好きなだけで、いざ目が合うと、ちょっとビクッてなるんだ。隠しているつもりなんだろうけどね」

「……目を隠さなくても、もういないよ。誰も」

マリアンナは、そっと手を外しておそるおそる周りを見回し、瞳を隠したままのアレクシスにそう告げた。

「マリーがいいって言うまでは外さないよ」

「……いいよ、顔見せて。アレク」

マリアンナの言葉に手を外したアレクシスは、ハンカチを取り出してマリアンナの涙を拭いた。

「泣き顔見せたくなかったのに」

「可愛いよ」

「もう！　……知っていたけど、私、あんなに嫌われているのね。仕方ないよね、私でも怖いもの。自分の力が暴走したら、って考えると……」

アレクシスは、マリアンナの目元に触れて微笑んだ。

「しないよ。だって、僕がいるもの。僕は守るのが得意だから、マリアンナを守るよ」

「そうね。アレクお得意の防御魔法で、私の暴走から皆を守ってね」

「皆を、じゃなくて、マリーを守るのが僕の役割」

「……何を言っているの、未来の王様が！　ふふ、もうアレクったら」

やっと笑顔を見せたマリアンナの頭を、愛おしそうに撫で、アレクシスはマリアンナと連れだってお茶会の準備をしている部屋に向かった。


その日の夜。

王太子夫妻の寝室で、王太子妃は仁王立ちになり腰に手を当てて、ソファに悠々と座る夫を睨んでいた。

「わざと、わたくしに用を作って遠ざけましたね？」

怒気をはらむ声で問う妻に対し、夫はワインを口に含み、堪えていない様子で言葉を返す。

「ああ、だって君は優しいからさ。有象無象《うぞうむぞう》の輩をマリアンナに近づけないようにするだろう？」

「当たり前です！　マリアンナちゃんはまだ八歳なのよ？　可哀想に、傷ついたでしょうね。それに、万が一暴走したらどうするつもりだったの？」

「大丈夫だよ、まだあのくらいの年齢ならば、制御装置と僕の防御魔法で十分抑えられるよ」

その返答に、妻は我慢できずに、夫からグラスを取り上げ、その腕を叩いた。

「暴走は抑えられても、あの子の心の傷はなかったことにならないのよ！」

「そうだね。可哀想に。でも、傷ついた心は、アレクシスが慰めたようだ。美しいと思わないかい？　強すぎる力を持った苦悩を、唯一分かち合える王子様に、恋する少女。マリアンナは、アレクシスに依存していくだろうね」

「そんなやり方で国や王家に縛り付けたら、健全に育たないわ」

「僕はこれでも、このやり方が一番マリアンナにとって良心的だと思っているんだけどな」

二人の一族が治めるこのセリア王国は、肥沃《ひよく》な土地と発達した魔法技術により、世界でも有数の大国である。他国から見れば、大国で生まれたマリアンナの力は、脅威なのである。アレクシスの力だけならば、防御の側面がかなり強くなるが、脅威にはならない。

セリア王国は現状、差し迫って他国を侵略する理由もなく、対立する国もない。その存在が他国に対して牽制にはなるが、マリアンナの力を必要とすることはない。しかし、軍事力の弱い国からすれば、喉から手が出るほど欲しい存在なのである。

マリアンナが他国に渡れば、争いが生まれるのは必然だ。戦争になったらセリア王国とて、少なからず犠牲が出るだろう。

「……わたくしは、マリアンナちゃんに、アレクシス以外にもいろいろな繋がりを持ってほしいと思うわ。他の女の子たちと同じように」

「……隣国が、少しばかりきな臭い。最悪、ここ数年のうちに内紛が起こる可能性もある。血迷って、マリアンナに手を出されても困るからな」

妻は、ため息をついて、ワインがわずかに残るグラスを夫に返した。

「本当はマリアンナちゃん自身のことも心配してるくせに、何でたまに不器用なやり方を選ぶのかしらね、この王太子様は」

夫である王太子は、それには答えず、ただ残ったワインを飲み干した。

それから、約六年後。マリアンナは十四歳、アレクシスは十六歳になり、二人を取り巻く環境は、一変していた。

マリアンナは、優しかった実母が馬車の事故で亡くなり、ロッテンクロー伯爵は後妻を迎えていた。伯爵が、亡くなった愛する妻を思い出して辛いから、と弟夫婦にそれまで住んでいたタウンハウスを譲って引っ越しまでしたにもかかわらず、一年も経たないうちに再婚したのだ。

マリアンナの継母となったカリサは、マリアンナと十二しか離れていない。母であろうとして何くれとなく指図することもなく、邪険にもせず、優しい姉のように話をきちんと聞いてくれ、意思を尊重してくれる。それだけでなく、元々実母の友人だった継母は、昔から、大人すら恐れるマリアンナの目を見て笑ってくれる、マリアンナにとって貴重な人だ。

　だから、継母カリサを、マリアンナはあまり時間を置かずにすんなりと受け入れることができた。それと同時に、父への不信感が芽生え始めていた。

　アレクシスは、父が王位を継承したことに伴い、立太子していた。慣れない公務に加え、体調が思わしくない父王の代理となって隣国の内紛に関する対応など、せわしない日々を過ごしていた。

　実母が亡くなり沈むマリアンナに、寄り添う時間もなかなか取れないアレクシスの代わりに心の支えになってくれたのが、継母カリサだった。

　気分が沈むことも少なくなってきたマリアンナは、手紙の返事もままならないアレクシスに、会えなくとも手作りお菓子の差し入れをしよう、と思いつき、厨房に向かっていた。

「何をやっておる‼　伯爵家の娘がこんなところで！」

　しかし、何故か最近怒鳴ることの多くなった伯爵が乱入したことで、それは中止となった。料理人たちの邪魔をするな、と続けて説教をする。もういたずらに使用人の邪魔をするほど幼くはない、アレクシスのために何かしたいのに、とマリアンナは黙ってすねてしまった。

「まぁ、マリアンナ、お父様は何でも分かってくれると思っていてはだめよ。感情を表に出さず、胸に秘めることは貴族として当然だけれど……覚えておいてね、大事な人に本当に伝えたい思いは、自分の口でちゃんと伝えることも大事なの。……でも一緒ね。私もそう言われたのよ。昔、あなたのお母様から……」

　マリアンナの実母の言葉を使ってそう諭す継母に背中を押され、もう一度、父親と話したものの、結局マリアンナは手作りお菓子をアレクシスに渡すことができなかった。

　ならばせめて手紙を、と思ったが、今度は継母から「殿下は隣国も落ち着かず大変な時だから、あまり煩わせてはいけない」と言われた。アレクシスの事情も考えずに鬱陶《うっとう》しいと思われるのが嫌で、マリアンナは結局何もできなかった。

　それからマリアンナの方から連絡をするのは憚《はばか》られ、アレクシスからの連絡もますます減っていった。それでも自分の持つ魔力がアレクシス以外の追随を許さないほど強い限り、将来アレクシスの隣に立つのは自分だ。マリアンナは、魔力が強いほど色が濃くなる瞳がアレクシスと繋がっている証のような気がして、幼い頃から恐れられるその瞳の色を鏡で確認しては安堵していた。

「えっ……瞳の発現……⁉」

　そんなマリアンナを不安に陥れたのは、一人の少女が紫の瞳を発現した、という知らせだった。

　マリアンナが唯一の婚約者候補だったのは、マリアンナほどの濃い色の瞳を持つ者は、アレクシス以外にいなかったからだ。

　それが、二人になったということは。

　将来アレクシスの隣に立つのは自分だという確たる根拠がなくなってしまって、マリアンナは足元がぐらつくような不安を覚えた。

「マリアンナ、何としてもお前が王妃となるのだ。男爵の娘などに負けてたまるものか！」

アレクシスとマリアンナの関係が変わっていくと同時に、マリアンナの父の様子もますます変わっていった。優しかった父が、マリアンナを褒めるより怒鳴ることの方が多くなった。

混乱していたマリアンナは、最初は「何故そこまで怒るのか」と問うてみた。しかし、返ってくるのは更なる怒りの感情。マリアンナも父に怒りや反抗の感情は芽生えたが、それ以上歯向かうのはやめた。幼い頃から自分の持つ力を制御しなければならない、と母親から言われていたので、自分の怒りは我慢することが当然だったからだ。

言葉の刃を向けられても、感情を必死に抑えつけるうちに、マリアンナは、だんだん心が疲弊していった。

そんな日々をやり過ごし、二年後。中等部までは、他の生徒に混乱と恐怖を与えてしまうことを考慮して、家庭教師に習っていた。そんなマリアンナも十六になり、とうとう学園の高等部に入学をすることになった。その頃には国王は快癒し、隣国の情勢もようやく落ち着いていた。

アレクシスもまともに学園に通えるようになっていると聞き、学年は違えども過ごす時間は増えるのではないか、と期待を胸に入学した。

そして、入学の日。マリアンナは、一人の少女を見かけた。たくさんいる新入生の中でその少女だけに目がいった。それは、その少女がごく普通の茶色の瞳ではなく、アメジストのごとく輝く紫の瞳をアレクシスに向けていたからだ。

ずっと、自分が立つ場所だと思っていた、アレクシスの隣で。

「あの子の名前は確か、エレナ・リントン……ってあれ？　この名前聞いたことある……？　それに、前世を思い出した時に頭の中で聞こえてきた台詞……」

――憎らしくて、妬ましくて、身が焦げそうに熱い――。

◇◆◇

「これ、『癒しの乙女は溺愛王子に護《まも》られる』じゃない!?」

『癒しの乙女は溺愛王子に護られる』は、覚えている限り、前世の私が最後に読んだ小説のタイトルだ。初出勤に向け、幸せな物語を読んで気分を上向きにしておこうと思ったのだ。

ヒロインの名前がエレナ、当て馬の悪役令嬢が、マリアンナという名前だったはずだ。魔力の強さが瞳の色に現れるというのも、同じく物語にあった。

悪役令嬢マリアンナ。それが、物語の中の私だ。

私は、慌てて紙とペンを引っ張り出し、思い出せる限りの物語の展開を書きだした。

ある男爵の私生児だが市井に育ったヒロインが、国で一、二を争うほど強い魔力の持ち主だったことが判明し、男爵に引き取られて、王立の魔法学校に入り、そこでこの国の王太子と出会って、紆余曲折《うよきょくせつ》を経てハッピーエンド！　な話だったと思う。ざっくり。少なくともハッピーエンドだったことだけは間違いない。

この物語に登場する、最強にして最凶の悪役令嬢が、私、マリアンナ・ロッテンクロー。王太子の婚約者を気取り、学園に自分と同じく高等部から入学したヒロインと王太子の距離が縮まっていくのが許せず、犯罪まがいの嫌がらせを行い、断罪される。罰として牢獄で、その有り余る魔力を国が使う魔石に永続的に供給させられ、有事の際は強制的に兵器のように駆り出されることとなる。その収監先への連行途中の山道で、馬車が事故を起こして崖から転落し、命を落としてしまうのだ。

「もう話の中盤だわ……」

そう、既に物語は進んでいる。

私はアレクシス殿下と親しげに話す、物語のヒロイン、エレナ・リントン男爵令嬢に嫉妬し、悪役がしがちな校舎裏へのお呼び出しをし、言いがかりをつけるべく口を開いた瞬間にタイミングよく現れた殿下に話を逸らされ、ダンスの練習の時間にヒロインを躓《つまず》かせようと足をサッと出したら、殿下にスッと手を取られて方向転換させられたりしている。

「殿下のお陰で何ひとつ成功はしてないけど、嫌がらせしようとしていること、殿下には、たぶん……いや、絶対、完全にばれてるよね。今まで全く気づかなかったけど……」

前世の記憶を思い出したことによって得られたのは、今の自分の状況を、客観的に見る視点だ。

「物語には悪役令嬢の背景なんて描写は簡単にしかなかったけど、百パー家庭環境だな、こうなっちゃった原因。でも、今思い出せて助かったわ……」

これまで私がヒロインにしてきたのは、やってはいけないことではあるが、断罪されるほどではない。そもそも成功もしてない。全て殿下が妨害してくれた。だが私は、これから一週間後、断罪の大きな一因となる事件の種をまこうとしていた。

「マリアンナ‼　聞いたぞ！　何を休んでおる！　練習を続けないか！　来賓もいる魔法展覧会で、あの娘を貶《おとし》めるのだ！　もう失敗は許されんぞ！　……いいかマリアンナ、全ては、お前の、ためなのだ！」

そう、このノックもなしにお年頃の娘の部屋に突撃する父親のせいで。

一週間後、私の通う王立魔法学園が『魔法展覧会』なるものを開催する。簡単に言うと学園祭みたいなものなのだが、その中で、優秀な選ばれし学生が、普段行っている魔法の練習や研究の成果を一般公開する場がある。ヒロインは、一年生ながら大抜擢されているのだ。私はそこで、周りに分からないよう、攻撃魔法を応用してヒロインが披露する魔法を妨害して失敗させ、その会場からヒロインが去ったところで、誰にもばれないよう遠隔で攻撃魔法をヒロイン本人に向ける予定だ。うむ、無茶である。父親のせいなのは、この無茶がお父様の指示だからだ。

物語では結局、ヒロインは悪役令嬢の妨害魔法を乗り越えてパワーアップする。というのも、魔力は天井知らずだが繊細なコントロールは苦手なマリアンナは、遠隔は完璧ではなかった。ヒロインと力が拮抗《きっこう》し悪戦苦闘しているところを、幾人かの生徒に目撃されてしまう。その中に、殿下の側近もいて、殿下に密告し断罪の一端を担うのだ。

殿下も殿下で、私の持つ力ゆえにそう簡単に排除はできず、今後は自分がヒロインを守ることを誓い、絆を深める、ということになる。

「分かったか！　全ては、お前の、ためだ！　それ以外にお前が幸せになる道はないのだ！　お前は、私の言うことを守れば、幸せになれるのだぞ、いいか！　分かったら、練習を続けろ‼」

この二年ほど、ずっとこう言い聞かされている。もはや洗脳に近い。

「はい、分かりました、お父様」

父――ダニエル・ロッテンクロー伯爵は、素直な返事に納得したのか、バタバタと足音を立てて去っていった。

たかだか十数年しか生きていない少女が、親にこうも毎日同じことを大きな声で威圧的に言われていたら、これはおかしい、と気づけなくなるのも無理ないな、とため息が出る。

しかも、執務室などに呼び出されるのではなく、わざわざ私の部屋を訪れて言うのだ。自分の部屋も心休まるところではなくなってしまった。二十二歳分の記憶が追加された今の私でも、良からぬことをずっと吠え続けられれば、それが正しいと思い込まされるかもしれない。

「このまま唯々諾々《いいだくだく》とお父様に従っていたら、私は取り返しのつかない罪を犯して、死ぬ……？

物語のマリアンナと同じように？」

冷静な判断ができなくなって、ヒロインに危害を加えようとする前に、現状を打破する対策を講じなければならない。

「うん。よし、家を出よう」

今はとにかく、父から離れるべきだ。

避難先は、どこにするべきか。まず思いつくのは親戚だが、父は今、養子にする予定だった跡継ぎ候補を含め遠巻きにされている。というのも、娘がまさかの王太子妃候補となり、疑心暗鬼になった父が、人が変わったように親しかった親戚にあらぬ疑いをかけたり、すり寄ってくるな、と罵倒したりし始めたためだ。それでも近づいてくるのは、未来の王妃候補を利用し甘い蜜を吸おうと、その実家に、本当にすり寄る人たちだ。

「やっぱり、あそこが一番無難よね……」

脳内で作戦会議を繰り広げていると、今度は控えめなノックが聞こえて中断される。

「あ、どうぞ」

現れたのは、継母のカリサだった。

「マリアンナ、大丈夫なの？　お父様から、また何か言われていたようだけれど……」

お継母様は父の猛攻のあと、ほぼ毎回、部屋を訪れて心配してくれる。

父とは十三も歳が離れているこの継母の優しさがなければ、マリアンナの心はとうの昔に壊れていただろう。

よし、とりあえずお継母様に相談だ。

ウッと声を漏らして手で顔を覆う。涙を出す技術はまだないので、もう顔をあげられない。

「お、おかあさ、ま……！　わ、私、怖いの……！」

お継母様が、駆け寄り背中をさすってくれる。

「マリアンナ、可哀想に……。お父様は、あなたにまた何か無茶な言い付けを……？」

「うっ……はい……。エレナ様に、き、危害を加えろ、と……でも、私、と、とても無理……」

嗚咽しながら、私はお継母様に訴える。

「お継母様、私、そのような人道にもとる行為、したくはないわ……！」

「ええ、ええ、そうね、そうよね。あなたは優しい娘だもの。今までもずっと良心の呵責《かしゃく》に耐えてきたのよね。お父様も、あなたのためを思ってのことだとは思うのよ。ただ、心無い親戚の方がたの言葉に影響されているだけなの、きっと。そんな恐ろしいことしなくてすむように、私からお父様を説得してみるわ」

心無い親戚とは、おそらく、私を王太子妃へと推し進める親戚たちの一派だ。父の罵倒にもめげず擦り寄り、心配しているふりをする。王太子妃の親戚、その名を冠するだけで、宮廷や社交界では多くの人と繋がれるようになり、商売をするにしても影響力は段違いだからだ。

「いいえ、お継母様、お継母様は何度も、私に無理を言わないよう、お父様を諌《いさ》めてくれたもの。もう、きっと私の言葉も、お継母様の言葉もお父様には届かないのだわ……」

「そんな、そんなことは……。それならば、どうするの。人を害するなんて恐ろしいことを、あなたはするの……」

お継母様も、まだ父に言葉が届くとは言い切れないのだろう。それほど、最近の父は私や継母の話など全く聞かない。昔は、気弱だけれど優しくて、私の他愛ない話もよく聞いてくれていたのに……。

私は、落ち着き、泣き止んだように見せかけ、ハンカチで目元を拭ってから顔を上げる。

「私、やっぱりそんなことできないわ。一度、お父様と離れた方がいいと思っているの」

「え？　離れるってあなた……」

「はい、私は、マリアンナは……家を出るわ」

お継母様が、目を真ん丸にして、ぽかんと口を開けている。それはそうだ。今まで、父に従順で、一人で入浴をしたこともない貴族の令嬢が、自らの意思で家を出るなどと突然言い出したのだから。

「まぁまぁ……、そんな、家を出て、どうするの？」

「学園の、寮に入るの」

王立魔法学園の寮には、上位貴族はあまりいないが、希望すれば入れるはずだ。

「学園の寮だなんて、あなたが住むようなところではないと聞くわ。それに、お父様がお許しになるか……」

「ええ、だから、アレクシス殿下から父に言ってもらうように、頼んでみます」

物語通りにアレクシス殿下とヒロインの関係が深まっているならば、既に殿下はエレナ様を好ましく思っているはず。私はそのエレナ様に嫌がらせをしようとしていた婚約者候補だけれど、殿下もそれくらいは、昔のよしみでまだ協力してくれるだろう。私の父の様子がおかしいという話は、彼の耳にも入っているはずだ。

「……分かったわ。あなたもよくよく考えて決めたことだろうから……。でも、これだけは覚えておいてね。何があったとしても……、私は変わらずあなたの味方よ」

お継母様の言葉に、胸が温かくなる。私には、一人でも、血も繋がっていないのに無条件で味方になってくれる存在がいる。

「ありがとう。お継母様、大好きよ」

お継母様は、ぎゅっと私を抱きしめてくれた。

そうと決まれば、実行は早い方が良い。明日、早速アレクシス殿下に頼もう。


そして、次の日。学園の昼休み、中庭。わざわざ時間をとってもらい、予定通り私はアレクシス殿下に唐突な宣言をする。

「アレクシス殿下、私、家を出ようと考えております。図々しいお願いですが、殿下からも父にその許可を出すよう説得していただけないでしょうか？」

金髪碧眼、そして神の采配かのようにバランスよく整った美しいお顔。いつも柔和な笑みを崩さない。何を言われても卒のない対応。かつ付け入る隙を与えない。

そんな我がセリア王国の王太子、アレクシス殿下の、春の雪解けのような柔らかな笑みが固まった。冬に逆戻りだ。

ちゅん、と小鳥の鳴く声がその沈黙を破り、そのすぐ後にいつものアレクシス殿下に戻った。

「マリアンナ、こうして話をするのは久しぶりだね。淋しかったよ。母上やロザリアも、また久々に会いたいと言っていたよ。今度、皆でお茶会でもどうかな？」

ロザリア様とは殿下の妹で、我が国の王女のお名前だ。殿下がこんなにもとんちんかんな返事をすることは珍しい。聞き間違いをしたのだろうか？　いつもは正確にこちらの意図を読み取ってくれるのに。

それにしても、淋しいとは白々しい。もう、物語通りヒロインとの親密度は上がっているようなのに。今日、殿下を呼び出そうとした時だって、殿下とヒロインが二人で一緒にいた。お陰でヒロインに、可愛らしい顔の眉間に皺を寄せて睨まれてしまった。もちろん、殿下には見えないようにして、だ。

「ええ、お久しぶりです。まぁ、それは光栄ですわ。私もお二人にお会いしたいです。ところで殿下、私、家を出ようと思っているのですが」

「うんうん、そうだったね。すまない、聞こえていたよ。あまりに驚くと、全く的外れな返事が口をついて出てしまうものなんだね。ああ、でも本当にまたお茶はしたいな」

「……ええ、そうですね。楽しみにしております。ところで……」

「ああ、さすがにもうちゃんと聞こえたよ。家を出る、という話だよね。……理由を聞いてもいいかな？　それと、家を出てどこに行くつもりかな？　ああ、もしかして僕と王城から学園へ通いたい、ということかな？」

「まぁ、とんでもない。そこまで私、図々しくはありません！」

アレクシス殿下は冗談のつもりだろうが、本当にとんでもない話だ。王城に押し掛けたりなんかしたら、もう王太子妃気取りだのなんだの、学園の、主に貴族令嬢たちのやっかみを一身に受けるに違いない。と言っても、魔力の強さゆえに私は怖がられているから、こそこそと陰で。

「それならば、どこに住むつもりかな？　できたら理由も教えてほしいな」

肩をすくめて言われても、今の私には、冗談に対して機知に富んだ返しをする余裕はないのだ。

「わが学園には寮があるではありませんか。もちろん、そこから通おうと考えております。理由は……私、今の自分の環境を変えた方が良いように思いまして」

殿下も、私がその考えに至った経緯に心当たりがあるだろうが、ここでつまびらかに話すようなことではない。察してくれ。

「そうだな、家を出ることについては、一緒に父君に許してくれるよう説得するよ。でも、寮は認められないな。あそこは……生徒同士の交流が盛んすぎるようだから、君には合わない」

確かにあの寮に入るのは、タウンハウスを持たない地方の下級貴族の子女が主だからか、学園側の取り締まりや監視も甘く、風紀が乱れていると聞く。だから、娘が心配な下級貴族は、タウンハウス持ちの知り合いなどに頼んで、下宿のように居候《いそうろう》させてもらうらしい。

だが、私は寮に住む誰より強い。権力ではなく物理的に、だ。腕っぷしに自信がある者でも、私の攻撃魔法には敵わないと知っている。これは、驕りでも過信でもなく、周知の事実だ。

「殿下、私を誰だかお忘れですか？　私になにか不埒《ふらち》なことをしてくるような無謀な者は、この国にはきっとおりません。……でも、念のため、気を付けます。ご心配、ありがとうございます」

なんとなく恥ずかしくなって、最後は小さな声でボソボソと言ってしまった。

「んんっ！　……しかし、寮に住むには、それほど高くないとはいえ食事代や、施設の利用費が必要だ。それは父君に工面してもらうつもり？」

「いいえ、働こうと思っております。社会勉強も兼ねて、城下で」

伯爵令嬢という身分の私が働くなんて外聞が悪いかもしれないが、気にしないことにした。どうせ、婚約破棄（正式な婚約はしていないが）される身だ。世間体も何もない。

「マリアンナ！　君が働くなんてとんでもない。心配だよ。それに、君は、王太子妃の最有力候補の伯爵令嬢だ。寮には平民もいる。……こう言っては何だけど、周りが萎縮してしまうのではないかな？」

　それは、実は私も懸念していたところだが……殿下はもしかして、私が周りに威張り散らすとでも思っているのだろうか。

　――ああ、違う。そうだ、「物語」の中では、確かヒロインは寮に入っていた。殿下は、本当は私ではなくヒロインを心配しているのだ。私のことを考えてくれているのではない。間違えては、だめだ。

「……そうですね。殿下の心配は……もっともだと思います。我がままを申し上げてしまいました。お聞きくださり、ありがとうございました」

　本末転倒だ。ヒロインに危害を加えないために、ヒロインに近づいてどうする。何故そこがすっかり頭から抜けていたのだろう……。

　最善策だと思ったのだが、失敗だ。こうなれば国外に逃亡か？　追いかけられるだろうな……。ちなみにそう思うのは、もちろん、「殿下は私のことが好きだから！」なんて理由ではない。

　私がその場から去ろうとすると、殿下に腕を掴まれた。

「待って、さっき言っただろう？　君が家を出ることについては、協力するよ」

「え？」

殿下は、爽やかな笑みを浮かべて言った。

「王城から通えば良い。誰に気兼ねすることもない。父も母もロザリア《妹》も喜ぶよ」

「え？　でも……」

気兼ねしかしないでしょ。

「残念だが、それ以外は協力できないな。君を寮に住まわせはしない。大丈夫、皆、少し早い王太子妃修業が始まったとでも思ってくれるさ。実際に、そういう前例もあるしね。ああ、マリアンナは着の身着のままで今日から来てくれていいからね。こうなったからには、城と伯爵家に遣いを出さなくてはいけないな。今のうちに手配をしておかなくては。ではマリアンナ、授業が終わったら迎えに行くから教室で待っていてくれ」

「え、あ、あの」

ああ、一気に話してもう行ってしまった。さすがに無駄のない動きだ。

どうしてこうなったのだ。

「王太子妃修業だなんて……どうせ、私を選ばないくせに……」

そんなに、監視したいのか。そんなに、信用ならないのか。

2 焦った（アレクシス視点）

ああ、久しぶりに焦った。

逃げるように学園の中庭から去り、校舎内に入る。学園の保健室や教員室が並ぶ廊下を足早に歩いていると、後ろから、黒髪の青年が駆け寄ってきた。

「殿下、マリアンナ様はなんと？」

側近候補のユアンだ。僕と同じ学年だが、今は側近の仕事とは関係ない、とある長期的な任務に当たってもらっている。そのため、最近は学校にいることの方が珍しくなってしまった。学生の身分で心苦しいが、その任務は国にとって重要なものであることに加え、僕にとって非常に繊細で大事な事柄に関する任務だった。だから、一番信頼の置ける彼に任せたかったのだ。

「ああユアン、いいところに来た。伝達魔法で、侍従長と侍女長に連絡を。一室、準備をするように、と。マリアンナは王城から通うことになった。今日帰るのも、城だ。ああ、ロッテンクロー伯爵家にも使いを出さなければ。そちらには、僕が手紙を書こう」

いつもは何事にも動じないユアンが目を丸くしている。幼い頃からよく一緒にいる僕でもあまり見ない表情だ。

「それは……殿下からマリアンナ様にお命じになったのですか？」

「いや、マリアンナが、家を出て寮に入ると言い出した」

「マリアンナ様が？　それは……何か思惑があって？」

「いいや、そうではないようだ。聞く限り、環境を変えたくて家を出ようと思ったらしい」

ユアンは、かの令嬢――エレナ・リントン男爵令嬢へのあらぬ振る舞いを懸念しているのだろう。最近のマリアンナは、ユアンがそう思うのも仕方がないほど様子がおかしかった。本来は自分が持つ魔力を一番恐れ、他者を傷つけまいと誰より己を律しているのに、最近は必要以上に、件《くだん》の男爵令嬢を排除しようとしていた。

もしや、嫉妬してくれているのでは？　と思ったものだが、それにしては僕には目もくれず、頑なに男爵令嬢を追う。見ていて、痛ましかったほどだ。

たとえ嫉妬してくれていたのだとしても、それだけであのような振る舞いをする彼女ではないことは、自分が一番よく理解しているつもりだ。

何かが、おかしい。

「……なるほど。私も、マリアンナ様の周りを注意して見ておきましょう。それでは、殿下の部屋のお隣……王太子妃の部屋を整えるということでよろしいですか？　何分急ですから、間に合わせになりますが……」

「何を、何を言っているんだユアン！　そんなわけないだろう？　王太子妃の部屋だなど……僕たちにはまだ早い！」

僕は既に王太子の部屋を使用しているが、王太子妃の部屋はもちろん今は空室だ。そして、王太子夫妻部屋の間には共寝をする寝室がある。それは使わないにしても、すぐ近くの、寝室を隔てつながっている部屋にマリアンナがいて、湯浴みをし、夜着に着替え、可愛い寝息をたてているると思うと……ああ、だめだ。今から眠れる気がしない。

まず、さっきマリアンナにお礼を言われただけで、危なかった。幼い頃は無邪気に笑いかけてくれていたが、近頃は難しい顔や、暗い表情を見る方が多かった。だから、あんな風に恥じらいながらも素直に気持ちを伝えようとする様子は……うん、非常に、大変、可愛らしかった。

ああ、でも、寝起きの顔を見られて恥ずかしそうにしながら、おはようアレク、と言ってもらえたら……いや、やはり危険だ。学園への行き帰りを共にできるだけでも良しとしなければ。

「もちろん冗談です。殿下、顔がゆるんでいらっしゃいますよ。どうせ初々しい妄想をしていたのでしょう。十八にもなって」

「それ以上のことを学園内で考えだしたら、マリアンナの前でも考えてしまうからな……それはまずい」

「そうですね、まだ正式に婚約すらしていないのに」

「ああ、そうだ。婚約。本来ならば、もうしているはずなのに……」

主をからかう未来の側近を咎《とが》める余裕もなく、肩を落とす。

本来ならば、マリアンナが十六歳になったらすぐに婚約を発表し、マリアンナが僕の二年後に学園を卒業すると同時に、結婚する予定だった。これは、幼い頃に初めてマリアンナに出逢った時からほぼ決定していたことで、よほどのことがない限り実現するはずであった。だから、予定調和であっても、きちんと自分の言葉でプロポーズはしたい、などと呑気に考えていた。

だが、その「よほどのこと」が起こってしまった。

魔力を使える者の多くは、幼い頃からその力を発揮できるが、たまに成長してから魔力が使えるようになる者がいる。それは大抵魔力が強い者で、魔力のコントロールが精神状態に大きく左右されるためだと考えられている。

深い青の瞳をもつ僕や、燃えるような赤の瞳のマリアンナは、幼い頃から精神が安定していたのか、はたまた二人とも精神力が強いのか、幼い頃から使うことができた。

より強い魔力を継承するため、王家は、より濃い色を持つ瞳の娘を妃に迎える。

この慣例によりマリアンナは唯一の婚約者候補だったのだ。それが、婚約発表間近になって、候補が二人になるという事態に陥った。一年半ほど前に濃い紫の瞳を発現させた娘が現れたのだ。大変珍しく、今代にはもう現れないと思われた濃い色の瞳。僕とマリアンナの婚約後に発現してくれたら、婚約は取り消せないから、予定通りだったのに。

「同じくらいの魔力なのだから、マリアンナに決まりでいいじゃないか、まして伯爵家の出なのだから……」

「まぁ、マリアンナ嬢の力より、エレナ嬢の力の方が受けはいいですからねぇ……」

そう、もう一人の候補、エレナ嬢は男爵家の娘で、身分や王妃としての教養はマリアンナの方が上だ。しかし、マリアンナの能力は攻撃魔法においてその力が最大限に発揮されるのに対し、エレナ嬢は治癒魔法に特化しており潜在能力は未知数。マリアンナは銀髪に釣り上がり気味の目で冷たい印象を与えてしまうが、エレナ嬢はふわふわとした明るい金髪と垂れ下がった大きな瞳で、癒やしの力がある。民衆の中ではマリアンナよりエレナ嬢を推す声も大きいと聞く。

「ああ、しかし、僕は妃にするのはマリアンナ一人と決めている」

「それを私ではなくマリアンナ様の前で言えたらいいんですけどねぇ……」

「うるさい」

それは、自分が一番分かっている。ユアンをじとっと睨んでから、嘆息する。

「それより、何か掴めそうか？」

ユアンは、ヘラっと笑った顔から真剣な表情に切り替えた。

「なかなか、シッポを掴ませてくれませんが、ほぼ黒でしょうね」

「そうか……。ご苦労。引き続き頼む」

「仰せのままに、殿下」

ユアンは、臣下の礼を取ってから、今度は友人として友を鼓舞するかのように、軽く胸を小突いて去って行った。

「マリアンナ、君を傷つけたくは、ないのだがな……」

窓から、空を見上げる。

マリアンナと初めて出逢った日を思い出す。あの日も今日のような雲一つない空だった。しかし、空気の中に寂しさを孕むこの季節とは違い、うららかな春の柔らかい日差しが降り注いでいた。

「おはつに、おめに、かかります。まりあんな、ろっくんてろーです」

ロッテンクロー伯爵から紹介された、二つ年下の、緊張で震える六歳の女の子。

初めて会った、将来の結婚相手になるであろう女の子だ。

「ま、マリアンナ、ろっくん、ではなく、ロッテンクローだよ」

おぼつかない淑女の礼と、普段使わない挨拶の言葉が言えてほっとしたのだろうか、肝心な自分の名前を間違えたらしい。

小声で、ロッテンクロー伯爵に諭されている。丸聞こえだが。

「まりー、ろ、ってんろ……？」

「ああ、すみません、アレクシス殿下。いつもは、自分の名前が言えないなんてことないのですが……」

太陽をこの目で見ることができたならば、このように燃えるような赤色なのかもしれない。

目の前の少女の瞳に囚われて呆けていると、可愛らしく目尻が少しツンと上がった、ぱっちりとした瞳が見る見るうちに潤んでいく。

……可愛い。

「う、ご、ごめんな、さ……」

涙声も可愛い……いや、そんなことを思っている場合ではない。それに気になる子を泣かせてしまうタイプの子どもでもないはずだ、自分は。

　ハッと我に返る。

「いや、ロッテンクロー伯爵、だいじょうぶだよ。ていねいな、あいさつをありがとう、マリアンナ嬢」

　八歳にして、表向きの笑顔は習得していたが、この小さな女の子が安心できるようにことさら心がけて笑みを浮かべる。

「伯爵、マリアンナ嬢に、庭園を案内してもいいかな？」

　マリアンナ嬢は、ホッとしたのか、涙は引っ込み、パチパチと目を瞬いてこちらを見ている。

「は、それは光栄です、が、娘は、ずいぶん緊張してしまっていて、その……」

　自身も緊張しているのか生来の性格か、おろおろと伯爵が心配しているのは、娘がなにか粗相をしてしまわないか、ということだろう。

「大丈夫だよ、ここではまだ、ぼくたちは、ただの子どもだ。一緒に行こう、マリアンナ嬢」

　手を差し伸べると、おずおずと小さな手を乗せてくれた。

　その温かい手を、ぎゅっと握る。

　小さな手を引きながら、庭園に出る。ちょうど薔薇が見頃を迎えており、赤とピンクを中心に、綺麗に配色されている。薔薇の生垣は、マリアンナ嬢の背より高い。すぐ迷子になってしまいそうで、手は離さずに案内する。

「マリー、この真っ赤な薔薇は、君の瞳みたいだね。いや、君の方が、きらきらしているかな？」

　先ほど、マリーと自分で名乗っていたので、普段は家族からそう呼ばれているのだろう。その愛称で呼んだ方が、マリアンナの緊張もほぐれるに違いない。

「あの……で、でんか」

「アレクでいいよ。むずかしいことばづかいも、いらない。お家で話すみたいに、話して」

「……いいの……？　アレク……」

　はにかみながら言うマリー。なんと可愛い生き物だろうか。

「もちろんだよ。だってぼく、君にずっと会いたかったんだ」

　今、この国で二人だけいる色持ちの瞳。僕はその色持ちとして生まれた。ずっと、一般的な茶色の瞳の人たちには、どこか、王族だから、などとはまた違う理由で線引きをされているような気がしていた。

　そして、初めて会った、もう一人の色持ちの瞳。

「あ、でも……」

　マリーは、繋いでいた手を引いて、両手で自分の両目を隠した。

「マリーの、め、こわい。ち……？　みたい、って」

　その稚《いとけな》い姿に似合わない、どこか引き攣《つ》った声で小さく呟いた。

　攻撃的な魔法属性を象徴するかのような、激しい紅の瞳。それは、僕のそれよりもずっと、見る人に恐れを感じさせ、血の色のように映っているということなのだろうか。

特に、マリーと同じくらいの年頃の子どもは、恐怖を隠そうとはしない。泣いてしまったりすることだってあるはずだ。それは、誰も責められない。

しかし、『血のよう』と揶揄するのは、大人だろう。それをまだ幼いマリアンナの耳に入るように言うなど、まだ分からないとでも思ったのか。僕からしたら、こんなに稚《いとけな》い少女に奇異の目を向け、心無い言葉をまき散らす大人の方が恐ろしいというのに。

「こわくないよ。さっきも言ったでしょ？　この薔薇の花みたいに綺麗だよ。それに、ほら、ぼくを見てごらん？」

マリーの目線の高さに合わせて屈み、頭をぽんぽん、と撫でる。

同じ色持ちで、でも僕より訳も分からず周りから畏怖され、怯える年下の女の子。

自分が守らなければならない。

この女の子を守るために、自分はこの力を持って生まれてきたに違いない。

人とは違う自分の瞳を覆い隠してしまう小さな女の子を見て、そう強く思った。

そっと、マリーが指をわずかに開いて、その隙間からこちらを窺った。

「ほら、色は違うけど、ぼくも一緒だよ」

しっかりと、マリーと目を合わせて言った。

「ほんとだ……。おそろい……？」

「あはは。そうだね。ぼくとマリーはおそろいだよ」

「アレクと、マリー、おそろい！」

マリーは、今度は手を叩いて、弾ける笑顔で飛び跳ねた。

恐れと緊張が完全に解けたマリーは、そこからは打って変わって、はしゃぎだした。

庭園を鞠が転がるように走り回り、こけるのではないかとすごく冷や冷やした。あんなに小さな足なのに全力で走って、よく、もつれないものだ。

危ないから走ってはいけないよ、と言いそうになったが、おそらく同年代の子どもたちとはあまり遊んだことはないマリーがとても楽しそうだったので、その一言は飲み込んだ。

……僕もそれは一緒で、一緒になってはしゃいでしまったせいもあるが。

何より、無邪気にはしゃぐマリーはとても、可愛い。

たくさん走り回ったので、庭園の池を望むガゼボで休憩をすることにした。

侍女たちが、オレンジの果汁入りの水を用意してくれる。

そこで、僕は小さな小さな瑠璃《ラピスラズリ》に似た石を取り出し、手の平の上に置いてマリーに差し出した。

「マリー、これ、まだすごく小さいのだけれど、もらってくれるかな？」

マリーは、目を丸くしてきょとんとしている。

「これ、なあに？　アレク」

「ぼくが魔力をこめた、魔石だよ。大切な人と交換するものだって母上が言ってた」

「こうかん？　大切な人？　マリーもアレクとこうかんしたい！　マリーは、何をあげるの？」

「マリーも、これをつくって、僕にあげるんだ」

「じゃあ、マリー、これ、もらえない……。できないもん」

マリーは、小さな口を尖らせて、魔石を返そうとするから、ぼくはその手を魔石ごと両手で包み込んで言った。

「ああ。だから、もっと大きくなって、お互いもっと大きい魔石にも魔力を入れられるようになったら、交換しよう。その約束の印として、マリーがこれを持っていて」

「マリーも、つくれるようになる？」

「ああ、絶対なる。そうしたら、交換しようね。約束だ」

「やくそく……」

呟きながら、小さな手のひらにちょこんと載る、さらに小さい粒のような魔石をぱちぱちと目を瞬かせて見るマリー。

「そう。とわに、愛を……えっと、……ずっと、ずっとマリーを大好きだよっていう約束」

「うん！　マリーも、アレクがだいすきよ！　やくそく！　マリーと、アレクの、やくそく！」

マリーは、僕と交換することが嬉しいのか、「約束をすること」が楽しいのか、どちらかは分からないがぴょんぴょんと跳ねまわった。

――男の子のお友達ならば良いけれど、女の子には、簡単にあげてはだめよ。生涯を通して大切な人と交換するの。

そう母上は言っていた。一生のなかで、僕の、いちばん大切なひと。たぶん……いや、ぜったい、それは、君なんだ。

3 見返りはいい。ヒロインを近づけないでほしい

本当に、私のことなど迎えに来るのだろうか。

王太子たる自覚を持つアレクシス殿下は、不用意な発言や、実現するつもりのない約束はきっとしない。

しかしそれでなくとも、アレクシス殿下は、学園の生徒会長を務めている。放課後も多忙なはずだ。

「だけど、ヒロイン……エレナ様は、面白くないんだろうなぁ……はぁ」

思わずため息が漏れる。あんまりヒロインヒロイン言っていると、ヒロイン様、と呼び掛けてしまいそうだ。きちんと、普段からエレナ様と呼んでおこう。

今頃、殿下はエレナ様に、私を城に住まわせることになった経緯と思惑を、必死になって話しているかもしれない。

大切な君《エレナ》に危害を与えないよう、監視をするためだ——とかね。

「あ、でも、あの時は、私と殿下以外に誰もいなかったから、後で私がどうこう言っても、きっと周りは、殿下を必死に繋ぎ止めようとしている悪役令嬢の世迷言にしか聞こえないよな。……あれ、もしかして、王城に、とかはその場しのぎで、遠回しにお父様への説得を断られたのかな……?」

そんな無責任な発言をする人ではないと知っているのに、一回考えてしまうと、そうとしか思えなくなってきてしまう。そっと帰って、別の案を練り直した方がいいのだろうか。

「マリアンナ、お待たせ。さあ、一緒に城へ帰ろう」

鞄を持って、そわそわしていると、殿下が現れ、あっという間に馬車に乗せられた。王家の馬車は、風の魔石が仕込まれており、車輪が地面からごくわずかに浮いていて、乗り心地は抜群だ。

「殿下、生徒会はよろしかったのですか？」

「ああ、今日は招集日ではないからね。行かなくても、問題はない」

でも、生徒会は定期の招集日以外にもよく集まっていて、殿下も公務がある時以外はだいたい生徒会にいたような気がするのだが、本当に良かったのだろうか。

そうなんですね、と返答すると沈黙が降り、二人だけの空間だということに今更気づいて、にわかに緊張する。昔は二人になる機会はざらにあって、私は当時から殿下のことを大好きだったのに、どうして平気だったのだろう。私は、沈黙を誤魔化すように窓の外を見た。

……物語通りにエレナ様に気持ちが向いているなら、表面上は取り繕っていても、エレナ様を害そうとしている悪役令嬢の私なんて、殿下は内心見たくないかもしれないし。

そうだ、明日からは、別々に馬車の用意がされているのかどうかも分からないのだ。ついでに、一応一人でも往復できるように、道順を覚えておこう。今までは歩いて通うなんて発想はなかったけれど、前世では、ずっと学校に徒歩や自転車で通っていたし。

殿下から意識をそらすように、必死に窓から外を眺めて目印となるような建物を覚えていた私を、殿下が城に着くまでずっと見つめていたことには、私はこの時、気がついていなかった。

案内された客室に入り、侍女に着替えを手伝ってもらった。私付きの侍女などいらない、着替えも湯浴みも一人でできる、と主張したが、聞き入れてもらえなかった。あくまで、客として、伯爵令嬢として招かれているのだから、客が自分でなにもかも行ったら招く側の沽券《こけん》に関わる。確かにそれは、侍女たちの仕事を放棄させることになるので、あまり強くも言えなかった。

しかし、このように寝室が別にあるような広々とした、埃一つない立派な部屋は、居候としては、身の置きどころがない。きっと家賃も払えやしない。

「お継母様、大丈夫かしら……」

きっと、心配してくれているだろう。突然帰ってこなくなった私のことで、お父様に八つ当たりされていないと良いのだけれど。

「マリアンナ、入ってもいいかな？」

カーテンの隙間から日の落ちたばかりの空を覗いて家族を思っていると、扉の方から、ノックの後にアレクシス殿下の声が聞こえた。

どうぞ、と返すと、かっちりとした制服を脱ぎ、上半身はシャツのみの軽装になった殿下が現れた。

「今日はまだ、部屋もきちんと整ってないから、僕の部屋で一緒に夕食をとろう。父上たちも一緒にとりたがってるんだけれど、前はよく会っていたとはいえ、久しぶりだから身構えるだろう？　今日はいきなりだから、二人だけにしてもらったんだ」

　昔は、しばしば城へ泊まりに行って、家族の一員のように夕食や朝食をご一緒させてもらった。我が国の王家の皆様は家族仲が良く、なるべく一緒に食事をするのが習慣化していて、和気あいあいとした時間を過ごすと、家族の一員になれたかのような錯覚をしていたものだ。寂しいが、もう二度とあの温かな空間には戻れないだろう。

「お気遣い、ありがとうございます。でも、私は一人でもかまわないので、殿下はどうぞいつも通り皆様と一緒に……」

「もう用意してもらっているんだ。今更、やっぱりやめたなんて使用人の手間になってしまうよ。さあ行こう」

　殿下に少し強引に手を取られ、エスコートされて客室を出る。

　一緒に食事をしてくれるくらいには、まだ嫌われてはいないらしい。気を遣って家族と別々にさせてしまったのは申し訳ないが、明日からのことも話さなければならないから、都合が良かったかもしれない。

　夕食は、一品一品の食材は高級だが、量や品数は、それほど多く出るわけではなく、十分に食べ切れる量だ。王城とはいっても、賓客を招いての晩餐会でもない限り、無駄に贅沢な食事はしない、と聞いたことがある。

　デザートのクリームブリュレを味わっている時に、私から切り出した。

「殿下、私、身に過ぎるご厚意にこのまま甘えるわけにはいきません。伯爵令嬢としての扱いは必要ないので、使用人の部屋をお借りして、城で働かせていただけませんか？　下働きでも、何でもしますわ」

「何を言っているんだい？　僕たちは、君を家族のように思っているんだ。そんなに遠慮しないで。淋しくなってしまうよ」

悲しそうに眉尻を下げて言われても、困る。

「それは……恐れ多いですわ。私は、婚約者候補の一人、でしかないのです。……他の方に……申し訳が立ちません」

かつん、とスプーンがお皿に当たる。殿下が、そのように音を立てるなんて、子どもの頃でも珍しかったのに。

「……そうか。それは、そうだな」

「……ええ。だから……やはり……」

「いや、それならば、生徒会を手伝ってもらおう。ちょうど、今度ある魔法展覧会の準備でバタバタしていて、人手が足りなかったんだ。マリアンナ、君ほどの能力があれば申し分ない」

「え？　しかし生徒会の皆様は、報酬などないでしょう？」

生徒会の活動は、労働ではない。

「今は、城では人員募集はしていない。そして生徒会では、人手を欲している。しかし、王太子のいる生徒会に、見返りを求めず、かつ有能な人物を……というと、これはまた難しい。マリアンナ、君が手伝ってくれたら、僕は城で働いてもらうより、ずっと助かるよ」

忙しい殿下の役に立てるのならば、見返りなどいらない。

純粋な気持ちでそう思うのは、父の洗脳から覚めたからだ。

とは言っても、この城でお世話になるのだから、そもそも見返り前提のお手伝いだけれど。

しかし、前世を思い出す前の、昨日までを省みる。

『未来の王太子妃』という立場に固執し、邪魔者の排除に必死だった私。その昨日までの私が生徒会のお手伝いなんて頼まれたら、きっと、殿下の隣にへばりついて、もう一人の婚約者候補であるエレナ様を寄せ付けないようにと悪事を企んでいたはずだ。

それは、身勝手に甘い汁を求めて殿下に群がるような人たちと、何が違うのだろう。

「私が見返りを求めないと……信じてくれるの、ですか？」

アレクシス殿下は、立ち上がって近寄り、私の手を取る。

「もちろん。それに、君が僕に、もたらしてくれるものを考えたら、どんなに見返りをあげても足りないよ」

私が、殿下にもたらすもの。

アレクシス殿下に……アレクに、もたらすことができるもの。私の強大で苛烈《かれつ》な、兵器ともなりえる魔力のことですか、それとも――と、聞き返す私の声は、音となって殿下の耳に届くことは、なかった。


翌朝、目覚めると、いつもと違う天井が目に入った。

「そっか、王城に来ているんだった……」

目が覚めて間もなく侍女が来て身支度をしてくれ、朝食は客室でとり、廊下に出る。

支度は滞りなく終わったが、問題は学園に一人で行ける自信がまだないということだ。別の馬車を用意してもらうしかないのか。乗馬を習っておけばよかったかもしれない。あ、でも乗馬での登校は認められてないのだった。……ん？　そもそも道を覚えてないと乗馬できても迷子は変わらないわ。

「あの、アレクシス殿下に、今日だけでも馬車を用意してもらえないかお願いしたいのだけれど、どちらにいらっしゃるかしら？」

ピタリと私の傍で控えてくれている侍女に取り次ぎを頼む。何はともあれ、今日はまだ一人で行けそうにない。

「……ああ、それで頼む。……おはよう、マリアンナ。僕ならここだ。マリアンナも支度ができたのなら、そろそろ行こうか？」

そこへ、ちょうど制服姿のアレクシス殿下が、窓から降り注ぐ朝日の光を浴びながら現れた。

誰かと話しながら来ていたように聞こえたが、既にもう相手の姿は見えない。

殿下はきっと、学生の身分ながら公務もあって、歩く時間すら無駄にできないほど忙しいのだろう。

だからこそ、危険人物《悩みの種》である私を自分の手中で監視しておけば手間が省ける、と考えているのかもしれない。

自分の考えに、少しだけ気分が落ちてしまう。

「おはようございます。ええ、御者席の隅でもかまわないので、今朝はご一緒してもよろしいでしょうか？　まだ、一人で歩いて行けるほど道を覚えられなくて……」

「歩いて？　道を覚えたら、まさか一人で歩いて行こうと思っているの？　これからは生徒会でも一緒なのだから、一緒に行って、一緒に帰ろう。歩いたら一時間はかかるよ」

「そこまで甘えるわけにはいきませんわ。大丈夫です、一時間くらい」

そうか、一時間くらいでいいのか。前世の日本で、山間部に住んでいたことのある友達が小学生の時、学校に通うのにそれくらいかかっていた、と聞いたことがある。

最初は辛いかもしれないが、続けていれば体力も持久力もきっとつく。

「……マリアンナは、豪気《ごうき》なところもあるのだね。付き合いが長いのに、新しいマリアンナを発見できたよ」

「そうですか？　元々の性格というより、必要に迫られると、豪気にも大胆にもなるものなのです、きっと」

「でも、困ったな。マリアンナが一人で歩いて行くのは心配だ。……よし、僕も明日からは歩いていく。道は僕に任せてくれていいよ」

「な⁉　……にをご冗談を……！　殿下が歩いて行かれると、護衛も、お付きの方も歩いていくことになるでしょう⁉」

今年度で卒業し成人を迎える殿下の笑顔は、本気か冗談か分からない。

「ああ、皆には申し訳ないが付き合ってもらうしかないな……マリアンナが一緒に馬車に乗ってくれないのならば……」

そこまでして私を一緒の馬車に乗せようとするのは、私に良からぬことをさせないためか……殿下の生来の、優しさか。

どちらにしろ、私への好意からではない。物語通りに殿下の気持ちがエレナ様に傾いているのならば、純粋に、幼馴染みに対する厚意からくる優しさなのだ。

勘違いしてはいけない。私は、悪役令嬢なのだから。自ら身を引かなければ、私の辿る結末は、破滅だ。

「分かりました。お邪魔でないのならば、同乗させてください」

なんだかうまく乗せられた気もするが、今はありがたく厚意に甘える。一応、いつ放り出されてもいいように、道はなるべく覚えておこう。

話しながら歩いていると、いつの間にか馬車の前まで来ていて、前庭にある噴水の水が朝日を反射して煌《きら》めいている。

少し落ちていた気分が上がったのは、空がよく晴れていたから、噴水も殿下の金髪もきらきらと輝いて綺麗だったからであって、毎日少しでも殿下と二人で一緒にいられるから、ではない。

そう誰に向けてか分からない言い訳を心の中で唱えながら、馬車に乗り込んだ。

……前世を思い出して、洗脳から目を覚ましても、この気持ちだけは冷めてくれない。これ以上、殿下に心を寄せても、きっと辛いだけなのに。

学園に着き、馬車から降りると、周りにいた人たちがざわざわと騒ぎ出した。

――見て。アレクシス殿下とマリアンナ様よ。お二人、なんて麗しいの。

――マリアンナ様、王家の馬車で殿下と一緒にいらっしゃっていたわね。

――本当ね。どういうこと？　もしかして、マリアンナ様も、城に？

――まぁ、城に押しかけていかれたのかしら？　もう婚約者も同然、と思ってらっしゃるのね。

――それは……エレナ様が、お気の毒だわ。

――ちょっと！　声が大きいわ。マリアンナ様に聞こえてしまったらどうするの、恐ろしい。

――いけない！　あの赤い瞳で睨まれたら、怖くてまともに立っていられないわ。

久しぶりに殿下と私が並んでいることで、色めき立つ声もたまに聞こえるが、それよりも、私が殿下に我がままを言ったのだろうと眉を顰めている方が大半のようだ。全部聞こえたわけではないので、私の（被害）妄想で補完しているが。

無理もない、絵姿が飛ぶように売れる殿下と、同じ馬車で登場だもの。

彼女たちは、多分、もう一人の婚約者候補のエレナ様の肩を持っているわけではないのだ。ただ、殿下と並び立つ者の粗を見つけて何か言いたいだけ。分かってほしい人にだけ分かってもらえれば、今は気にすることはない。

しかし、分かってほしい人だけに……とは言っても、「分かってほしい人」の一般的な代表格――「友達」の存在がマリアンナにはいない。

何故、十六年も生きていて、「友達」ができなかったのか。

唯一の王太子妃候補だからとまだ持たぬ権力を笠に着て、傍若無人に周りを振り回したから
――なんて理由ではない。

ただ、この真っ赤な血のような瞳が畏怖の感情を呼ぶ、という単純な理由からだ。頑是《がんぜ》ない子どもは特に、恐怖が本能に植え付けられているかのように、私に怯える。さすがにもう子どもの頃ほど、悲鳴を上げられたり露骨に逃げられたりはしないが、未だに、同年代の令嬢たちとは距離を置いたお付き合いしかできていないのだ。

――前世にいたような、友達が欲しい。相談したりされたり、お昼休みにお喋りしたり、学校帰りに城下街をウィンドウショッピングしてカフェに行けるようなお友達が欲しいわ。

そう考えると、マリアンナにとって継母のカリサは友達のような存在でもあったのだな、と他人事のように思った。


挨拶と、休み時間中、教室の出入り口にたむろしていた生徒たちに「入ってもいいかしら？」と言ってモーゼのように道を開けさせた以外、クラスメイトの誰とも話さず迎えた放課後。

私、マリアンナは生徒会室の扉を目の前にしていた。

アレクシス殿下とは極力関わらず、帰りの時間まで粛々と真面目に仕事に取り組む。

一人くらいいるであろう女の子の役員を、怯えさせないようにできたなら、お友達になる。

二つの目標を心の中で復唱し、ノックをする。

「失礼いたします。マリアンナ……」

扉を開け、部屋の中に体を向けてまず名乗ろうとしたところで、言葉が途切れる。

春に咲く愛らしい花が似合いそうな明るい金色の髪を、サイドにまとめている少女が、こちらを振り返ったからだ。

息を呑み、一般的な茶褐色ではない、その少女の瞳を見つめた。

アレクシス殿下以外の、こんなに濃い色の瞳とはっきり目が合ったのは、この時が初めてだった。

——薄い紫色のリボンをつけたその少女の双眸《そうぼう》は、アメジストのごとく煌めき瞬いていた。

そのぱっちりと大きな瞳が、こちらを見つめている。

「……マリアンナ・ロッテンクローです。お役に立てるか分かりませんが、今日からお手伝いさせていただきます」

なんとか気を取り直し、平静を装い、言い直してから扉を閉める。

貴族の令嬢として、内心の動揺は極力出さないように躾けられている。止まっていたのはわずかな間のはずだ。端からみれば、緊張から少し詰まってしまっただけだ、と思ってくれただろう。

「マリアンナさまぁ、マリアンナ様も、今日から生徒会に参加するのですかぁ？　やったぁ、仲間がいて嬉しいですぅ」

アレクシス殿下が私に視線を向け、話しかけようとしたようだったが、それに先んじて「物語」の中のヒロイン、エレナ・リントン男爵令嬢が甘ったるい口調で無邪気に私の手をとった。

前世で最後に読んだその物語に本当に則っているならば、彼女がヒロインで、私は悪役令嬢であり、相反する存在だ。

　エレナ様が発した言葉と無邪気な振る舞いに、にわかに生徒会室に緊張した空気が走る。

　学園内でも目立つ私《マリアンナ》の以前の振る舞いで、同じく何かと注目を集めるエレナ・リントンを私《マリアンナ》が良く思っていないことは、ほとんどの生徒が察している。「物語」の悪役令嬢に負けず劣らずエレナ様を嫌厭《けんえん》し、それを隠そうともしていなかった。生徒会の方々は、私がいつヒステリックに怒りだすのかと冷や冷やしているのだろう。

「……まぁ、エレナ様にもお声がけがあったのですね。私も、エレナ様がいて心強いですわ」

　エレナ様も、私と同様にアレクシス殿下に誘われたのだろう。二人になった婚約者候補を、今のところは平等に扱っている、まだどちらにも肩入れはしていない、と周りに示すために。それは、アレクシス殿下がまだ、私を婚約者候補の一人として考えてくれている、ということでもある。

「アレクさまぁ、マリアンナ様にも、優しく教えてあげてくださいねぇ？」

　エレナ様は、今度はアレクシス殿下にちょこちょこと駆け寄り、袖を摘まんで言った。

　――さっき、私も、今日から参加するのか、と問いかけていた。つまり、エレナ様も今日から参加している、ということよね？　となれば、生徒会のお手伝いとしては、エレナ様は私と同じスタートラインで、内輪の中には入っていないはず。

　アレクシス殿下がもう身内であるかのようなその物言いと愛称呼びからすると、ヒロイン《エレナ》は順調に、個人的にヒーロー《アレクシス》との距離を縮めているようだ。

……そうなると殿下は、婚約者候補二名に平等に接するためというより、私の監視と同時に、ヒロインも傍に置いておきたかっただけではないのだろうか？　と勘ぐってしまう。

あの殿下の、そんな専横を見たことは今まで一度もないが、ヒロインへの想いからくる業なのかもしれない。

チクリと痛んだ心に蓋をして、意識的に笑みを崩さないようにする。

「……ああ、そうだね。皆も、二人を歓迎しているよ」

アレクシス殿下は、いつもの柔和な笑顔で私とエレナ様に言った。

「エレナ、ちょっとは大人しくしてろよ。申し訳ありません、ロッテンクロー伯爵令嬢」

そう言ってエレナ様の腕を引き、私に軽く頭を下げたのは、紫黒色の髪が落ち着いた印象を与える、体格のいい青年だ。

「いいえ、エレナ様が歓迎してくださって嬉しいですわ。ええと……」

エレナ様を窘めた青年も生徒会のメンバーなのだろう。紹介があるかと思い、青年に言葉を返してから殿下をチラリと見ると、エレナ様がその青年の腕を、ぺちんと軽く叩いた。

「マイク、なぁに、もう。あ、マリアンナ様、マイクはぁ、生徒会の書記ですよぉ」

一緒の日に生徒会の仲間入りを果たしたエレナ様が、私に面々を紹介してくれるのだろうか？

「あ、書記のマイク・レイガーです。こいつ……エレナとは昔からの腐れ縁で、……おい、もうその辺にしとけって」

私に名乗った後は、小声でエレナ様を諫める。

「よろしくお願いいたします。あの、レイガー商会のご子息なのですよね？」

レイガー商会は、貴族向けの服飾から平民向けの服や日用品、雑貨まで手広く扱っている、この国でもトップを争う大商会だ。確か、三男が一学年上にいると聞いた。

「あ、そうです！　自分みたいな身分の者まで把握されているんですか？　まあ自分は、騎士科を専攻してるんで、商売にはあまり携わっていないんですけど、光栄です！」

「私も、レイガー商会の品にはよくお世話になっていますもの。……レイガー様は、エレナ様と昔からのお知り合いなのですか？」

マイク・レイガー……。マリアンナとしては存在は知っていたけれど、物語の中に登場してたっけ……？　ヒロインの幼馴染みみたいなポジションなんて、当然出てきそうなのに。

「はい、幼馴染みみたいなものですね。こいつが今の家に移るまでは、目と鼻の先に住んでたんで」

「そうなのですね、どうりで仲がよろしそうですね」

こいつが今の家……？　あれ、エレナ様は今現在、寮住まいではないの？　……あれ、だとしたら、何でアレクシス殿下は私の入寮に反対したんだ……？

「それにしても、あのロッテンクロー伯爵令嬢が、うちの商会の品にご満足くださっているなら嬉しいんですけど」

「ええ、もちろんですわ。レイガー商会の『アンの雑貨』なんて特に、品を置く台や窓まで全部可愛いから、お店に入るだけでも楽しいもの」

　寮の件は気になるけれど、今はとりあえず置いておこう。本当に、周りが畏怖《いふ》して迷惑だろうから、っていう配慮をしただけかもしれないし。

「ロッテンクロー伯爵令嬢が、『アンの雑貨』に行かれるのですか？　あの店は、母のお気に入りを集めている店なんです。母が聞いたら喜びますよ」

『アンの雑貨』という店は、低価格の雑貨を中心に置いている、敷居の低い店だ。たまに高価な物も置いてあるが、それは店内の装飾の意味もあるので、売れることはほとんどない。普通の貴族は足を向けない店だ。

　しかし、私は店内の飾り付けや陳列された品々や雰囲気が気取らず落ち着いていて、かつ私好みの可愛い物が多いのでよく通っていた。それができたのは、私が貴族令嬢ではあるが、襲われる心配も、襲われてどうにかなる心配もあまりなかったことが理由にある。強いから。

　最近は、お父様の圧やヒロインへの嫌がらせのための作戦を練るのに忙しくて行けていなかったが。

　ちなみに、マイク様は商会の三男で、将来は家業を手伝わず、騎士を目指すらしい。

「マリアンナでかまいません。後輩ですもの、ここでは敬語もおやめになってください」

「そうかな？　そう言ってもらえると助かるな、マリア……」

「マリアンナ！　他のメンバーも紹介するよ‼」

　マイク様と私の間に、和やかな空気が流れたが、お喋りが過ぎたのかアレクシス殿下が強引に間に割って入った。そして、次はエレナ様ではなくアレクシス殿下の紹介で、他の生徒会メンバーにも挨拶をする。

「……やっぱりマリアンナ嬢、くらいにしておくよ、お気に召さないみたいだから」

小さな声でマイク様が苦笑しながらこっそり私にそう言ったが、誰のお気に召さなかったのかは分からない。

その日、生徒会のメンバーは本番が近い魔法展覧会の準備に追われ、私とエレナ様は資料の整理など雑務をこなすことになった。それをしながら、どこに何があるのかを覚えていく。

「きゃっ！　いたぁい！」

資料を本棚の然るべき場所に戻していると、エレナ様の悲鳴が聞こえて振り返る。

ぺたんと床に座り込んだエレナ様の周りには、女の子が一人で持つには少々多い量の資料が散らばっていた。

「どうした？」

生徒会室と隣接する資料室に、直接行き来できる扉から殿下が顔を出す。

「あっちに山積みになった本を持ってきなさいってマリアンナ様がおっしゃったのでぇ、頑張ろうと思ったらぁ、マリアンナ様が……あっごめんなさい。……いたっ……」

私が何なのだ、私が。勝手にこけただけじゃないか。しかも、持ってきなさい、ではなく、あっちの山から片付けましょうか、と言ったつもりだった。一回で持って来いとも言っていない。

教わりながら一緒にやっていた先輩は、ちょうど違う本棚の列の向こうにいて、何があったのかは見ていないようだ。

「……エレナ様、大丈夫？　……私、何かしてしまったかしら？　だとしたらごめんなさい」

「あ……ご、ごめんなさぁい……余計なこと言っちゃいました、マリアンナ様のせいじゃないですぅ、エレナがドジなせいですぅ！　ごめんなさぁい」

涙目で怯《おび》えたように謝るエレナ様。集まった生徒会の面々も……殿下も、私が何かしたと思っているに違いない。私はもう嫌がらせはしないって決めているのに、やはり私は悪役令嬢の道から逃れられないのか。

物語と同じように破滅に足を絡めとられる前に、何とかしなければ……と決意を新たにしていると、エレナ様の制服のスカーフリングについている飾り石が突然光った。

「治癒魔法使っちゃいけないんだったぁ！　……うう、いたあい……」

学園では基本的に生徒が勝手に魔法を使ってはいけない決まりがある。リングの飾り石が魔石でできていて、魔法が発動すると制御魔法がかけられる仕組みになっている。今は、エレナ様が無意識に自己治癒を発動してしまい、魔石が働いたのだろう。

「足をひねっているのか。医務室に、誰かに連れて行ってもらおう」

「あ、自分が……」

エレナ様の幼馴染みだというレイガー様が名乗り出るが、エレナ様が糖度の高い声で遮る。

「アレクさまぁ、連れてってくださるのですかぁ？　迷惑をおかけして、ごめんなさぁい……」

エレナ様は、アレクシス殿下に向けて両手を広げた。何を要求しているのか……。

「……」

「アレク様ぁ、いたぁい……！　自分で歩けたら、行くんですけどぉ……」

エレナ様の大きな瞳が、みるみる潤んでいく。

それにしても、物語のエレナ様はここまで間延びした口調で甘えていただろうか？　活字で読むのと実際見聞きするのとではギャップが大きい。正直、失敗した実写化映画みたいだ。

「……ああ、可哀想に。しっかりつかまって」

アレクシス殿下は、優しい笑みを浮かべて、大事そうにエレナ様を抱き上げて、出て行った。

さっきまでエレナ様が座り込んでいた床を見ながら、まだお父様に、優しいお父様が残っていた頃に観た歌劇を思い出した。

敵国に囚われた姫を助ける騎士。

乙女心がくすぐられて、憧れた。アレクシス殿下と私みたいかも、なんて恥ずかしくて誰にも口に出して言えなかったけれど、屋敷に帰ってベッドの中で、夢を見て。

――でも、私はその姫ではない。

私は、敵国の傲慢な王女《悪役令嬢》だもの。

だって、アレクシス殿下がちらりとこちらに向けた視線に疑惑が浮かんでいたのは、きっと気のせいではない。

私は、散らばった資料の一つを拾う。

窓から、やっと残暑が去ったばかりなのに、気の早い冬の冷たい風が吹きこみ、ちちち、と鳥

のさえずる声が聞こえた。

資料をしまうべき場所を探して、のろのろと歩き始めたが、なかなか見つからなかった。


あれ以来、私と殿下の間にある溝がまた少し深まった。

と、いうより私が一方的に気まずさを感じて、殿下を避けてしまっている。

夕食や朝食も、なるべく部屋でとらせてもらっている。学園の行きと帰りは、どうしても一緒の馬車に乗ることになるが、寝たふりをしたり、今日の授業の予習が間に合っていない、と教科書を広げていたり、極力、会話をしないようにしている。

アレクシス殿下が話しかけてくることはあるが、程よい相槌、鉄壁の淑女の微笑みで躱《かわ》している。

……近づきすぎだったのだ。監視目的なのだろうが、アレクシス殿下が王城に、と言ってくれて、優しく声をかけてくれて、自分でも気づかないうちに浮かれていたのかもしれない。

ヒロインであるエレナ様と既に仲が深まっている今、私は邪魔者、むしろ危険人物くらいに思われているだろう。

『癒しの乙女は溺愛王子に護られる』の物語の中では、数日後に魔法展覧会が開催されるという今の時点で、既に気持ちはエレナ様に傾いている。それまで婚約者状態だったマリアンナに罪悪感を抱く一方で、エレナ様に嫌がらせや危害を加える、悪役令嬢マリアンナを厭《いと》う気持ちを持ち始めている。

　だから私は、もうアレクシス殿下とエレナ様に、執着もしていなければ関心もなくした――と、思わせなければいけない。警戒心を薄めて、味方だと思ってもらう。二人の築くこの国の未来に、必ず私は役に立つ、と分かってもらうのだ。

　エレナ様の隣で幸せそうに笑うアレクシス殿下を見ながら、この国にいるのはきっと辛い。

　それでも私は、やっぱり私の持つこの力を、この国の……この国を背負うアレクシス殿下のために使いたい。

　我ながら、報われないのに馬鹿だな、と思うけれど、時が経てばきっとこの気持ちを、友愛にできる。

　こう思えるのも、前世と物語を思い出したお陰。転生したことには、きっと意味がある。絶対、運命を変えてみせる。

「殿下、一人部屋の空きが寮にあるみたいなので、やはり私は寮に」

「ああ、そこは今度領地に戻る男爵の令嬢が入るんだ。マリアンナは王城にいるんだから、必要ないよね」

　だから、そのためにも、今はなるべく、親しくしすぎない方がいい。そう思って、早く殿下を説得して王城からも出たいのだが、その話を持ち出すと、今度は殿下の方がはぐらかす。

　――あの娘さえいなければ、マリアンナ、お前がアレクシス殿下の隣に並び立てる。排除しろ、邪魔な者は、排除するのだ‼

　殿下やエレナ様を見ると、未だにお父様の怒鳴り声が頭の中で響くから、距離を置きたいのに。

前世を思い出したことがきっかけで、支配されていた醜い感情から脱却できたのだ。これ以上殿下やエレナ様と関わって、あの頃の自分に逆戻りするのが、怖い。

洗脳のように父に言い聞かされていたとはいえ、最終的に嫌がらせを実行に移したのは、私だ。

流されて至ってしまったこの現状が、息苦しい。

いや、息苦しいのは、アレクシス殿下とエレナ様が楽しそうに雑談をする姿が、気にしないようにしていても、どうしても視界に入ってしまうからかもしれない。

鏡やガラスにふと映る、自分の赤い瞳。触れたら熱を帯びていそうなその瞳を見る度に思い出す、あの言葉。

——君の婚約者にはなれない。

……やっぱり結局、全部、この赤い瞳のせいだ。


そんな折、先生に、身内の者が面会に来ている、と呼ばれた。

行ってみると、そこには父の従僕であるジョンがいた。

「どうしたの、急に。……お父様かお継母様に、何かあったの？」

実家を出てから、一度お継母様からの手紙をジョンが届けてくれたが、その時は王城に届けてくれたはずだ。何か緊急の事態か、と身構える。

「いえ、学園まで押しかけてすみません、お嬢様。それが、お嬢様の魔石をもらってこいと仰せつかりまして……」

「魔石？　前のものがまだなくなる時期ではないはずだけれど」

貴族の家では、灯りや湯浴み、浄水など生活のあらゆる場面で、魔石を必要とする魔道具が使われている。魔石の属性は、魔力を入れた者の属性に由来するため、そのままでは同じ属性を持つ者にしか扱えない。しかし、変換装置があれば話は別である。その装置に魔石と魔道具を取り付けると、属性に影響されない魔力に変換される。その装置を媒介として魔道具に魔力が伝わり、光源になったり、湯を沸かしたりすることができる。原理は違うが、前世で言う火力発電、水力発電で電気を作り、充電器で充電することによって稼働する家電みたいなものだ。

これは、三十年ほど前に魔法技術の進む我が国で発明されたもので、それまでは灯りは火属性の魔石、浄水は水属性の魔石、と属性に合った魔石しか使えなかった。この技術は他の国々からしても画期的であった。我が国は周辺国の中では大国だが、これを独占せずに、使用料を課した上で、他の国々にも教え、全世界に少しずつ広がっている。

今では、我が国では貴族はもちろん、広く一般国民にも浸透しつつある。そうなると、他より優れた点をアピールしたいのが貴族の性で、魔力の強さをアピールしようと、夜でも灯火魔道具を使って煌々と塀周りを照らしているのだ。

魔石は、買うことも可能だが、貴族ならば自分で賄《まかな》えない魔力は分不相応な力、買うのは恥ずかしい、と考える傾向がある。そのため、大抵は自分たちの魔力で賄う。我が家は、もちろん私の魔石を使っている。

「はぁ……。それが、奥様のご友人が、自分の家で開く夜会で見栄を張って灯火魔道具を増やして、魔石の魔力がなくなって困っているらしくて。密かに奥様に助けを求めて、奥様が譲ってしまったそうなのです」

魔道具に使用する魔石は、大量の魔力を必要とするため、一気に供給できるものではない。日々負担にならない程度の魔力を、空《から》の魔石に少しずつ入れると、魔石の色が濃くなっていく。空の魔石というのは、魔力を入れて保持できる石で、宝石のように鉱山から発掘される。空の魔石も宝石と同じように、この世界では石の一種、とみなされている。

空の状態だと水晶のように透明だが、魔力をこめると火属性は赤、水属性は青、風属性は紫の色になる。その空の魔石に限界まで魔力を入れると色が濃くなるのだが、これには非常に時間がかかる。二か月ほどもつ平均的な大きさの魔石に魔力を入れるのに一年かかる者もいる。これを一気にやろうとすると、魔力のほとんどを持っていかれる。一気に魔力をなくすと、最悪の場合は廃人同然になることもあるらしい。だから大抵は家族皆で日々少しずつ、魔石に魔力を入れている。

「なるほどね。お母様は、頼まれたらなかなか断れない性格だものね。……まだ溜まりきってないから、ちょっと待って。ここで入れるから」

私は、ゴソゴソと制服の内ポケットから小袋を取り出し、その中から、まだ半透明な薄い赤い石を取り出した。私の拳より一回り小さいくらいのその石は、手の平にちょうど収まる大きさだ。それを両手で包み込み、目を閉じる。血のように体に巡る魔力に意識を向けて、肩から指先に流すように力を集中させる。そして、十分と少し経った頃に、手の中の魔石は燃え盛る炎をそのまま閉じ込めたような赤色になった。

「はい。これ、よろしくね」

ジョンの手に、それを載せる。

「うわあ、今の時間だけでこんなに濃くなった……。相変わらずすごいですね。帰り道、気をつけないとな……」

この一個で、大変な値打ちなのだ。特に、私の魔力の入った魔石は効き目が良くかつ長持ちする、らしい。

実家の商いが急に傾いたために奉公に出された彼は、我が家に来てまだほんの数か月ほどだが、貴重な魔石を持って帰る大役を任されるほど執事長からの信頼を既に得ているようだ。あの執事長がそんなに早く認めるなんて、よっぽど勤勉に働いているのだろう。

「ふふ、そうね。気をつけて帰ってね」

ジョンを見送っていると、後ろから、ぽん、と肩を叩かれた。

びっくりして振り返ると、金髪に、傾きかけた夕日の光がキラキラと反射している、アレクシス殿下だ。

「探したよ。帰ろう」

「ええ、お手間おかけして申し訳ありません、殿下」

私は、いつもと同じ笑みを浮かべて、殿下の一歩後ろから付いていく。

「とうとう、明日だね」

殿下が、振り返らず、立ち止まらないまま、言った。

「……ええ、いよいよ、です」

明日と明後日は、一般生徒はもちろん、生徒会が活動休止日を返上して準備してきた、魔法展覧会。

……「物語」の私が、エレナ様に攻撃魔法を使って危害を加えようとしたのも、魔法展覧会だ。

馬車の待機場に向かう二人の間に、沈黙が降りる。

いつの間にか、私と殿下の距離は、殿下が一人くらいなら横たわれるほど、開いている。

「マリアンナ」

その沈黙を破ったのは、やはりアレクシス殿下だった。

「……はい」

「明日と明後日の展覧会が終わったら、話があるんだ。時間、もらってもいいかな……？」

殿下が、立ち止まった。空いた距離を保ったまま、私も立ち止まる。

「……はい。分かりましたわ」

今まで断罪されるほどのことをしたとは思わないし、明日も明後日もするつもりはない。

でも、殿下は、エレナ様のために、私とはけじめをつけるおつもりなのかもしれない。

王城に帰ったら、荷物をまとめておこう、と考えながら、歩き始めた殿下の後ろを、とぼとぼとついていく。

少し進んだところで、再びアレクシス殿下の歩みが止まった。

「アレクシス殿下……？」

殿下は、くるりと振り返り、空いた距離を縮める。

そして、私の右手が、殿下の左手に繋がれた。

「……殿下なんて付けないでよ、マリー」

「え……？　殿下……⁉」

「マリーに殿下、なんて呼ばれたくないんだ、お願い」

「え……？　あ……⁉　れくしす……様……？」

様とかもいらないんだけどな、とぼやきながら、繋いだ手を離さないまま、また歩き始める。

「……ごめんね。でも、絶対守るから……」

繋いだ手の感触がなんだか恥ずかしいのと、アレクシス様の気持ちが分からず混乱していた私の耳には、小さく呟いた殿下の最後の言葉は届いていなかった。

4 魔法展覧会、はじまる

いよいよ、魔法展覧会当日になった。

展覧会と言っても、ただ何かを展示するだけではない。このイベントを始めた当初は、魔法を使った発明品などを展示しているだけだったが、今では観客を楽しませるような魔法のパフォーマンスや、魔法騎士を目指す学生たちの試合など、二日間にわたって様々な催しが行われる。クラスや、クラブ単位で模擬店の出店も認められており、もはや学園祭の様相だ。

私が父からエレナ様への妨害と加害行為を命じられているのは、発表の部だ。物語の中では言われるがまま従ったけれど、今は無視して家出中。もちろんその命令に従うつもりはさらさらない。そんな命令に従って、本来の物語通りに、悪行を重ね、むざむざ『ざまぁ』されにいくわけにはいかない。

二日目の午前中、円形になった客席に囲まれた舞台で、魔法を使ったパフォーマンスが行われる。個人やグループ、事前のオーディションに合格すれば誰でも参加できる。しかし、エレナ様は特別枠としてオーディション無しで選ばれたらしい。類まれな才能を持つ瞳の発現者として。

その選出理由でいえば私やアレクシス様もそうなのだけれど、アレクシス様は、生徒会会長であると同時にこの展覧会の生徒責任者なので、運営側として表舞台には出ない。というか、忙しくて出られない。

エレナ様と同様、私も正式には生徒会に所属してはいないので出ることは可能だが、いかんせん、他の生徒より抜きん出て攻撃力が強いので、私が参加すると、姿を現した時点で怯える観客が出るのは必至なので、出ない。当然、参加要請もない。

同じ色持ちなのに、表舞台で称賛を浴びているヒロインと、その能力を持て余し、日陰者にならざるを得ない悪役令嬢。そういった背景も相まって悪役令嬢は嫉妬し、鬱屈《うっくつ》した気持ちを「攻撃」という形で、ヒロインにぶつけるのだ。大勢が見守る発表の部で。

その後、後夜祭にあたる学内夜会にて、まだ公開断罪とまではいかないものの、アレクシス様に釘を刺される。

――これ以上彼女を傷つけるつもりならば……たとえ君でも、許さない。……失望させないでくれ。

小説だったから、文字でしか知らないはずの台詞が、アレクシス様の声で蘇る。

つきん、と胸に痛みが走る。

――大丈夫、私はもうお父様の洗脳から覚めたのだから、そんなことはしない。物語の中のマリアンナと私は、違うの。悪役令嬢なんかには、ならない。

自分に言い聞かせるように、そう心の中で唱えた。

それまでの思考を振り切って周りを見渡すと、模擬店が立ち並び、客寄せの声があちこちから聞こえ、楽しそうな生徒や、その生徒に会いにきた家族の姿もたくさん見られる。

いつもとは違う、お祭りのような雰囲気や、楽しそうな人たちを見ると、私も自然とわくわくする。さあ、楽しもう。

「まぁ、ロッテンクロー伯爵家のご令嬢だわ」

「本当に真っ赤な目をしているのだな……」

……こっそりこちらを盗み見て、ヒソヒソと囁き合う声に気づかなければ、だけれど。

この人の多さで、気が大きくなっているのか、結構みんな大きな声で話している。べつに睨んだりなどはしないけれど、私だって一応まだ十六の小娘なのだから、せめて聞こえないように話してほしいものだ。

見回りをするために、生徒会の腕章を付ける。うちのクラスは特に何も出店や参加をしないので、私はすることがないなと思って立候補したのだ。最初は畏怖や好奇の目で見られるだろうから、どこかに大人しく隠れておこうかとも思ったが、もしエレナ様に何か起こった時、私の姿を誰も見ていなかったら私のせいだと疑われるに違いない。それならば、堂々と皆の前にいれば、証言者には不自由しない。例の、発表の間は、意識して全く別のところでジロジロチラチラ見られたらいいのだ。そして何より、せっかくの展覧会を楽しみたい。暇だし。

さぁどこの模擬店から行こうかな、キョロキョロと見ていると、後ろから声をかけられた。

「マリアンナ、やっと見つけた。さっそく見回りしてくれているんだね、ありがとう。でも、ちょっと頼みたいことができたんだ、いいかな？」

振り返ると、キラキラと光を反射するプラチナブロンドが、三つ、並んでいる。いや、真ん中の小さめのブロンドはアッシュブロンドか。

「マリアンナお姉さまー！」

一番背の低いアッシュブロンドの少女が突進してきて、ぼふんとぶつかった。

「おっ……」

危ない危ない。何が危ないって、小柄な美少女にタックルするように抱きつかれたことではない。

おぉう……！

と、大きな声が出そうになったことが、である。前世の記憶に引っ張られたのだろう。友達に消しゴムを貸して、と投げてもらったけど取り損ねた時のような声が出た。今の私は楚々とした淑女だ。物を投げたり投げられたりしないし、万が一そんなことがあっても、間抜けな声は出そうと思っても出ない……はずだ。

「ロザリア、いきなり走り出すな。危ないだろう？」

愛らしい妹を心配して、麗しい兄が窘める。思わず見とれてしまうワンシーンだ。

「だって、一緒のお城にいるのに、なかなかマリアンナお姉さまに会えないから、とっても久しぶりなんだもの！」

私の胸元あたりに顔をうずめながら、ちらりと上目遣いでアレクシス様の様子を窺う。うん、とっても可愛らしい。私の吊り上がり気味の目尻だって下がるってものだ。

「三日前に会ったんだろう？　それは久しぶりとは言わないぞ。ごめんね、マリアンナ。いきなりイノシシのように突進されて怖かったよね。ロザリア、離れなさい」

「あらお兄様、よくご存じですねぇ、三日前に、私とお母様とお姉さまの三人でお茶したの。力ずくで離してくださってもよろしいのよ？」

　そう言って、ロザリア様はますます私にぎゅっとしがみつく。うむ、可愛い。年上の令嬢やご婦人だって私には近づかないのだ。年端《としは》もいかない令嬢の中には近づいただけで恐怖に倒れる子もいる。ロザリア様も最初は怖がっていたものの今は屈託なく慕ってくれる。それはもう可愛がるしかない。思わず、私もロザリア様の背に両手を回す。

「ぐっ……、マリアンナ、迷惑だったら、遠慮なく僕に言ってね」

　アレクシス様の声が引きつっているように聞こえたが、気のせい？

「いいえ、問題ありませんわ、殿下」

　言いながら、ロザリア様の頭を撫でる。

「ロザリア、もう満足でしょう？　きちんと挨拶なさいな」

　ここで、静観していたもう一人の落ち着いた女性の声が割って入った。目尻に皺がわずかに刻まれているものの、未だにハリのある肌の、金髪で若々しい女性。アレクシス様のお母様、つまり王妃陛下だ。

「ご挨拶もせず、大変失礼いたしました。ごきげんよう、王……おばさま」

　王妃様、と言いかけてやめた。おそらく、お忍びで来ているのだろうから。とは言え王妃様をおばさま、と呼ぶのは、たとえお忍びでも不敬だろう。しかし、私からすると幼馴染みのお母さん、というイメージも強く、また王妃様本人も気さくな性格なので、子どもの頃は実際に「おばさま」と呼んでいた。

「ごきげんよう、マリアンナ。いいのよ、この子が突然走り出したせいだもの」

ロザリア様が、母親の言葉には素直に従い、一歩下がってドレスの裾をつまみ軽く膝を曲げる。

「ごきげんよう、マリアンナお姉さま！　来ちゃった！　びっくりした？」

我が心のオアシス、ごきげんよう！　本当にびっくりしたよ、王族が三人揃って……。お忍びゆえ隠れているだろう護衛の方々の心中、お察しいたします。

「ええ、とっても。ロザリア様は、私を驚かせることと、喜ばせることがお上手ですね」

「礼儀作法もそれくらい上手に身に付けてほしいものだけれどね」

「必要な時は、ちゃんと上手に振る舞えるもの、お兄様！」

「レディはいつだって礼儀を忘れないものだよ、ロザリア。ああそんなことよりマリアンナ、話が途中になってごめんね。実は、頼みがあるんだ」

――アレクシス様から、私に頼み？

忙しい生徒会長の頼みとあれば送迎付き居候の下っ端の身としては、否とは言えない。

内容を尋ねると、王妃様とロザリア王女殿下に学園を案内して回ることだった。

「もちろん、かまいませんわ。むしろ、ご一緒できて嬉しいです。でも、気づかれて騒ぎになるのでは……？」

ブロンドの髪は珍しくはないが、王族ともなれば、だいたい魔力を持って生まれるから、私やアレクシス様ほどではないものの、瞳の色はそこそこ濃い。なにより、貴族の通う学園なので、お顔を何度も見ている人がごろごろいて、騒ぎにならないとは限らない。

「大丈夫よ。息子のアレクシスが通っているのだから、母たるわたくしがいても何も珍しいことじゃないわ。それに、帽子を被っていてもすぐ分かるほどの貴族だったら、いたずらに騒ぐことはしないわ、きっと。さぁさ、見て回りましょう！　何年ぶりになるのかしら！　ああ、あれ見て！　あのクレープ！　あつあつとひんやりをほどよく口の中まで保つ魔法をかけているのですって！」

この展覧会での模擬店は、基本的に生徒のみで運営する飲食店は認められていない。口に入るものは、外部の飲食店を招致している。それも、貴族の令息令嬢やその親兄弟が集うということで、有名なカフェやレストランも名乗りを上げている。そういった外部の店と生徒が協力し、魔法を組み合わせたメニューを考案して売ることは認められている。そのうちの一店舗だろう。

しかし、この方のメリハリというか、公と私の使い分けはさすがだなと思う。

公の場や社交の場では、柔和な笑みを浮かべながら、目線一つで相手を威圧している場面だって見たことがある。同一人物とは思えない、王妃様のはしゃぎっぷり。若々しいこともあって、なんとも可愛らしい。落ち着かない大人だな、ではなく、仕方がないなぁ……と思わせられる。

ていうか、待って、私が案内役でしょ、置いていかないで。

「待って、マリアンナ」

王妃様を追いかけようとしたら、アレクシス様に呼び止められる。

「……なんでしょう？　ああ、見回りの引き継ぎでしょうか？　ええと、エレナ様にお願いしておいた方が良いでしょうか。でも、今どちらに……」

「いや、その件じゃない。見回りについては、こちらで代わりを確保しているよ。そうではなくて……」

「……では、なんでしょう？」

まぁそうだよね、大事なヒロインに接触されたら困るから、人員くらい確保してるよね。しかし、展覧会の場面でこんな展開あったかな？　物語の悪役令嬢マリアンナは、ヒーローの家族を連れて練り歩くなんてしていなかった気がする。家を出たからなのだろうか？　小首をかしげて仰ぎ見ると、久しぶりに、アレクシス様とまともに目が合った。

――アレクシス殿下は、お前の魔力が欲しいだけなのだ。愛されているなどとゆめゆめ自惚《うぬぼ》れるでないぞ。マリアンナを大切に思っているのは、親である私たちだけだ。アレクシス殿下が愛するのは、お前ではない。アレクシス殿下が欲しているのはマリアンナの力《兵器》だけ――

「……マリアンナ？　どうした？」

アレクシス様の声に、ハッと我に返る。一瞬、自分がどこにいるのか分からなくなる。

ここは、学園で、今は展覧会の真っ最中……。ちょっとだけ、意識が飛んでいたような気がする。貧血だろうか？　覚えていないが、気分が重い。お腹の中に、ドロドロとした塊が沈んでいるよう。

「マリアンナ？　顔色が悪いよ。調子が悪いのなら、無理はしないで、僕に言って」

一回、軽く深呼吸をして、口角を上げる。

「いえ、ちょっと太陽が眩しくて、目が眩《くら》んだだけですわ。それより、私になにか御用でしょうか？」

「あ、ああ、それならいいが……少しでも調子が悪かったら、言うんだよ。用というか、ええっと……」

口角をキープしたまま、最近寝付きが悪かったから寝不足かな、と考える。

「知っているかな？　今日は、装身具の類を見えるようにつけてもいい日だそうだ」

装身具の類……首飾りとか、アクセサリーね。通常時の学園では、特別な理由がない限り、目につくようなところにアクセサリーはつけてはいけない決まりだ。制服の下など見えないようになら許可されているから元々緩いルールだが、この展覧会では堂々とつけることも容認される。

「はい、そういった小物を売る模擬店もありますものね。把握しております」

私が、無闇矢鱈と生徒に指摘して無駄に怖がらせないよう、確認したのだろうか。言われなくとも、準備を手伝った時に聞いて知っているけど。

「……うん」

「はい。それでは……」

「あ、ああ、マリアンナ、ほら、あそこにもあるな！」

アレクシス様の指差す先に、バザーを開いているクラスがあり、手作りの刺繍入りハンカチや、加護魔法つきの手作り装飾品などが売られている。

「ああ、二年生のクラスですね。申請も通っているところですよね……？　何か気になることでも？」

申請内容にはない物でも売っているのだろうか？　と目を凝らすも、ここから見る限り特に問題はなさそうだ。

「いや、そういうことではない。つまり……」

なんで、困ったように眉を下げているの。手をポケットにつっこんじゃって。……あ、もしかして！

アレクシス様が珍しくまごついているので、代わりに口を開こうとしたら、少し離れた場所で王妃様と待ってくれていたロザリア様が、痺れを切らしたのか戻ってきて私の隣に並んだ。

「お兄様ぁ！　なぁに、あのお店？　もしかして、ロザリアとお姉さまのために買ってくださるの⁉」

そうか、やっぱり。ロザリア様に何か買い与えたいのか。

けれど、私がのこのこと一緒に入店してしまうと、優しいアレクシス様はロザリア様だけでなく私にも何か買わないといけないと思って、それを見たギャラリーが瞬く間にアレクシス様がマリアンナにプレゼントした、という話を広めヒロインのエレナ様に誤解を与える事態になりかねない。

なるほど、だから遠慮してほしいのか……。

「ああ、それでしたら私は先におばさまと一緒にクレープの方に並んでおきますね。ロザリア様の分も買っておきますから、兄妹水入らずでゆっくり選んでくださいね」

王妃様は既に先に行ってクレープの行列に並んでいたので、そちらに足を向けた。

「あ、マリアンナ……」

アレクシス様の引き留める声が聞こえた気もしたが、これ以上気を遣われても居たたまれない気持ちになりそうなので、気づかないふりをして、王妃様と列に並んだ。

私と王妃様の前には三組ほど並んでいたが、ちょうど買い終えた頃にアレクシス様とロザリア様が店から出てきた。

「ありがとうございます、お兄様っ」

ロザリア様は、ピンク色の石をいくつか花の形に連ねた、可愛らしい髪飾りをつけていた。今日のようなお忍びのお洒落にぴったりだ、と喜んでいて微笑ましい。

「さぁ、お兄様、今度こそですっ！」

そう言って、ロザリア様がアレクシス様の背中を押した。何が「今度こそ」なのか分からない。

「ロザリア、余計なことは言うなよ。大人しくしていてくれ」

苦笑して窘めながらも、妹を見る目は優しい。

そのアレクシス様の目が、こちらを向いた。

「マリアンナ………」

最後に何か注意事項でも伝えられるのか、と思って続きを待ったが、アレクシス様はずっと黙っている。

「……？　はい」

沈黙に耐えかねてとりあえず返事をしてみたが、アレクシス様の視線が正面にいる私から横に移る。

つられて私もそちらを向くと、何故か目をキラキラと輝かせてこちらを見ている婦人と少女。

「……二人を、よろしく頼むよ、マリアンナ……」

「ええ、もちろんです！」

あの沈黙は、本人たちを目の前にして、母親と妹をくれぐれもよろしく、なんて頼むのは気恥ずかしかったからなのね、きっと。

思春期だわ。立派な王太子でも思春期は一緒なのね。

何故か半眼で王妃様とロザリア様がアレクシス様を見ているが、家族だけに通じるものがあるのだろう。相変わらず、仲良しだ。


それから三人でいろいろ見て回り、気になったものを買い、空き教室を開放した休憩スペースで、お喋りしながら買ったものを食べて、ごく普通に展覧会を満喫していた。

……そのはずなんだけど、何がどうしてこうなった？

「悪が栄えたためしなぁし‼　助太刀いたそう！　とぉっっ！」

今は、この世界観の中のどこの界隈で流行ってるの？　っていう寸劇が目の前で繰り広げられている。

「われも加勢いたしまするぅっ！　やあっ！」

ちなみに、助太刀いたすのが王妃様、加勢いたしまするのはロザリア王女殿下である。

私は、学園の校舎に囲まれた中庭で始まった王妃様と王女殿下が演じる寸劇を、為すすべもなく見守っているところだ。

「むむぅ⁉　手強いわね……！」

学園の演劇部による観客参加型お芝居。劇中のターニングポイントとなるところで、いくつかの選択肢を提示しどれを選ぶか観客に問い、その答えによってその後の展開が変わるのだそうだ。そのためにはいくつかのパターンを練習しなければいけないが、劇自体は短めの仕上がりになっている。一日に四、五回くらい上演するらしいので、全て結末が違う可能性だってあるのだろう。

「そうはっ、問屋がっ、おろさないわよぉっ！」

この世界にも、問屋がおろさない、って表現あるんだ。

これだけ目立てば、騒ぎになるのでは……と思ったが、あれほど堂々とテンションの高いお二人に、面と向かって「王妃様と王女様は何故寸劇に出ているの？」とは言えないらしい。年配の貴族の方の一部に至っては、「また何かやってるな」くらいの生温かい目で見ている気がする。

このよく分からない状況に至った経緯は、こうである。

まず王妃様が、裁縫部と演劇部が合同で開いている「衣装屋」を見つけ、入りたいと言い出した。そこでは、王妃様が騎士風の鎧《よろい》に着替えた。鎧、と言ってもサテン生地でできたものに、風魔法を付与した魔道具をところどころに縫い付けて膨らませているため、あまり重くはない。女性でも気軽に着られるものにしたらしい。ロザリア様は、着ていたお忍び用の動きやすい簡素なドレス（素材は決して安いものではないが）の上から、大きめな貫頭衣《かんとうい》を着ている。旅人風、らしい。

私もなにか着るべきか、と思ったが、何故か、マリアンナはそのままが一番良い、と止められた。ちょっと淋しかったけれど、特に着たいものもなかったので、私だけが普通に制服である。

高貴な騎士とぶかぶかの貫頭衣を着たさすらいの旅人といつもの制服の伯爵令嬢の三人で、またぶらぶら回っていた。そして、劇の立て看板を発見したロザリア様が、この演劇部のお芝居が観たい、と言い出した。私も、それは観られたら観たい、と密かに思っていたものだったので、快諾。

内容は、昨今ちまたで流行りの婚約破棄もの。どこかの国のやんごとなき身分の御仁と、町娘の愛の物語。悪役として、高慢ちきな高位の令嬢が二人の愛の障害として立ちはだかる。ヒロインの町娘は、めげずにひたむきに、やんごとなき御仁を癒やし励まし、一途に慕う。そんな町娘に、そのやんごとなき御仁も心を寄せ……というストーリーだ。

悪役の令嬢は、実在のその位に当てはまる方々に配慮してか、高位にある爵位の令嬢、とぼかしている。その令嬢が、展開のパターンのうちの一つでは、終盤で婚約を破棄され劇が最高潮に盛り上がった場面で、無敵の力を発揮する。自棄になった悪役の令嬢は、騎士たちをその細腕の一振りでなぎ倒していたのにもかかわらず、若い男女が力を合わせただけで、その令嬢にクリティカルなダメージを与える。悪役の令嬢は再起不能になり捕らえられ、ヒーローとヒロインは結ばれる。

ちなみに、悪役令嬢がその後どうなったかは語られてはいない。

私は、現状正式な婚約者ではないので、『婚約破棄』はされないし、何人もの騎士をちょっと腕を振っただけで殲滅《せんめつ》させる予定も、もちろんない。できるかできないかは、別として。

しかし、悪役令嬢役の子はわざわざ、髪を銀髪にしている。元々その髪色、という可能性もあるが、今まで、それほど私と全く同じ色合いの銀髪の女生徒は見かけたことがない。

――やっぱり、遠巻きに見る生徒からすると、私は婚約者気取りの高慢令嬢に見えるのね……。

演劇部の方々は、マリアンナは劇なんてわざわざ見ないだろう、と思ったのかしら。

『すまないが、君を愛したことはない。許してくれとは言わない。しかし、私は見つけてしまったのだ。真実の愛を』

『ごめんなさい、私が悪いのです……。私が、この御方の傍にいたいと、願ってしまったために……』

『真実すまないと思っていたから、これまでは見逃してきたが……もう許せぬっ！』

『やめてっ！　私は大丈夫よ、私のために戦わないで、あなたの傷つくところは、もう見たくないわっ！』

楽しみにしていた劇だったが、もうこの先は見たくない。不自然ではないように下を向き、耳を塞ぐのは露骨なので、なるべく違うことを考えて遮断しよう。

と、思ったところで両脇に座っていた騎士と旅人が動いた気配がして顔をあげると、さっきまで隣にいた方々は、既にステージの上だったのだ。

二人が味方として、背後に守るように立ったのは、もちろんヒーローとヒロイン側――ではなく。

なんと、悪役令嬢側だった。

ヒーローとヒロインに向かって、「どっちが果たして悪《わる》なんでしょうなあ……」なんて言ってしまっている。

「ふふ……！　何をしていらっしゃるのかしら！　はしゃぎすぎです、おふたりとも」

なんと、愉快な展開なのだろう。涙が出そうなくらい、面白いではないか。

私は観客側で一人で見ているけれど、楽しくて思わず、小さな声で口に出してしまうくらいだ。

「……ありがとうございます」

ステージ上では、悪役令嬢と、あんなに大暴れの騎士と旅人が程よいタイミングでヒーローとヒロインに倒されて、クライマックスシーンだ。

見惚れてしまうくらい素敵な敗者っぷりでした、と拍手で私の騎士さまと旅人さんを、お迎えしよう。

「おかえりなさいませ。驚きましたわ、お芝居見ていたら、さっきまで隣で一緒にいたはずの方たちが舞台に上がっているんだもの！　それにしても、立ち回りがとってもかっこよかったです！」

「ありがとう、マリアンナ！　でも、あなたは諫めてくれないと、ロザリアはますますお転婆《てんば》になってしまうわ！」

「そうよお姉さま、このままだと、お姉さまのようなたおやかなレディではなく、お母様のように破天荒なレディになっちゃう！」

「まぁこの子ったら！　お母様は、お父様がそのままのお母様を愛してくださっているから良いの」

「では、私もそのままのロザリアを受け入れてくださるお方を探しますわ。マリアンナお姉さまのような！」

「ロザリア様、私でよければ、いつでも受け入れますよ」

「マリアンナ、甘やかしてはだめよ！」

「それなら、おば様も自重していただかなくてはいけなくなってしまいます！　でも、私は、そのままのおば様とロザリア様が好きなのです。さっきのお芝居も、本当に楽しかったもの！」

「マリアンナ……。ふふ、ファンにさせてしまったかしら？」

「ええ！　次の舞台も楽しみにしたいくらいです！」

「乞うご期待、ね。立ち回りもそうだけれど、咄嗟《とっさ》のアドリブも洒落が利いた言い回しだったでしょう？」

「洒落がきいた、言い回し……？　……？　……あっ、そう、そうで、」

「お母様！　あの言い回し！　とっても」

「あ、ロザリア様……」

「とってもクールです！　私も真似てみたのですけれど、お母様にはかないませんでした！」

「え」

「あなたもまだまだね、わたくしほどの、機知に富んだアドリブのきく大女優への道は、まだまだ険しいわよ！　うむうむ、はげむがよい！」

「ははぁ！　ありがたいお言葉、かたじけねぇかたじけねぇ！」

　劇の雰囲気とは水と油ほど合っていなかったが、二人だけ世界観が違っていました、とはもう言えないほど盛り上がってしまっている。しかも、いまいち会話が嚙み合ってない。知っている単語を並べただけの時代劇ごっこだ。愉快な母娘である。うん、楽しそうだからいいか。

　だがしかし。

　突然乱入された演劇部はさぞかしご立腹だろうから、一緒に謝ろう。演劇部員は、まさか自分たちの舞台に王妃様と王女様がホイホイ乱入するとは思っていないので、これから大激怒して文句を言いに来るかもしれない。お二人も、きっとそこで身分を白状しない。でも、私がいれば、それだけであまり強く言えないだろう。だって、マリアンナ様は怖いんだもん。それに、演劇部は演劇部で、私をモデルにした悪役令嬢を登場させたことの後ろめたさがあるはずだ。

　そう楽観視していると、私が行動する前に、ヒロインの友人役をしていた生徒が、こちらに向かって、令嬢らしからぬ勢いで突進してきた。

　その顔は、逃してなるものか、とばかりに目が血走っている。自分で言うのもなんだけど、私に向かってそのお顔で突進してくるのはすごい。怒りが恐怖を超越してしまったのか？　それならば、素直に、頭を下げよう。

せっかく練習して作り上げてきた舞台を、最後はなんとかまとまったとはいえ、大幅に変えてしまったのだ。……お芝居の悪役令嬢が、あまりに私の境遇に似ていたせいで。

「素晴らしい‼」

私たちの前で急ブレーキをかけた演劇部の生徒は、王妃様とロザリア様の手をそれぞれがしっと摑んだ。離さない、とばかりに。

「はぇ」

思わず間抜けな声を発してしまったのは、私だ。王妃様とロザリア様はさすが王族、全く動揺することなく、柔和な笑みを浮かべている。

「一番の王道な結末、なんか味気ないなぁ〜と思っていたの！　ひっっじょうに良い具合のスパイスが加わりましたわ！　一番盛り上がる結末に必要な、大ピンチが物足りなかったのね！　これだわこれ！　ありがとうございます！」

「……ふふ、そうでしょう、そうでしょう？　ま〜た良い仕事をしてしまったわね！」

「ねぇねぇ、謎の美少女の活躍もよかったでしょ？　女優さんのお仕事を頼んでくれてもいいのよ！」

すぐに、王妃王女の作った笑みを消し、気さくなおば様と無邪気な女の子の顔に変わる。本当に、この親にしてこの娘あり、だ。

「よろしいのでしょうか⁉　ぜひ、あのぜひお願いしても、よろしいのでしょうか⁉」

演劇部員の、なんとまだ一年生だという彼女は、本気だった。

自ら、演劇部の部長に交渉し、お二人が出演したら絶対盛り上がる、と説得した。

そのプレゼンテーション力、交渉力、なんと将来有望な演劇部員だろうか。

二人が乱入したのは、一日に四回公演のうちの、二回目。三回目までの間に脚本を修正するから、四回目の、今日の最後の公演にも出てほしい、とのことであった。

「もちろん、報酬は出します！　投げ銭方式をとっているので、確実な額での約束はできません。が！　お二人に出ていただけるならば、きっと、いえ、必ずや！　高評価をいただけるはず！」

この展覧会での収益は、全て部活動の運営費用や、劇の衣装や小道具、背景の制作費にまわす予定だったようだが、例年を参考にした収益見込みより多かったら、その分を報酬として二人に渡すという。

それでは、わざわざ外部の人間を誘う意味がないのでは？　と思ったが、収益を必要以上に増やすより、演劇部の芝居に対する評価を上げることや、何より、お客様により楽しんでもらえるお芝居にすることが目的らしい。素晴らしい心がけだ。

「わかったわ。そこまで期待されたら……ね？」

「はい、お母様！　最初はあの気迫というか迫る圧に、危ないひ……大分びっくりしましたけど、あそこまで言われたら、応えないわけにはまいりませんね！」

危ない人、と言いかけたロザリア様。やばい奴きたと思ったよね、最初。

「ええ、彼女の熱意は本物だわ。もちろん、報酬は、お客様の拍手だけでよくってよ！　もし収益が余るようなら、孤児院へ寄付して。その代わり一つだけ条件があるの」

そう言って、王妃様は、顔の前で人差し指を立てた。

「なんでしょう⁉　私にできることならば、なんなりと！」

「わたくしもその芝居の筋書き、一緒に直すわ」

「は、それは……」

「大丈夫、あなたたちの演出に口を出すようなことはしない、少し相談があるだけよ」

「……ありがとうございます！　それでは、こちらへ！」

演劇部員の急な依頼と、王妃様の急な提案だったが、話は合意でまとまったようだ。

「マリアンナ、この子をよろしくね。あ、本番前に練習もしないといけないから、どこか行くにしてもこの近くにして、早めに戻ってくるのよ」

「おまかせください、楽しみですわ！」

「いってらっしゃい、お母様！　また後でね！　私の活躍、じゃんじゃん入れていいからね！」

こうして、一旦王妃様とは別れて、ロザリア様と二人で回ることになった。

「ロザリア様、お待たせいたしました、どうぞ」

ロザリア様と、飲み物を買って少し休憩しよう、という話になり、桃の果汁入りジュースとレモン水を買い、桃のジュースの方をロザリア様に渡す。

「ありがとう、お姉さま。……あ、お兄様だわ」

その言葉にドキリとして、ロザリア様の視線の先へ、目を向ける。

視線の先には、確かにロザリア様のお兄様——つまりはアレクシス様がいた。

◇◆◇

生徒会会長でも、王太子でも、この展覧会を楽しむ権利はある。そう思って、ずっと前から楽しみにしていたのだ、僕は。

三年前、中等部最後の年、自分の通う学園の高等部を前もって見ておきたくて、僕は当時通っていた従兄弟をだしにして展覧会を見に行った。

高揚した雰囲気が漂い、はしゃいでいる生徒たち。魔法なんて使わなくても、足が地面から離れて浮いている生徒が何人かいそうだ。今日という日は、それが許されるらしい。おそらく運営側や教師陣は、浮かれすぎて限度を超えてしまう生徒たちがいないか目を光らせてはいるだろうが。

そして、婚約者同士だろうか、人目を憚らず手をつなぎ、仲睦まじく歩いている男女。

羨ましい。僕もマリアンナ——マリーと手をつないで一緒に回りたい。

率直にそう思った。

あれこれと見て回りながら、この味はマリーが好きそうだ、ああ、これを見たらマリーは何と言うかな、と夢想した。この独特の雰囲気の中で一緒に過ごし、そしてこの宴の終わりに夕焼けの寂しさを共に眺め……想いを告げれば、うっかりマリーも愛を返してくれるかもしれない。男として、意識してくれるかもしれない。

前を歩いていたカップルを自分とマリーに脳内で置き換え、シミュレーションという名の妄想を繰り広げたものだ。

自分は二つ年上だから、共に迎えられる展覧会はたった一回きり。あれから三年間、それを楽しみにしていたのだ。実際は、二人でゆっくり見て回る余裕はないかもしれないが、少しくらいは許されてもいいはず。そう思っていた。

だがしかし。

なんと、今、自分の隣には、違う女生徒が並んでいる。

愛しのマリアンナとは似ても似つかぬ……いや、たとえ器量よしで教養あるどんな素晴らしい女性だったとしても、自分にとってマリアンナとは比べる余地もない。

ああ、こうなった要因一つ一つが憎い。何より、この展覧会までに真相をつきとめ、事を収束できなかった自分が一番腹立たしい。

「アレクさまぁ、見てくださいませぇ、このお店、いっぱい可愛いのがあるぅ！　私でも、似合うのあるかなぁ……？」

上目遣いの大きな瞳と甘い声に期待をのせて腕にまとわりつく。今すぐ、振り払いたい。

この女生徒の背後にある黒幕を引きずり出すためでなければ、とっくにそうしている。そしてそのためには、この女生徒の期待通りに、甘い言葉と共に適当な品を買い与えた方がいい、ということも分かってはいるが、それだけは誰に頼まれようとも嫌だ。

マリアンナ以外の女性に個人的に、ましてや身につける物を贈るなど親兄弟を人質に取られても、したくない。

ああ、でもマリアンナは、他の人や国民が傷つくことに胸を痛めるだろうから、そうするしかないのかもしれない。いや、他に解決の糸口を見つけるのが先決だな。

「アレクさまぁ？」

「ああ、どれも君によく似合いそうで、迷うね。思わず見入ってしまったよ」

この女生徒に愛称呼びを許した覚えも、される謂れもない。

目の前には、数々の装身具や小物が陳列されている。

さっき、ロザリアと入った時には、マリアンナならどれが似合うかと目移りしかしなかったのに、正直、今はどれ一つ興味が湧かない。あの時は、本当はマリアンナと、定番の「展覧会の模擬店で一緒に選ぶ」ふりをしたかったのに、つれない彼女。

いや、マリアンナがつれないというより、あの時はマリアンナの「このお兄さん何まごついてるの」みたいな視線に堪えられなかったというか、ロザリアと一緒の方が遠慮しないかと思ったけどむしろマリアンナも妹扱いしてるみたいな感じにならないか、みたいなハイそうです、つまりはヘタレてしまったのです。

母と妹に近距離で興味津々に見られながら渡すのも嫌で、未だに渡せていないし、挙げ句の果てに、妹にはからかわれるし。

……せっかくなら、二人きりになれた時に渡したい。

「もぉ！　どれもぉ、似合うんですけどぉ、どれも、じゃなくて、どれか、選んで、ほしいんですぅ、アレクさまにぃ！」

「君の話し方は、君の人柄がとてもにじみ出ているね。君に添える華を選ぶ栄誉を僕に与えてくれるのかい？　そうだなぁ……」

この娘はもう少し読点を減らして喋ることはできないのかな？　まどろっこしい。

「うふふぅっ。えっ！　これですかぁ〜⁉　私もこれがいいなって、思ってたんですぅ！　だってこれぇ……きゃっ！　恥ずかしいっ！」

僕がどれとも定めず陳列された品物に指先を滑らせていた時、ルーレットを強引に止めるようにして、摑んで止め、一人でかしましくさえずる。

おい、力ずくすぎて護衛が少し反応していたぞ。

「これもいいけれど……あ、ほら、これも似合いそ……」

エレナ嬢に止められたルーレット、もとい僕の指の先には瑠璃《ラピスラズリ》があしらわれたブレスレットがあった。

そこから少し強引に動かして、ちょうどエレナ嬢の瞳に合う紫の半貴石のブレスレットに指を滑らせる。

——瑠璃《ラピスラズリ》だけは、だめだ。

エレナ嬢が必死に僕の指を瑠璃《ラピスラズリ》の方に押してくるが、これだけは譲れない。

……お、思っていたよりエレナ嬢は力強いが……、普段から鍛えているので、もちろんこんなことでは揺らが……揺らが、ない。

もっと鍛えねば。そう反省しながらエレナ嬢との攻防に半ばむきになっていると、今日は僕に侍っているユアンがそっと声をかけてきた。

「殿下、あちらの品もエレナ嬢にお似合いになるのでは？」

ユアンの視線の先には、品物ではなく女生徒が数人固まっており、品物を物色しながらチラチラとこちらを見ている。本人たちは不自然にならないようしているつもりだろうが、頬を紅潮させながら明らかに好奇の目をこちらに向けている。

どうやら、僕とエレナ嬢の仲を勘繰っているらしい。

「本当だ。目移りしてしまうな。……どちらも、君によく似合っていると思うよ」

前から、僕とエレナ嬢がいい仲なのでは、という噂が立っているのは知っていた。これ以上それを助長してはいけない。まだ学生である王太子のあらぬ不貞が国民に広がっては、王室への信頼に響く。

「不貞も何も、殿下に婚約者はまだいませんけどねぇ……」

僕に聞こえるかどうかというくらい小さな声でユアンが呟いた。

心を読むな、元々婚約者同然だったんだ、マリアンナとは。……お互いそのつもりだった、はずだ。

というか、どうせ噂が立つなら、婚約者（言うまでもなく、マリアンナ以外いない）との仲睦まじさを噂してほしい。もちろん、事実を元に。

……早く「婚約者のマリアンナと仲睦まじい王太子」を事実にしたい……。

すっと腕の力を抜いて、後ろ手を組む。

ユアンの声に、懐中時計を取り出して、時間を確認するふりをする。

「……殿下、そろそろ」

「ああ、最終打合せの時間だ。エレナ嬢は、ゆっくり見ていくといいよ。じゃあね」

別にこの後は何の打合せも入ってないが、エレナ嬢はそんなことは知らない。それに真実、僕は忙しい。

「そんなぁ、アレクさまぁ、エレナ寂しくなるぅ……」

目をわずかに潤ませて上目遣いで見上げてくるエレナ嬢。

客観的に見て可愛らしいとは思うし、庇護欲を上手く掻き立てる表情だとは思うが、僕がたまらないほどの「可愛い」の感情が心の奥底から湧き出てくるのも、絶対に守り抜きたいと思うのも、我が婚約者（これはもう決定事項だ……僕の中では）だけだ。

今はここにいない彼女の上目遣いをついつい妄想しながら、にこりと微笑む。

「ごめんね、もう行くよ」

ついでに売り子の生徒にも、邪魔をした、という気持ちをこめて王太子スマイルを振りまいてから、その場を後にした。

◇◆◇

お兄様、と呟いたロザリア様の視線の先を追うと、アレクシス様がアクセサリーや小物を売る模擬店から出てくるところだった。

　模擬店、と言っても、生徒の手作り商品も多少はあるだろうが、素材の確保、デザイン、そして職人への加工の発注などを自分たちでやる、という模擬店なので、売っているものはなかなか本格的なようだ。

　しかも、あくまで学生主催なので、手頃な価格のものばかり。婚約者や恋人への贈り物はもちろん、友人同士でお揃いにして買うなど、なかなか人気らしい。

「声かけましょうよ、お姉さま！」

「でも、きっとお忙しいでしょうし……」

「ちょっと顔見るだけなら大丈夫ですわ、きっと！」

　小生意気な口をきいても、なんだかんだ兄を慕っているロザリア様に腕をとられてアレクシス様の方に足を向ける。

　私だけではなく、ロザリア様と一緒なら、鬱陶しくは思わないかも。

　そう思ってそれ以上の抵抗はしなかったが、すぐに二人ともその足を止めることになった。

「あ……」

　そわそわしていた気持ちが、一瞬で、氷水を浴びせられたように冷える。

　アレクシス様が出てきて少ししてから、小走りでエレナ様が追いかけてきたのだ。

「……やっぱり、お邪魔になるといけませんから、やめておきましょう？　ロザリア様」

「まぁ、マリアンナお姉さまがお邪魔なんてあり得ませんわ！　あのご令嬢こそお邪魔虫なのですっ！」

　頬を膨らませてアレクシス様の方を睨みつけるロザリア様。はしたないと自分でも思っているのか、控えめに膨らませているのがまた可愛い。

　ちくりと胸が痛むのを、その可愛らしさで紛らわせようと、なるべくロザリア様のお顔だけを見ようとするが、どうしても気になり、二人が視界に入ってしまう。

　あの二人がどれだけ親しくなっているかなんて知りたくないのに。

　いや、今の親密度は把握しておくに越したことはないけれど……気持ちは正直見たくはない。

　金髪をまとめるリボンが軽く風にたなびいている。少し色あせているそれはいつも同じものだから、エレナ様はあのリボンに思い入れがあるのだろうな、となるべく別のことを考えようとするが、やはり視界に二人が入ってきてしまう。

　エレナ様が、アレクシス様の袖口あたりをちょこんと摑んで、もう片方の手首で煌めくブレスレットを嬉しそうに見せている。

　――アレクシス様からの贈り物……？

　……いえ、アレクシス様がエレナ様にプレゼントしたとは限らないじゃない。

　でも、あんなに嬉しそうにして……。買ってもらったから、嬉しくて、つけて見せているのでしょう？

　……そうやって勝手に決めつけて思い込むのは良くない。

　――でもそうだとしたら……。

二人で、選んだのだろうか。

見たくないのに、それでも目の端で追ってしまう自分が嫌で、俯いて視線を下に向けた。

震えそうになる手を止めたくて、左右の手を合わせてお互いに押さえる。

私は、欲しいとは思っていなかったもの。

エレナ様は、自分から愛らしくおねだりしたのかもしれない。もしそうなのだとしたら、何も欲しがらなかった私が羨むのは、ただの僻《ひが》み。

私が「欲しい」と言えば、アレクシス様はきっと私にも、同じようにしてくれた。

アレクシス様は、優しいから。

でもきっと、それは気持ちのない贈り物。

――私とアレクの間に、築けたものは、何一つなかったのね。

「お姉さま……」

「二人とも、今日は女子だけで楽しみましょ。わたくし、この日のために、お仕事頑張って片付けてきたんだから！　ほら、そろそろ時間よ。いきましょう。マリアンナちゃんも！」

打合せが終わり迎えにきてくれた王妃様が、いつの間にか背後まで来ていて、私とロザリア様の背中を、ぽんぽん、と軽く叩いた。

おそらく、さっきの一部始終を見ていたのだろう。

王妃様に気を遣わせてしまって申し訳なく思うと同時に、義母となるはずだったおばさまの、私にも実の娘のように与えてくれる優しさが、痛んだ胸に沁みて、温かさが少しずつ戻ってきた。

そうだ、今の私にとって大事なのは、アレクシス様との距離を縮めることでも、ましてやエレナ様を妬むことでもない。断罪死亡エンドを避け、この国で平和に生きることだ。

幸い今は、王妃様やロザリア様は、立場上盲目的には私のことを庇えないけれど、身内のように思ってくださっている。私も僭越《せんえつ》ながら、彼女たちには家族のような親愛の情を抱いている。ありがたいし、大事にしたい。

「いくわよ！　時間は待ってくれないわ！　最高のエンターテインメントを提供するには、九割の才能と、一割の舞台度胸！　しかし！　それに甘んじることなく、十割で満足せず、もう十割追加するのよ！　その十割が練習！　本番で二百パーセントを出すの！　公務と一緒ね！」

……いや、王妃様は、本当にアレクシス様にかまう時間すら惜しいだけかもしれない。

「分かりました、お母様！　お母様は公務を九割才能でこなしている天才っていうことですね！」

独特な掛け合いをする母娘と共に、アレクシス様とエレナ様に背中を向けて去ろうとした時、かすかに耳に届いたのは、エレナ様が私の名前を呟く声だった。

「あ、マリアンナ様……」

アレクシス様からの贈り物と決まったわけではないが、彼女自身の瞳に合わせた色のブレスレットをつけ、可愛らしい笑顔を見せていたエレナ様は、その愛くるしい顔立ちで、さぞ勝ち誇った笑みを私に向けているのだろう。

わかっていながらも、声につられて視線を向ける。

ところが、彼女は、予想とは違う面持ちだった。

「お姉さまも、早くっ！」

思わず立ち止まってしまった私の背中を、ロザリア様が軽く押して急かす。

それでも、やはり少し後ろ髪を引かれる。

だって、エレナ様が何か私に、伝えたいことがあるような気がしたのだ。

薄紅に色づくその口をきゅっと結び、自分を落ち着かせるように髪を結うリボンをしきりに触っていて、言いたいことがあるのに、聞いてほしいことがあるのに、どうしても伝える術が見つからない。

――そんな、幼い子のような佇《たたず》まいで、私を見ていたような気がしたのだ。

5 一人で臨む夜会、友達ほしい

その後、アレクシス様と会うことはなく、展覧会一日目は無事に終わった。

無事……、うん、無事には終わった。王妃様とロザリア様の劇は、はちゃめちゃだったけど、最終的には、拍手喝采を舞台上で浴びていた。

帰りも、アレクシス様の馬車ではなく、そのまま王妃様とロザリア様の馬車に一緒に乗せてもらい、城に戻った。

今日はさすがに疲れたので、早めに寝支度を整え、今は部屋でくつろいでいる。明日は「物語」の中で、午前中に行われる発表の部でエレナ様のパフォーマンスを妨害する。そしてとうとう攻撃魔法――私の持つ凶悪な力を、ヒロインであるエレナ様に向ける日だ。

つまり、物語の中では明日は、アレクシス様にとうとう見放され、失望される日だ。その日を境に、アレクシス様の中でマリアンナは、後ろめたい気持ちのある婚約者候補から、罪に問うべき「悪役令嬢」に変わるのだ。そして、何も上手くいかず追い詰められたマリアンナは、ますます父親だけを頼り、悪事に手を染める。

――いいか、お前のためなのだ。邪魔な者は、お前の力で退けるのだ！

ここにはいないはずの、父親の怒鳴り声が聞こえてくる。家出をしても、この声は未だに私の中に棲みついているけれど、それには従わない。私が前世を思い出した意味は、きっとこの洗脳に対して反抗できることにあるはずだ。だから明日、私は発表の部の会場には近寄らない。

私が行かなければ何も起こらないとは思うが、物語の中ではエレナ様が害される以上、警戒するに越したことはない。

発表がされている間は、大半の生徒が会場に行くのでその時間は模擬店は閉まり催し物も、ほとんどない。けれど、その時間も何人かは見回りをした方がいいはずだ。

だから、会場から距離があり、かつ人目につく場所でうろうろしているところを目撃されておけば、何かあったとき、私は会場にいなかったし魔法も発動していなかった、という証言をしてくれる人もいるはず。

会場から距離があって、人がいる……そんなところ、展覧会中にある……？　救護室とかは、きっと誰かが控えていないといけないから、そこら辺かな……。

とにかく、頑張って人のいるところにいよう。物語の世界の、強制力、というものがないとも限らない。知らぬ間にえん罪をかけられて悪役令嬢になってしまわないように……。

……強制力が働いてしまったら、こんな小細工で対抗なんてできるものなのかしら。

「はい、どうぞ」

アレクシス様や、ヒロインがわざわざ私の罪を作り出そうとでもしない限り、現状ひどいことには……いや、あのタイプの女性《エレナ》は、悲劇のヒロインになって自分にとって不都合な相手を不利な立場に立たせるのが上手そうだから……。

それにしてもやっぱり、エレナ様は物語のヒロイン・エレナと印象が少し違うような気がする。

……そういえば今まで考えたことなかったけれど、前世の記憶を持って転生したのは私だけとは限らないのか。もしエレナ様も転生者だったとしたら、せっかくだから物語に則った、めでたしめでたしな人生を謳歌したい、と思うかもしれない。

……でも、一瞬、私に何か訴えるような目をしたのよね。

「悩み事かな？　マリアンナ」

「ええ、あの目、なんだか放っておけないような………え？」

顔をあげると、白いシャツを着たアレクシス様が美しいお顔に微笑みをたたえていた。飾り気のない簡素な装いなのに、明るい髪色のせいか、自ら発光でもしているのか、輝いて見える。

「え、なんで？　私、部屋間違えた？」

「マリアンナの部屋で合ってるよ。もう寝支度まで整えているじゃないか」

焦って部屋をきょろきょろと見回していると、アレクシス様がショールをそっと肩にかけてくれる。

「あ、ありがとうございます……？　でも、なんで……？」

びっくりしすぎると、同じ言葉しか出てこないものだ。

とりあえず、ショールの前をかっちり閉じるように前部分を握りこむ。

よかった。よかった、きちんと足元胸元がぴっちり隠れる寝間着を着ていて。「念のため」とよくわからない言葉と共に用意してくれた侍女に感謝だ。

「今日の展覧会中、全然会えなかっただろう？　母と妹の面倒を見てもらっていたのに、お礼もちゃんと言えなかったからね」

　ここに来た理由も気にはなったけれど……。

「……ん？　一応言っておくけど、ノックをして、きちんと君の許可を得てから入ったからね⁉どうぞ、って言ってくれたよね⁉」

　記憶にない。考え事をしていたとはいえ、無意識に返事をするものだろうか……？　しかし、アレクシス様がそんな無意味な嘘をつくとも思えないし……。

「そう……でしたね……」

　許可を取った、ということにして笑っておこう。とりあえず。

「本当だからね……。そういうことにしておいてあげよう、っていう表情で微笑む君も可愛いけれど……本当に、許可を得たから……え、気のせいだったの……？」

　勘違いなら仕方ない。水に流してあげよう。

「返事をした、ということにしておきますね」

「そうしてくれると助かる。紳士の面目を保てるよ。ありがとう。……声が聞こえたと思ったんだけどなあ……？」

　首に手をやって傾げる姿に、少年の面影が残る年相応な可愛らしさが見られて、なんとなく微笑ましく思えた。

　今日が楽しかったから、余韻が残っているのかもしれない。

　エレナ様にブレスレットをプレゼントした（かもしれない）場面を見てしまったので、今日は会うと変な反応をしてしまうかも、と思っていたが、意外と自然に話せている。

やっぱり、こうやってお話ししていると、どうしてもアレクシス様が私に、積極的に罪を問うような真似をするとは思えない。

「アレクを信じたい」って、心のどこか片隅で、ずっと叫んでいる私がいるのだ。

その油断が、命取りになるかもしれないのに……。

「今日は母と妹の相手をしてくれてありがとう、マリアンナ」

「いいえ、お礼なんて、こちらが言いたいくらいです。本当に今日ほど笑ったのは久しぶりなくらい……」

今日は、一時、自分の置かれた状況も忘れてしまうくらい、楽しめた。

お二方と一緒にいた時は、明日のことも考える暇もないくらい。

「……そう、君が楽しめたなら良かったよ」

そう言ってくれたアレクシス様の笑みが、急に作られた笑みに変わった気がした。

「アレクシス様……？」

今のアレクシス様の表情は、遠くから見たら、羽のように柔らかいけれど、近づくと彫刻されたような硬い笑み。

「……妬けてしまうな」

ぽつりと、小さな声で何か呟いた気がした。

「え？　何ですか？　申し訳ありません、今聞き取れなくて……」

「……いや、なんでもないよ。……今日は、何か買ったりした？」

「そうですね、飲み物とか……その場で消えるものしか、買ってないですわ、そういえば」

アレクシス様は、何か買われましたか？　とは、聞きたいけれど聞けない。

本当にアレクシス様がエレナ様にブレスレットを贈ったのか気になるけれど、「エレナに請われて買った」とサラリと言われたら、ショックを受けそうな自分がいて怖い。

「そうか……。……私は、買ったよ」

それを聞き、胸がきゅっと痛んだ。

「それは……良いお買い物ができましたか……？」

何を、誰のために買ったの？　とはどうしても聞けない。

「自分ではそう思っているんだけど……マリアンナに判断してほしいんだ」

私が……？　エレナ様に贈った品が、センスの良いものだったかを判定しろと……？

正気かな……？

「い、いや、私は、ハイ、いいと思います……」

「……？　まだ見てもないだろう……？」

そう言って、後ろ手に持っていたらしいベルベットのケースを、ぱかり、と開く。

「え……？」

そこに鎮座していたのは、銀の台座に大ぶりの瑠璃《ラピスラズリ》をあしらった首飾りと、それと対になった、ドロップ形の耳飾りだった。

「展覧会で買ったものだから、君からしたら安っぽく見えるかもしれないけれど、明日の学内夜会くらいならば、着けて行くのにちょうどいいかと思ったんだ。……マリアンナさえよかったら、明日、これを着けてほしい」

アレクシス様の手で煌めく、瑠璃《ラピスラズリ》──。

エレナ様のブレスレットを見て……もし……万が一、アレクシス様が、私にも何か贈ってくれるとするならば、私の瞳《赤》に合わせた物だと思っていた。

「私に……？　……私で、いいの……？」

アレクシス様は、目を細めてくしゃりと笑った。

「マリーに、着けてほしくて買った」

「あ、ありがとうございます。……嬉しい」

ケースを受け取り、手に取って見てみる。……アレクシス様の瞳のように、吸い込まれそうな深い青……。

「今、着けてみてくれないかな……？」

「え？」

「着けているところを、一番に見たい。……明日、僕が準備を手伝えるわけじゃないから……」

その余裕があったら、その準備に立ち会うほど一番に、見たいのだろうか。

……それは、一体どういう感情なのだろう。

「僕がするよ」

その疑問に囚われ、もたついた隙に、アレクシス様が首飾りをさっととった。

そしてなんと、首飾りを着けるために、後ろに回り込むのではなく前から私のうなじを覗き込んで手を回した。

そそそそっちから⁉　何で⁉　横着⁉

アレクシス様の顔が間近に迫っている。自分の息がアレクシス様にかかりそうで、息ができない。

……えっと、あの、ち、近いです、アレクシス様……。

少しでも顔を動かしたら触れてしまいそうで、微動だにできない。

動くなよ、絶対に動くなよ、私の頭。

静まりかえった部屋の中で、どれくらいの時間が経ったのだろう。瞬くほどの時間だったはずだけれど、やけに長く感じられる。

「……はい、着けた。……見せて」

顔は離れたのに、まだ息がしづらい。呼吸って、どうやってしていたのだっけ。

「ありがと、ございました……」

アレクシス様の顔が見られなくて、俯いたままお礼を言う。

恥ずかしい。

「……とっても似合う。思った通り……いや、それ以上に綺麗だよ。僕の選んだものを着けてくれて、嬉しい。ありがとう」

誉め言葉も恥ずかしいのだが……。

「あの、手を……」

そう、何故か、アレクシス様が私の手を取り、そのまま賛辞を浴びせてくれる。

「突然、今の僕が言っても、信じられないかもしれないけれど……信じてほしい」

その言葉の真意が分からなくて、思わず顔を少しだけ上げると、アレクシス様が私の手の甲に口づけをした。

「僕は、マリアンナの味方だからね。今日までも――明日からだって、ずっと」

真っ赤な顔を見られるのは恥ずかしいのに、下からのぞき込むアレクシス様から、私は目をそらせずにいた。

――僕は、マリアンナの味方だから。

信じていいのか、分からない。そんなこと言ったってどこかで心変わりしたり、エレナ様に影響を受けたりしてしまうかもしれない。

そう頭の中で冷静な自分が諭している。

それでも、せめて今夜だけは。

私はその一言を、こぼれてしまわないよう抱きしめて眠りについた。

「真っ赤に燃え盛る太陽を写しとったかのような瞳で、冬の朝のような静謐さをたたえる眼差し……匂い立つような色香を漂わせつつ、どこか楚々としていて、おいそれと近づけない……」

肩上ほどの胡桃色の髪を揺らしながら、大仰に首を左右に振り目を爛々とさせている少女が、私に詩の一節のような文句を吐いている。

この少女に、見覚えがある。

「これこれ、落ち着きなさい、エマ」

王妃様が、閉じた扇で、エマと呼ばれた少女の肩を、ぽん、と軽く叩く。

「……はっ！　失礼いたしました！　つい、間近で拝見すると止められなくて……！」

一歩後ろに引いて、ぺこりと頭を下げたこの少女と、その後ろで顔を青くして立ち尽くしている数人の生徒たちは、演劇部の面々である。

昨日に続いて二日目も展覧会に来たらしい王妃様とロザリア様に連れられて（本来の案内役は私だが）、展覧会発表の部の会場から一棟挟んだ校舎の、ある一室にたどり着いたのだ。

「ああ、昨日の、説得能力の高い一年生の……」

見たことあると思ったら、昨日、突然王妃様とロザリア様が演劇部の舞台に乱入した後、最初に熱くスカウトしてきた、将来有望な一年生だ。

しかし、何故、ここで紹介されたのだろう。私に紹介しても、怯えさせてしまうだけだろうに……。後ろにいる子たちも、固唾《かたず》をのんで見守っている。私の不興《ふきょう》を買ってはいけないと怯えているのだろう。

幼い頃から慣れてはいるけれど、立っているだけで怯えられるのは、やっぱり辛いわね……。

——我ながらよく耐えてきたわ。

それでもなるべく怖がらせないよう、笑みを浮かべ、名前を名乗る。王妃様のご紹介なら無下にはできない。

「エマさんとおっしゃるのですね。マリアンナ・ロッテンクローです」

「はぅ……！」

エマさんが、口に手を当てて、謎の感嘆のため息を漏らした。

「……エマ！　……クレイと、申します。クレイ子爵の、長女です。……あの、先ほどから、無作法な振る舞い、申し訳ございません」

ファーストネームをやたら強調した自己紹介だった。エマ！　クレイさん。

「いえ、そのような振る舞いはありませんでしたわ。それに、この学園では、同じ学年の一生徒同士ですもの。気になさらないでください」

「寛大なお心遣い、ありがとうございます！　お言葉に甘えて……あの、私のミューズになってくださいませんか⁉」

ミューズ⁉

なかなか言われないだろう台詞に、それまでの思考が吹っ飛ぶ。

ミューズ……といえば、芸術家がインスピレーションを受けるモデルのような……？　……ミューズといえば……ぬ、ヌード……⁉

「⁉　……あの、ちょっと、いくら女性同士でも、さすがに……それにお見せするほどの肌でもないので、今回は、遠慮いたしますね……」

「肌!?　いえ、それも魅力的ですがミューズと言っても、我々は演劇部ですので、裸体を写生するわけではありません！　お話ししたいのです！」

話をよくよく聞くと、彼女は演出希望らしく、既存の脚本ではなく、自らが書いた脚本で芝居をしたいらしい。そして、主役に置きたいキャラクターのイメージが、私にぴったりはまっていて、私と接して、役のイメージを膨らませたい、とのことだった。

「発表の部の時間は、ほとんどの生徒や保護者たちはそちらに流れて、劇をしても観に来る客なんて家族くらいになります。でも、逆に言うとステージが空いている、ということなので毎年一年生が使っているのです」

まだ役をもらったことのない子もいるので、経験を積めるいい機会なのだ、とエマさんは説明を続けた。

そして今は、本番直前の最終打ち合わせの時間らしい。

そんな大事な時に、部外者がいてはお邪魔では、と思ったが。

「観客は家族以外ほぼいないに等しいですし、短めの寸劇なので！　そこまで大した打ち合わせも気負いもございません！　そのような些事のために、恐れ多くも暁月《ぎょうげつ》の君とお話しできる機会を！　みすみす見逃すようなことは、エマはできません！」

エマさんが、私の目を見て訴えている。私は、その様子に驚いた。私の目をまっすぐ見ることができる令嬢は、同じ年頃にはあまりいないからだ。

「エマさん……」

「マリアンナお姉さま、『暁月の君』ですって！　夜明け、ってことよね？　お姉さま、ねえ『暁月の君』って呼ばれてらっしゃるのね？　素敵！『暁月の……」

私が頑張って聞かなかったことにした謎の二つ名を、わざとらしく連呼するロザリア様の言葉を、思わず遮って言った。

「ロザリア様、その二つ名を連呼しないでください！　私のことではないのでは？　ねえ、エマさん？」

「もちろんマリアンナ様、以外にいるはずがありません！　きゃっ、マリアンナ様って言っちゃった！　マリアンナ様、マリアンナ様とお呼びする許しを、私めにお与えくださいますか……？そして、私のことはエマと呼び捨てにしてくださいませんか？　きゃっ、さすがに図々しかったかしら！」

もちろん私だった。

でも、呼び捨てでいい、ですって。これ友達になれそう、ってこと……？　念願の、お友達ができる……？

胸に期待がほんのりと灯る。

「ええ、同級生ですもの。マリアンナとお呼びになって、エマ。……それで、その、ぎ、ぎょ、」

「暁月の君ですわ、マリアンナお姉さま！　ぎょ、う、げ、つ！」

ロザリア様は、いつまでも面白がるんじゃない。

「そう、その二つ名は、エマだけが、そう言っているのよね……？　そうよね……？」

もし、その名が全校生徒に浸透していたら、もう顔を上げて歩けないかもしれない。

と、私が絶望しかけていた時、がたん、という物音がした。

「きゃああっ」

反射的に物音がした方を振り返ると同時に、悲鳴が聞こえる。

見ると、立てかけられていた、昨日の舞台で使用していた宮殿の柱を模した大道具が、倒れようとしていた。もちろん本物の柱ではなく、運べるくらいの重量だろうが、あれが頭に落ちてきたら、かなりの衝撃だと簡単に予想できる。

「あ、危ない……！」

私は咄嗟に、火の魔法を発動する。スカーフリングが魔力に反応して光り、炎が柱に向けて繰り出される。柱は、一瞬にして灰になった。

「あっ……」

しかし、その火は収まらず、他の道具に燃え移り始めた。このままでは、火事になってしまう。慌てて火を収めようとするものの、焦ってコントロールが上手くできず、なかなか消えてくれない。すると、次の瞬間、燃え移ったところに水がかけられ、火は少しの煙も残さず消え去った。

しかも、その水もすぐに蒸発し、残ったのは、柱の灰と、少し燃えてしまった小道具。

「おば様、ありがとうございます！　申し訳ございません。未熟で……」

一歩間違えば、大火事になるところだった。どれだけ魔力があっても、まだまだ、コントロールも、咄嗟の集中力も未熟だ。まだ王妃様の水の魔法の足元にも及ばない。

「だから学園に通っているのよ。これに懲りて委縮せずに、頑張りなさい！」

完璧な魔法で私の炎を収めてくれた王妃様に、頭が上がらない。

「あ、あの……マリアンナ様の魔法で助けてくださったのですよね……？　ありがとうございました……！」

私の魔力に反応したスカーフリングの光は、既に消えている。本来は制御魔法も発動するのだが、今は魔法展覧会中のため、魔法の発動に反応はするが、制御魔法は解除されている。だから、一瞬の遅れもなく発動ができた。

「あ、いえ、むしろごめんなさい、跡形もなく燃やしてしまって……」

「いえ……！　あの、私たちの置き方が悪かったのです！」

小火騒ぎをきっかけに、最終的には演劇部の方々も私への畏怖はなくなっていき、穏やかに、和気あいあいと過ごせた。皆はいつもと同じようなおしゃべりにマリアンナというゲストが交じっていただけであっても、私にとっては今までの学生生活で、一番楽しい時間だったように思う。

だから、私はその時を、思っていたより落ち着いた気持ちで迎えられていた。

今日はあまり一人になっていないし、もちろん悪事も働いていない。それは自分が一番分かっているからだ。

しかし、私をその心境にさせてくれたのは、昨日と今日が、楽しかった、ということも大きい。

幼い頃から、自分で壁を築いて殻に閉じこもっていた。お互い成長した今なら、私は私という一個人で、大変無害である、と理解してもらえれば「友達」ができるかもしれない。

あの輪にだって、入れるかもしれない。

それに、アレクシス様も、何の好意もない異性に、あんなに素敵な物を贈ったりしないわ、きっと。

――と、私は、マリアンナは、昨日からの快然にそう思い上がっていた。

あの時までは。


二日間にわたって行われた展覧会も、発表の部含め無事に終わった。

いや、発表の部が無事かは知らないんだった。王妃様が、「マリアンナちゃんは今日も私たちと！」と、アレクシス様に許可を得たらしく、見回りすら免除になったから、二日目も王族係だった。

あとは、学内夜会が大ホールで行われるため、昼過ぎから夜会までの空き時間は、その準備に当てられる。

一旦屋敷や寮に帰るか、個室ではないが学園の更衣室を利用するかは自由だ。

その空き時間、私は、教室でやり過ごすことにした。ドレスは一応、家出の際に、持ってきてはいたが、実家からの手助けは今の状況では得られない。しかし、どうしてもドレスアップや髪のセットが一人ではできない。

中途半端になるならば、このまま制服で良いか、と考えていた。特にドレスコードもなく、制服での参加可だったはず。

と、考えていたが。

「失礼いたします。マリアンナ様、本日の夜会の準備に参りました」

ノックの後、聞き覚えのある、入室の許しを問う声がした。この声は、城でよく私の身の回りの世話をしてくれる侍女で、確か名前はアナだ。

そう、私は王城に帰ってきた。と、いうより王妃様に馬車に乗せられ、部屋に戻された。

アナも、きっと、王妃様が手配してくださったのだろう。何から何まで、申し訳ない。

「アナ、入って。ちょうど、どうしようか考えていたところなの。助かるわ」

入室の許可を出すと、三人の侍女が入ってきた。大げさな荷物も携えている。

「ま、待って、このドレス、私のものではないと思うのだけれど……？」

取り出されたのは、鮮やかなブルーのドレスだった。

「アレクシス殿下より、お預かりいたしました。今夜はできればこちらを着て参加してほしい、と言付かっております」

私が、制服で行こうと考えることなど、アレクシス様にはお見通しということか。ドレスや侍女まで準備してもらっておいて、制服では不敬に当たる。

婚約者候補で目立つ存在の色持ちである私がいつもと同じ制服では、外聞が悪いということもあるだろうが、綺麗な光沢のあるブルーのドレスを見ると……嬉しい気持ちが、じわじわこみ上げてきてしまう。

これは、王妃様ではなく、アレクシス様が準備してくださったのだ。

「そう。それではこれにします」

きっと、義務や同情で準備してくれたのだ……と自分に言い聞かせながら、着付けてもらう。

ドレスは、まだ学生であることを考慮してか、デコルテや背中の露出が控えめで、ウエストの切り替えからふわりと、光沢を放ちながら、濃い青から薄い青へと変わるグラデーションになっている。

そして、昨日の夜、アレクシス様が贈ってくれた首飾りと耳飾りを取り出す。

「本当にこんなにいただいて、着けて参加していいのかしら……。エレナ様にもこういう……身に着けるものを贈られたの……？」

そう呟いても、アナが知るはずもない。

星の瞬く夜空をそのまま落とし込んだように煌めくその首飾りは、普段使いもできそうな品である。本当の夜会に着けて行くには控えめなデザインだろうが、今夜のようなラフな予行夜会にはちょうど良いかもしれない。

それに、アナと二人で顔を突き合わせて困っていても仕方ない。

仕方ないので……身につけるしかないのである。

仕方が、ないのである。

「素敵……」

……仕方ない！　つけるしかない！

「とてもお似合いです、マリアンナ様」

アナは、王城で一番よく世話をしてくれる侍女だ。彼女の淹れてくれる紅茶はとても美味しくて、その日の体調や気分、時間帯によってその時にぴったりのものを淹れてくれる。さすが城の侍女だ、とひそかに感嘆したものだ。

そんな彼女も最初は、抑えきれないのだろう私への恐怖で、ふとした拍子にびくびくした態度を見せたが、今では、そのような素振りはない。今も手を合わせて、私の装いを喜んでくれている。

「……ありがと」

だから私が、にこにこと素直に、顔を赤らめてお礼を言ったのも、仕方ないのである。

学内夜会は、卒業後の成人した人たちの集まりとは違い、特に同伴者は必須ではない。展覧会で人気だった団体や、発表の部の上位者を、生徒会会長が表彰するなど、後夜祭の意味合いが強いので、あまりマナーや作法に厳しくはなく、一人で参加したり、同性の友達と連れ立って参加したりする人も多いと聞いている。私が一人で参加しても、特に不自然ではないはずだ。

そのはず、だったのだが。

――何かしら？　意味ありげな視線を感じる……。

物語の中では、自分で用意した真っ赤なドレスを着てマリアンナは一人、入場しようとする。しかし、その前にアレクシス様に呼び止められ、発表の部の時に何をしていたのか、と問い詰められる。知らぬ存ぜぬを通し、更に「夜会ではエレナではなく自分といてほしい」と縋るマリアンナに、アレクシス様は「エレナを傷つけることは許さない、失望させるな」と決別に近い言葉を返す。マリアンナはショックのあまり夜会には参加せずそのまま屋敷に帰り、アレクシス様はエレナ様と寄り添い過ごし、絆を深めるのだ。

しかし、今の私は、遅めではあるが無事、会場入りを果たした。私は特に何かの団体やイベントに参加していないので、どこかに呼ばれるはずはない。結果の発表が始まるまで、飲み物でもちびちび飲んでおこう、と飲食コーナーへ向かった。

が、いつもの畏怖、というより、気まずそうに目をそらされている気がする。

——なんだろう？

さり気なく、周りを見回す。

すると、少し離れたところに、ひと際目立つ人だかりができていることに気がつく。比較的、高位の貴族令嬢、令息が集まっているように思う。服装からして、そこだけ異様にキラキラしい集団だ。

なんとなしに目をやった次の瞬間、私は息をのんだ。その集団は、微笑むアレクシス様と愛らしく笑うエレナ様を囲むように集まっていたのだ。

その姿はまるで未来を担う若き王太子夫婦のようにも見える。

物語の中にある光景と重なって目をそらせずにいたその時、誰かを探すように周囲に目をやったエレナ様が私の方を見た途端、怯えたように体を縮こませてアレクシス様の背に隠れ、目を逸らした。

その仕草に、周囲にいた令息は、庇護欲をそそられたのか、私には非難の目を、アレクシス様には羨望の目を向けているようだった。もちろん、私に対してあからさまに難癖をつけるような無謀な真似をする者はいないが。

それを見た私は、

『わざわざ探して目を合わせて怯えるってどういう了見？』

……とはその時は思わなかった。別のことに意識が向いていた。

――エレナ様、サファイアの、首飾りを付けている？

エレナ様のデコルテには、自分の首元にある首飾りと似たデザインの、ブルーの貴石がシャンデリアの灯りに反射して、輝いている。

大きさや等級にもよるが、一般的に、私が身につけている瑠璃《ラピスラズリ》よりも、エレナ様のサファイアの方が、希少価値があり、高価である。

――もし、アレクシス殿下が、二人の色持ち、両方に贈り物をしたのだとしたら……。

ここ最近は、誰もが正式な婚約者発表を今か今かと待っている。周囲は、アレクシス殿下がマリアンナよりエレナを選ぶつもりだ、と思うだろう。

二人が連れ立って歩く姿に、昨日の、模擬店で買ってもらったブレスレットを嬉しそうにアレクシス様に見せていた二人も重なって、胸が、つきん、と痛む。

アレクシス様はエレナ様に昨日も今日もプレゼントしたのかもしれない。

展覧会の思い出は、愛する人だけに。夜会用は、両方の婚約者候補に。

「でも、瑠璃《ラピスラズリ》は……」

自分の胸元を飾る宝石に、手を当てる。

もし、アレクシス様が覚えているのならば。

彼を、信じることができれば。

瑠璃《ラピスラズリ》は……。

幼い頃から、マリアンナを大事にしてくれていたアレクを信じたい気持ちと、アレクシス様が英雄《ヒーロー》エレナ様に惹かれるのは仕方がないのだ、という諦観の気持ちがせめぎ合う。

そのせめぎ合いに、昨夜のアレクシス様の言葉が蘇る。

――僕は、マリアンナの味方だから。

……やっぱり、信じたい。

色味と、他の飲み物に比べてあまり選ばれていないところに親近感を覚えて選んだジュースに口を付けると、甘くも酸っぱい苺の味がほのかに広がる。

それを味わいながら小さなグラスの中で、ジュースが揺れるのを見ていた、その時。

「アレクさまぁっ！　エレナ、ちょっと相談があるんですぅ……。アレクさましかぁ、頼りにできる人、いなくてぇ……」

ひと際目立つ間延びした声が聞こえてきた。エレナ様の甘く高い声は、よく通る。

そして、可愛らしいレースをふんだんに使った、ピンク色のドレスを着たエレナ様が、アレクシス様にエスコートされて集団の輪から抜けて出る。

そして、ホールの扉から二人連れだって出て行った。

――気になる。

何の話だろう。私は何も後ろ暗いことはしていないけれど、エレナ様が何を言うかによって、マリアンナの運命が左右される。

マリアンナの味方、と言った昨夜のアレクシス様の言葉をもう一度思い出し、ざわめいた心を落ち着かせる。そしてその言葉は、私を少しだけ大胆にさせた。

――様子を、窺うだけ。

同じ扉から出て、やはり二人を引き裂こうとしている、と周囲に思われても困るので、少し間をおいて、あえて離れた位置にある扉からそっと出る。

会場からロビーに出ると、化粧室や休憩室がいくつかあり、王族には王族専用の休憩室が用意されている。

話すとしたら、そこだろうか。しかし、王族しか利用できないはずの部屋にエレナ様を招いて二人きりで話すなど、もう婚約者をエレナ様に絞ったと周りに喧伝しているようなものだ。

――王族用の休憩室にはいない、ということだけ確かめよう。

もし見つかったら、ドレスと、改めて装身具のお礼を早く伝えたくて探していた、と言えばいい。……ちょっと、言い訳が苦しいけれど。

バレて困るようなあからさまな盗み聞きの真似をするつもりはないが、なるべく、カツンカツンと大きな靴音を立てないように慎重に歩いて部屋に近づく。

ロビーには、まばらではあるが生徒がそこかしこにいる。あまりこそこそと歩いて不審に思われないよう、ある程度は堂々と歩くようにした。

――マリアンナは、早くアレクシス様に感謝の気持ちを直接伝えたいだけですぅ。こそこそする必要はないんですぅ。

そう自分に言い聞かせながら、例の部屋の目の前まで来た。

どうする？　堂々とノックしちゃう？　その方がいいよね？　私、お礼言いに来ただけだもんね……？

心の声とは裏腹に、私は周囲を見渡し、誰もいないタイミングを見計らって、さりげなく横を向いてドアの隙間に右耳を近づける。

……盗み聞きをするように。

――違うわ、これは、ノックをする前に、実は近くにアレクシス様がいらっしゃったりしないかな？　と左方向を確認しているの！

「――ああ、安心していい――」

――そんな。

途切れ途切れに聞き取れた今の声は、アレクシス様のものだ。

昨日聞いたばかりの、マリアンナの味方と言ってくれた、優しい声。間違えるはずはない。

これ以上聞くのが怖くて今すぐ走り去ってしまいたいが、足が床に縫い付けられたように動いてくれない。

——待って、エレナ様と二人きりとは限らないし、そもそもエレナ様はもういない可能性だってあるわ。

生徒会長であるアレクシス様は、長い時間会場から離れるわけにはいかないから、もうじき出てくるはず。どこか物陰に隠れて、出てくるところを確認してから、一旦、化粧室にでも行ってから会場に戻ろう。

努めて冷静に考えて、ちょうど休憩室の扉からは死角になる柱の陰に向かおうとしたところで、再びアレクシス様の声が耳に入ってきた。

「——私は、味方だ——一緒に——」

王族の休憩室の扉は分厚く、私ももう意識して聞き耳を立てていなかったため、途切れて聞こえてきた単語ではある。

——それでも、確かに「味方だ」とおっしゃっていた。

アレクシス様が私だけの味方であると思うのは傲慢な考えだと思うが、それでも、自分だけに向けられた特別な言葉のように感じていた。

私はきっと、アレクシス様はエレナ様ではなく、幼い頃からの繋がりがある私の味方をしてくれるって、どこかで慢心していたんだ。

でも、アレクシス様は王族——それも、王太子。公明正大で、国民へ平等な博愛精神を持つ王太子殿下は、婚約者候補にだって平等に「味方」に決まっている。

休憩室に二人きりで入っていたのか確かめるつもりでいた。だが今は、もしアレクシス様とエレナ様が二人互いにより添って出てきたとしたら、それを見て耐えられる自信がない。

――お前はこの国で一番強くあらねばならない。決して人に弱みなど見せるな。

こんな時でも、父の声が耳にこびりついて聞こえてくる。

しかし、父の言う通り、この国最強の悪役令嬢は、弱っている姿なんて見せても、似合わないと一笑されるに違いないのだ。

「……アレクシス様だけが味方だったわけではないでしょう、マリアンナ……」

そう自分に言い聞かせた私は、走り出してしまわないように気を付けながら、逃げるようにその場を後にした。


学内夜会には、ほとんどの生徒が参加している。

エマもおそらく参加しているはずなので、会場に戻った私はアレクシス様とエレナ様のことを頭から打ち消すためにもエマを探して辺りを見回してみる。

エマは、やはり演劇部の面々と固まって参加していた。パートナーはいないようだった。

「あ、エマ……」

声をかけようとしたが、気が付かなかったのか、エマは、他の女生徒に話しかけた。

――目が合ったような気がしたのだけれど。

今日の午前中の時間にいたメンバーもいるが、今、固まっているその集団の中には、私の知らない部員もいるようだ。無為に怖がらせたくもない。今は話しかけないでおいた方がいいかもしれない。

――ああ、でもやっぱりああやって、気の置けない友人同士で参加って、羨ましい。……聞いてくれない？　他の人には言わないでね、今ね、アレクシス様が……なんて、今、話せる友達がいたら、なんて。

私には、遠巻きにしか集まる人はいない。獰猛《どうもう》な獣扱いだ。

――さあ、顔を上げて。信じなきゃ。信じたい、ってなったでしょう？　大丈夫、何事も起こらないわ。

先ほどと同じジュースを手に取る。そして、周囲にはさとられないよう、密かに深く息を吸って、気持ちを落ち着かせるように、ゆっくりと吐き出した時だった。

「マリアンナ、君に話がある」

後ろから、アレクシス様の声がした。

心なしか、アレクシス様の声は、硬い。

「マリアンナさまぁっ、ひどいですぅ……！」

アレクシス様の声の傍には、涙をにじませた庇護欲《ひごよく》をそそる少女の声。

何もしていない。私は、今日は通りがかりに盗みぎ……、漏れ聞いてしまっただけで、何もしていないのだから、断罪は始まらない。そもそも、咎められるのは、この学内夜会での公の面前ではない。……はずだ。

自分にそう言い聞かせて、自分の瞳より落ち着いた色の苺ジュースの入ったグラスを近くのテーブルに置き、なるべく冷静に見えるよう、落ち着いて、ゆっくりと振り返る。

「まぁ……。どのようなお話でしょう？　私、気が付かないうちに、エレナ様に何か失礼をしてしまいましたでしょうか？」

なるべく、何も思い当たることはない、と見えるように微笑む。本当に今回はないのだけれど。

「マリアンナ――君に、エレナ嬢に重大な怪我をさせた疑いがかかっている」

エレナ様が、アレクシス様の腕に、しなだれかかるようにふらつく。

「あ……っ。ごめんなさい、アレクさまぁ……、大丈夫ですぅ、がんばれますっ」

アレクシス様はさっきエレナ様には特に何も尋ねていなかったが、一人で答えている。だが、心配そうに眉を顰めてエレナ様を見つめているし、二人だけに通ずるものがあるのかもしれない。

かろうじて、微笑みは絶やしていないが、きっと私の顔色は今、真っ青だろう。

青い暗がりに浮かぶ暁……、今こそ暁月の名を冠するにふさわしいに違いない。

「……特に心当たりがないのですが、怪我とは、いつのことでしょうか？」

うろたえて思考が逃避していても、口が勝手に状況を冷静に聞くのは、前世を思い出したお陰だと思う。

「今日の発表の部でのことだ。君は、エレナ嬢の発表の番の時、パフォーマンスを始めようとするエレナ嬢に向かって、妨害魔法と攻撃魔法を使用したのだろう？」

今日の発表の部……？　私は、そんな魔法使っていないし、そもそも会場にも行っていない。遠隔での魔法は繊細なコントロールが必要なので、得意ではない。私の技術では届かない場所にいた。

「エレナ様の怪我自体、今、初めて知りましたが……怪我の具合、大丈夫なのですか……？」

そう言って私がエレナ様に視線を向けると、怯えるように身体を跳ねさせ、彼女の羽織っていたショールがはらりと落ちた。むき出しになった華奢《きゃしゃ》な彼女の右の腕には包帯が巻かれ、とても痛々しい。

……若干、わざと落としたようにも見えたけれど。

「そんな……大丈夫か、なんてぇ聞くなんてぇ……、マリアンナ様に、こ、攻撃されたこと、言っちゃったから、怒ってるんですかぁ……っ？」

私に問うのではなく、濡れた瞳で、アレクシス様を見つめながら訴えている。

「あくまでも君は、やっていないと白をきるのか……？」

そう私を問いただすアレクシス様の顔は険しい。アレクシス様のいつも才気あふれる瞳が、失望に染まっていく。

震えそうになる両の手を、お互いの手で押さえる。

「すぐに、謝ってくれたらぁ、すぐに許してあげようとぉ、思ってたんですけどぉ、エレナ、勇気を出して、言っちゃいますぅ」

甘ったるいがよく通る声は、周囲の視線を集める。

その声の主のエレナ様が、アレクシス様からそっと手を離して、決心したように、一度私と目を合わせ、しかし何故かすぐにそらして、私の肩辺りまで目線を下げると。

「私ぃ、治癒魔法が一番得意なんですぅ～！」

一呼吸置いて、全校生徒――いや、王都に住んでいる者なら大体が知っていそうなことを、エレナ様がカミングアウトした。

「……ええ、存じ上げておりますわ。エレナ様の治癒魔法は、とても素晴らしいですもの……？」

「あっちがう、じゃなくて！　……あ、ちがいますぅ、えっとぉ、だからぁ、エレナ、魔力が欠乏状態にならない限りぃ、自己治癒はぁ、頑張らなくてもぉ、すぐできちゃうんですぅ！　よっぽどお強い攻撃魔法じゃない限りぃ、ここまで怪我が残ることないんですぅ！」

一瞬、間延びした喋り方が抜けていたような気がするが、今は指摘する場面ではないと思うので、やめておく。

「……だから、よっぽど強い攻撃魔法を繰り出せる私がエレナ様を故意に傷つけたとおっしゃりたいのですね？」

アレクシス様が、エレナ様を私から見えなくなるように、……かばうように、一歩進み出る。

「そうだ。貴族令嬢として負ってしまった怪我など見られたくないだろうに、彼女は勇気を出して私に見せてくれた。……あの怪我を彼女に負わせられるのは、この学園には……いや、叔父上以外に、君しかいないんだ」

叔父上、とは王弟殿下のことだ。私が生まれるまでは、この国一番の火の魔法使いだった。彼は、今、外交で国外にいる。

「……それだけ……、で、私だと決めつけるなど、いささか早計では？」

それだけで、簡単に私に失望してしまうの？

「もちろん、それだけではない。……目撃者がいるんだよ。しかも、複数人いる」

「そうですぅ！　私も、見たって人から聞きましたぁ！　マリアンナ様がぁ、会場の近くで呪文を唱えてたってぇ！」

すると、会場から、自分も見た、という声がぱらぱらと上がった。

やっぱり、殿下を信じず何が何でも逃げ出せば良かったのだわ。逃げていたら、こんなに、裏切られたような気持ち、知らずにすんだのに。……信じてくれないのだ、アレクシス様は。

物語の中ではまだ中盤なのに、もう私はアレクシス様に断罪されて、命を落とすの？

アレクシス様に信じてもらえないのなら、こんな悪役令嬢を信じてくれる人なんて、他に……。

ああ、駄目よ、今こそ冷静にならなければ。

……そうだ、いるじゃない。私はその時、ずっと王妃様や、ロザリア様たちといた。お二方は今、いないけれど、今も演劇部の面々がいる。少しは打ち解けたから、証言してもらえるはず。

すがるように演劇部のメンバーが固まっていた方に目を向ける。

しかし、私の希望は虚しくもすぐに潰《つい》えた。

話を交わした生徒、そしてエマ様ですら、そっと私から目線をそらしたのだ。

……え？　……なんで……？

この状況で、言い出しづらいのだろうか？

後からお願いしたら、証言してくれる？

それとも、少しでも仲良くなれたと思ったのは、好意があると思ったのは、勘違いだった？

やっぱり物語通り、私には誰も……。

——お前には、家族以外に誰も味方なんていない！　黙って、この父に従えばよいのだ‼

いるはずのない、お父様のどなり声が、耳に響く。

「私もぉ、マリアンナ様のお姿見ましたもんっ！　怪我をした私を見て、わ、笑って、おられましたぁ！」

一歩、また一歩と、アレクシス様が私に近づいてくる。

ゆっくりと、罪なき自分に鉄槌が振り下ろされていくのを見ているようだ。

「――これ以上……彼女が傷つくならば――」

ああ、とうとうあの台詞を言われる。

ああ、お父様、ごめんなさい、お父様の言う通りだったのだわ。私に味方なんて、いない。お父様の言う通りに、孤独に死んでいくだけ――

指先は凍ったように冷たいのに、身体の中が燃えるように熱くなっている気がする。心の激しい揺れに連動して、魔力が暴れようとしている。

こんなところで、暴走するわけにいかない。傷つけたいわけじゃない。大丈夫、できるでしょう、マリアンナ――。

必死に魔力を制御しようとしていたその時、がたがたと震えていた私の手が、大きな温もりに包まれた。

「――たとえ僕でも、許せそうにないよ、マリー……」

「……え……？」

雫をこぼしはしまいと揺れる視界で、アレクシス様が、私の手の甲に口づけているのが見える。

柔らかな感触が、ふわりと当たる。

挨拶のそれというより、大切に愛でている宝物に対するような口づけだった。

「ごめんね、後できちんと説明するから、今は僕を信じてほしい」

何が起こっているのか、全然分からない。

それでも、温かいアレクシス様の手に、冷え切った手が体温を取り戻し、身体の熱が下がっていくのを感じる。

アレクシス様のカフスボタンが、私が先ほどまで持っていた飲み物と同じような色をしていて、それを見ていると、不思議と気持ちが一層落ちついていった。

◇
◆
◇

今にも零れ落ちそうだ。

いつも毅然として見えるマリアンナの瞳が、いや、今日も凛とこちらを見据える瞳が揺れている。

必死にこらえているのだろう。

王太子としての責務なんて捨てて、今すぐ駆け寄りたい。僕で包み込んでしまいたい。

だがどんなに胸が痛くても、今すぐそれをしたら、全てが台無しだ。

油断すれば勝手に動いてしまいそうな足を必死に留める。

罠にかかっていないうちから、仕掛けを回収しては意味がない。

「私もぉ、マリアンナ様のお姿見ましたもんっ！　怪我をした私を見て、わ、笑って、おられましたぁ！」

――そう、待っていたよ。

無事、罠《わな》にかかってくれたので、すぐにマリアンナの手を取る。

かすかに震えている。孤立無援に思えて怖かっただろう。それなのに、必死に涙をこぼすまいと一人で立っているマリアンナ。

「な……アレクさま……？　何をされてるんですかぁ？　こわいのは、エ、エレナのほうですぅっ！」

公衆の面前で抱きしめる代わりに、血の気の引いているマリアンナの、震える手からまず温めようとしていると、後方から罠にかかって吠える甲高い声が聞こえてきた。

「そうだね」

「だからぁ、早く、エ、エレナの傍にぃ、戻ってきてほしいですぅ……！」

まだ偽りがばれていないと思っているのか悪あがきか、一層間延びした懇願をしてくる。

だが、もうそれも終わりだ。

給仕や、警備に紛れていた王立騎士団にさりげなく目配せをして、先ほど、エレナ嬢の主張に同調していた者たちに目を光らせる。

「マリアンナ、エレナ嬢の方が怖かったね。――エレナ嬢、自覚があるなら、あまり怖がらせないでやってくれないか？」

自分のことは一旦棚に上げてそう言うと、エレナ嬢は、こぼれんばかりに大きな目を見開いた。

「ち……っ、私は、……エ、エレナが、マリアンナ様に怪我をさせられて……！」

「……違うよね？　マリアンナは、あの時会場にいなかったのだから」

「そんなはずありません！　確かにマリアンナ様の魔力の気配が……！　あ、スカーフリングっ！　魔法を発動したか、確認してください！　してるはずだわ！」

魔法の発動に反応するスカーフリングは、その日に何度発動したか、確認できるようになっている。エレナ嬢の反論に、教師に確認してもらう。疑念は、全て潰しておきたい。

結果は――今日、発動した形跡が一回ある、と出た。

「ほ、ほらっ‼　やっぱりそうなのね！　私が……エレナが邪魔だったのよ！」

一回使ってしまっていたのか、と内心で舌打ちをしたが、これくらいは想定の範囲内。計画に支障はない。

「そうか、エレナ嬢も、マリアンナを会場で見たのだったよね？」

「そ……そうですっ！　た……確かにいましたっ！」

安易に、二回も誘導に乗っかってしまうエレナ嬢は、人を陥れるには向いていない。

君は「見た」と証言してはいけなかった。

気配だけならば、マリアンナの魔力の気配は、確かにあっただろう。

「その魔法の発動は、私たちを助けるために使ってくれたのです！　マリアンナ様は、発表の部の間、ずっと私たちと一緒にいました！」

突然、会話に入ってきたのは、この学園の中では珍しい、短めに髪を切りそろえたある一人の令嬢だ。

「アレクシス殿下、お話し中に割り入ってしまい、申し訳ございません。ですが私たち、恐れながらマリアンナ様の無実を証言したく……」

「かまわないよ。むしろ、こちらからお願いしよう。聞かせてくれ」

「はい、殿下。私、エマ・クレイをはじめ演劇部の一年生十名ほど、今日の午前中、発表の部の開始から終了するまで、ずっとマリアンナ様と共にいました」

「……う、嘘よ。嘘！　きっとマリアンナ様に、証言を、き、強要、されて……！」

意外な介入者にぽかんと呆気に取られていたエレナ嬢が、はっと我に返り、取り繕うことを忘れた必死の形相で反論をした。

「強要なんてされていませんわ。それに私たち、発表の部の間に上演した劇を、水鏡の魔道具で記録しているのです。それにマリアンナ様も共に映ってらっしゃいますので、証明も可能です」

一緒にいた、という証言は、母上と妹だけでは、表立って口に出せずとも、身内贔屓《びいき》と取られかねない。だから、母上を通じて演劇部の彼女たちに協力を要請したのだ。水鏡は、映った景色を記録し、後から見られる魔道具だ。生徒会が所有するものを、拝借した。

「……私……エ、エレナぁ、ショックで勘違いしちゃったみたいですぅ、こんなに痛いのぉ、初めてでぇ、ショックうけちゃってぇ……」

さすがにこの状況では、主張を押し通すより、謝罪して引いた方がいい、という判断をするくらいの冷静さは残っているようだ。

「それで、パフォーマンスも披露できなくて、残念だったね」

「そうなんですぅ。ステージに上がったところで怪我しちゃってぇ……」

「ちなみに、何を披露するつもりだったのかな？」

「え？　えっとぉ、それはぁ……」

　エレナ嬢が、右腕をさすりながら、返答に詰まっている。

「ああ、包帯が気になるの？　……包帯の上から触ってももう平気なら、火傷は大分治癒したみたいだね？　良かった」

「あっ……そうみたいですぅ……後で見てみますぅ……」

　エレナ嬢は先ほどまでの勢いをなくし、取り繕うような笑みを作って包帯から手を離した。

「それなら、せっかくだ。今日の発表の部でするはずだったもの、今ここで、披露してみてくれないか？　それか、どんな内容だったかだけでも教えてくれるかな？」

「……それ、は、ちょっと、エレナ、そんなつもりじゃなかったからぁ……」

「内容を教えることも難しいのかい？　――ああそうか、最初から何も、披露するつもりなんてなかったから準備していないのだったね」

　そうだ。彼女は、発表の部で自分が披露することにはならない、と知っていた。

　無駄になると分かっているから、最初から何も準備なんてしていなかったのだ。

「そんなっ……っ……わけがぁ……えっと、内容……」

　ときたま甘ったるい口調が抜けメッキがはがれ始めたエレナ嬢は、言い訳を探しているのか、顔を蒼白にして、やたら床に視線を彷徨《さまよ》わせている。

「……アレクシス殿下、どうかもう……」

　エレナ嬢のすぐ傍で見守っていたマイク・レイガーが、幼馴染みの窮地を見かねて前に出てきた。

話が違う、と言いたいのだろう。

少しやりすぎたかもしれない。そもそもマリアンナの心を守れなかった自分は、本来はエレナ嬢ばかりを責められない立場なのだ。冷静でいるつもりでいて、もっと上手く立ち回れなかったのかという自分への憤りの気持ちが、多少なりとも八つ当たりになってしまったことは否定できない。

と、そこに、ずっと成り行きを黙って見ていたマリアンナが、僕の手をそっと解いて、横をすり抜けていった。

「マリアンナ、何を……」

そして、マリアンナは落ちていたエレナ嬢のショールを拾い、軽く畳み、持ち主に手渡し、僕に向き直った。

「続きのお話は、別の部屋にしましょう？　私も、動揺してしまっております。お互い、ここでは落ち着いてお話しできませんもの。……ね？　エレナ様」

……その慈愛の微笑み、僕にも向けてほしい。

僕は少し追い詰めすぎていたから、優しいマリアンナは見ていられなかったのだろう。

止めてくれて、張り詰めた空気を和らげてくれたマリアンナには、感謝だな。

——本当の敵は、エレナ嬢ではない。エレナ嬢を操っていた者なのだから。

◇
◆
◇

「私……牢屋に入れられる？」

不安そうに、エレナ様の瞳が揺れている。

今、私とアレクシス様とエレナ様、そして何故かついてきているマイク・レイガーの四人は別室に移動している。

震えながらマイク・レイガーに尋ねるエレナ様の様子は、まだ幼い少女のようだ。

「大丈夫、そんなことにはならないから落ち着け。……ですよね、殿下？」

「ああ。これくらいで拘束したりはしない」

「……あのっ私……っ」

エレナ様は意を決して言いかけたものの、何かに怯えるように口をつぐんでしまう。

「焦らなくていいわ。……もしかして、脅されていたり……誰かを人質に取られていたりしていない……？」

私、アレクシス様、マイク・レイガーと順番に見回したエレナ様は、話すかどうか迷っているのか考え込む素振りを見せたが、マイク・レイガーに励ますように軽く背中を叩かれ、決意したように顔を上げた。

「……母が、病気で……」

「リントン男爵夫人が……？」

そんな設定あったっけ……？

「あ、いえ男爵家の奥様ではなく、私の実の母が……。脅されるというか、治療費を出す代わりに協力しろ、とは言われています……」

そうだった。ヒロインは、男爵家の正妻の子ではない。男爵の私生児で、母子で慎ましく暮らしていたが、大きな魔力を持っていることが判明したため、実父の男爵家に引き取られた、という設定だった。

物語では、実母がどうなっていたかまでは覚えていない。覚えていない、ということは、話には出たかもしれないが、本筋にはあまり関わってこなかったのだろう。

そして、今の魔法医学では、治癒魔法は怪我と違い、原因が分かりづらい病気に対するものの研究はそれほど進んでおらず、疲労回復や軽い風邪の対処など、簡単なものしかない。病気には、魔法を用いない医療が中心だ。

つまり、エレナ様がどんなに多大な魔力を有していても、実の母親を治癒魔法で治すことはできないのである。

「治療費か。君は治癒魔法の色持ちだ。王家の保護下に入り、将来国に貢献してくれるならば、国……いや、王家から出してもいい。それだけの価値がある。もしくは、王立の治療院に入院してもらって、そこで君も働く、という手もある。あそこは、治癒魔法医術も、非魔法医術も進んでいるからな。学園の勉強も疎かにせずにきちんと勤めることは楽な道ではないが、今は未熟でも君ほどの潜在能力があるならば、王立治療院も歓迎するだろう」

アレクシス様の提案に、エレナ様は一瞬、希望を持ったように顔を上げたが、私とアレクシス様の顔をそれぞれ迷うように見てから、やはり視線を床に向ける。

「そうしろよ。俺もできることがあるなら、協力するから」

「でも……やっぱり……」

マイク・レイガーが後押しするも、エレナ様は躊躇いを見せる。

男爵家からの脅しは、自作自演の一番の理由ではないのだろうか？

——やっぱり、エレナ様……あの物語の通り、ヒロインは、ヒーローたるアレクシス様が好きになってしまったの……？

「他に……どんな心配事が？　それとも君は、リントン男爵の考えを積極的に支持して動いていたのかな……？」

アレクシス様の問いに、俯いたまま、左右に激しく首を振るエレナ様。

「ちっ……違います……！　私は、マリアンナ様にっ……ずっと申し訳なくて……っ」

——そうだ、そういえば彼女は、私をライバル視しているようで、敵意ではない、何か言いたげな顔をときどき向けていたわ。

「あなた……やっぱり……そうだったのね。……ずっと、何か訴えるような目で見られているような気がしたの」

「うっ……はい……。あの、も、申し訳……っ」

頭を下げたエレナ様は、まだかすかに震えている。

「大丈夫よ、あなたの意思ではないもの。……と言いたいところだけれど、ちゃんと、聞くわ。あなた自身の言葉で。……大丈夫だから、安心して話してごらんなさい？」

どうにも、このヒロインを相手にすると、たまに子どもに接するような言い方になる。

「ふぅっ……！　マリアンナ様……ご、ごめんなさぁぁあいい！　本当にごめんなさいでしたぁぁぁ‼」

「大丈夫、許すわ。苦しかったのね、あなたも……。もういいのよ」

「でも、でもぉ、『物語』と違うようになっちゃう、……から、消えちゃったり……」

謝罪の言葉と打って変わって、小さな声で訴えた。

――「物語」……ということは……やっぱり……。

エレナ様も私と同じく転生していて、前世でのこの世界の物語を知っているのだ。だから、「物語」、なんて言っても伝わらないことは分かっていても、言わずにはいられないのだろう。

「……私も、『物語』の強制力、というものがあるんじゃないか、って不安だった。……いえ、今も不安。……でも、一人で悩むより、協力していきましょう？　私とエレナ様で、『物語』を良い方向へ変えていきましょう？」

エレナ様は、ぽかんと口を開けてこちらを見る。

「え……？　私の、言ってること、……分かって、くれるんですか……？」

「……ええ、分かる。あなたのその不安な気持ち、私には、痛いほど分かる」

私が共感すると、エレナ様の瞳に、みるみる涙がたまっていく。

「私……、この世界で、自分の人生を生きていいの……？」

エレナ様が何歳の時に思い出したか分からないけれど、相談できる相手もおらず、さぞ不安だったのだろう。私は、「物語」のレールに沿って歩めば破滅なので、悩むまでもなく違う道を歩もうとした。しかし、神様から明確な役割を与えられて転生したわけでもないのに、知っている話に転生して、「物語」に沿わずに好きに生きるのは勇気がいることだろう。

「……私は、そう思うわ。だって、こうして生まれてきて、確かに自分の足で立って生きているのに、自分が思う道へ進んじゃだめなんて、おかしいもの」

「……マリアンナさまぁ……そんな仲じゃないって分かってるんですけどぉ……抱きついてもいいですか……？」

「ふふっ……おいで」

エレナ様は言いながら、今にも飛び込んできそうに手を前に出している。

「ううっ……マリアンナさまぁぁーーーー！　間延びした喋り方するの、嫌だったぁぁーーーー！　自分のこと自分の名前で呼ぶのも、ほんとすごい嫌だったぁぁーーーー！　お、王太子妃とか王妃なんてものになるのも、絶対嫌だったしぃ……っ」

さっきから喋り方がまともだな、とは思ってたけれど、あの口調はわざとだったのか。

最後は不敬な気もするが、それをわざわざあげつらう者はここにはいない。

……元の「物語」に、ヒロインのそんな間延びしたしゃべり方の描写は特になかったように思うけれど……、完全に彼女の個人的なイメージなのだろう。

エレナ様の背中を、とんとん、とゆっくりと軽く叩きながら、先ほどからひと言も口を挟まず何の意思表示をしない隣の男性陣に、ちらりと目をやる。

マイク・レイガーはぽかんと口を開けて見守っていたが、号泣のエレナ様を見ておろおろと近づいて手を彷徨《さまよ》わせた後、ぽんぽん、とエレナ様の頭をなでた。

アレクシス様は、きっと理解できない話が続いていただろうが、口を出さず見守ってくれている。

私の視線に気づいて、今度はアレクシス様が、私の頭に、一回だけ、ぽん、と手を乗せ、すぐ離した。この話に関しては、そっとしておいてくれるのだろう。

と、思いきや。

私の耳元へ緩やかな弧を描く唇を近づけて、ささやく。

「今の話は、後でじっくり聞かせてもらうね」

……そりゃそうですよね。


それから、少し時間をかけて落ち着きを取り戻したエレナ様は、アレクシス様へ今までの不敬な態度の謝罪をしてから、全てを話し出した。

「父は、私にアレクシス殿下の婚約者に選ばれるように、と言いつけました。それだけならまだしも、本来は発表の部ではつけないはずだった魔力制御装置を見えないところにつけられて、マリアンナ様が攻撃魔法を仕掛けてくるはずだから、火傷しろって。もしマリアンナ様が失敗しても、発動はしているはずだから、スカーフリングを調べて問い詰めろ、って言われました。マリアンナ様の仕業だと騒げ、と。……今考えてみれば、父も誰かから命令されている風な言い回しだったように思います」

制御装置をつけ、私の攻撃魔法にさらすなんて、実の娘になんてひどい命令をするのだろう。エレナ様の治癒魔法を施せばその日のうちには治るとしても、熱くて痛いことには変わらないのに。

……ってあれ、待って。

「マリアンナが、攻撃魔法を仕掛けるはずだから、か……」

そう、何故エレナ様のお父様はそんなことを言ったのだろう。「物語」では確かに仕掛けたし、今の世界でも私の父からそう命じられてはいたけれど、何故それを知っているの……？

そのことは気になるが、エレナ様は、今日のことを白状したことをきっかけに、今までひた隠しにして男爵に従ってきた全てを話し出したので、まずそっちに耳を傾ける。

「……父は私に、お金のある貴族や商人たちを家に招いて、私に治療させたり、治癒魔石を作らせて、高い報酬を得ているみたいです……たぶん、国の許可、みたいなものは、取っていないと思います……。どういう伝手《つて》で依頼が来ているのかは知らないのですが、元々リントン男爵家は、細々と小さい領地の経営だけで成り立っていた家系らしいので、父の伝手だけではできないことなのではないのかと思います……」

エレナ様は、未熟ではあるものの、こう見えて国随一の治癒魔法の使い手になるべき、国の重要人物だ。

その彼女を、許可なく、喫緊《きっきん》の状況でもないのに、報酬目的で治療に当たらせるなどあってはならないことだ。そもそも、彼女は学生の身分である。色持ちと言えど、学園を卒業し、治癒魔法師試験を受けない限り、正式な治癒魔法師の監督下でしか、基本的に他者に治癒を行ってはならないはず。

この事実が判明した以上、彼女を庇護するに不適当な男爵の下に帰すわけにもいかないので、一旦王城預かりとなった。王城に色持ち大集合。

全てを話し終えたエレナ様は、マイク様と近衛騎士に守られながら、城に連れられて行った。

「……あ、マリアンナ様、念のため伝えておきますが……今日のこの首飾りはもちろん父が勝手に用意したものですし、模擬店のブレスレットは、もちろん私が自分で買い求めたものです」

最後に、私にだけ聞こえるように、傍まで来て小さな声でそう告げて。

さっきまで、幼子のように泣いていたのに、なんて察しの良い子なんでしょう……。


エレナ様とマイク様がいなくなり、部屋には静けさが残った。私はそこで初めてアレクシス様と二人きりにされたことに気づいた。勝手に気まずい気持ちになりアレクシス様の方を見られず、エレナ様が去っていったドアをぼんやりと見つめる。

「さて……。マリアンナ、とりあえず、……こちらを向いて」

アレクシス様の言葉に、私は小さく深呼吸をして、ゆっくりと淑女らしく振り向く。

そこには、理知的で冷静な青い瞳が、私をじっと見つめていた。

「……マリアンナ・ロッテンクロー」

私も、背筋をピンと伸ばして、覚悟を決めてアレクシス様と目を合わせる。

……さすがにもうここで断罪はないと思うので、何の覚悟か分からないけれど。

「はい、アレクシス殿下」

……もしかしたら、王族専用休憩室で聞いた「味方」はやっぱりエレナ様に言っていて、私にはやはり王城から出ていってほしい、ということかもしれない。そうしたら、私には拒否する権利はない。もしそうだったとしても、元々、城にお世話になるつもりはなかったのだ。元の状況に戻るだけ。寮に入れば良い。

この期に及んで、傷つかないよう支離滅裂な心の逃げ道を作る気持ちと、アレクシス様の「マリアンナの味方」を信じたい、という気持ちがせめぎ合っている。

「……申し訳ないことをした。事情を知らせず、欺かれ陥れられているような状況を作った。辛い思いをさせてしまった」

紡がれたのは、思いもしなかった――謝罪の言葉だった。

「……傷つけてごめんね、マリー」

「アレク……いいよ」

眉尻を下げ今にも泣いてしまいそうな表情で、真摯に謝罪の言葉を口にし、まるで子どもの頃に戻ったかのように愛称で呼ばれ、思わず私も、同じような調子で返事が口をついて出る。

そして、流れで昔と同じように、横を向いて頬を向ける。

「マリー……！　ありがとう。今でも僕に、頬への口づけをねだってくれるんだね……！」

「……あ！　つい！　昔の癖で……！　そんなつもりはなかったの！」

昔、よく遊んでいた頃、アレクシス様が大好きだった私は、王城の庭園をアレクシス様が探索するのに無理やりついて行ってこけたり、アレクシス様が私をからかったりして幼い私が泣いてしまった時、さっきと変わらない顔で謝ってくれた。

そんなとき、私は必ず「ほっぺに口づけしてくれたら許してあげる」と言うのがおきまりだったのだ。

「そう言わないで。ほら、ごめんねの印に」

恥ずかしさに、顔に熱が集まるのを感じる。

そして、アレクシス様の秀麗な顔がどんどん近づいていき、ちゅっと軽いリップ音と共に、私の頬に口づけを落とす。

「‼　…………許してあげる……」

ますます顔が熱くなるのを感じながらも、アレクシス様とのお決まりの言葉を小さく呟いておく。

「ありがとう、マリー」

私ちょろくない？　なかなか性質《たち》の悪いドッキリだったよ？　流されてない？　と思ったけれど、アレクシス様の嬉しそうな顔を見たら、それもどうでもよくなってしまった。

熱くなった顔を手で扇ぎながら、詳しい事の顛末を聞く。

「つまり、王妃様とロザリア様は、最初から知っていて、私のために一緒にいてくださった、ということですか？」

「そうだ。君のためでもあるが、何より敵の尻尾を掴むためにね」

リントン男爵は、色持ちの親、という立場だけに満足せず、エレナ様を使ってマリアンナを蹴落として娘を王太子妃にし、王家の縁者となり甘い汁を吸おうとしていた。

エレナ様は、男爵令嬢で、王太子妃になるには身分が足りない。しかし、色持ちに生まれた、というだけでそれは覆され、王家に嫁ぐ可能性が十分に出てくる。そのため、無茶な野望、というわけではない。

それだけ「色持ち」は国にとって重要な人材、ということである。密かに調査を行った結果、その「色持ち」を保護する者として、不適当とみなされ、今回の男爵の奸計《かんけい》に乗っかり王家が正当な理由でエレナ様を保護する運びとなった、ということである。

「……表向きはね」

「表向き……ですか？」

そういえば、エレナ様もさっき、リントン男爵も誰かの指示で動いているようだ、と話していた。

「つまり……今回の事件、男爵の企てが全てではなく……裏には、組織立った黒幕がいる、ということ？」

「そういうことだね。国家の転覆《てんぷく》、叛逆《はんぎゃく》を狙っている、と我々は踏んでいる」

内密にね、と続けるアレクシス様は、今回のことも本当は、私にも事前に計画を話したかったが、王妃様や他の者から反対された、と言っていた。

計画が万が一漏れた時、真っ先に疑われるのは私であり、まずは私がその黒幕の陣営と繋がっていない確証を得て示すことが優先されたらしい。確かに私は、エレナ様への態度と言い、ここ最近は信頼されるような言動ではなかったし……あらかじめ言われて、上手く振る舞えた自信もない。自分のことでいっぱいいっぱいだった。

「そんなこと、誰が……。でも、本当に私にこんなこと話して良かったのですか？」

自分でも、前世を思い出す前の自分には到底話してしまっていいとは思えない。一応私を保護する立場の我が父もろくでもないやつだ。

「うん、あんまり良くはない。正直、これを君の父君に知られると困る。だから、私から君を離すわけにはいかなくなってしまったね」

「え……？」

勝手に話しておいて？　いや、聞かせてもらった方が私としても、自分で気を付けることができるけれど……。

「じゃあ……次は君の番だね」

「え？」

何が？　私の番？

「『物語』とか、強制力とか、エレナ嬢と何の話をしていたの？」

あ、その話、聞く？　なかったことになったんじゃなかったんだ？

なんとか誤魔化そうとしたけれど、結局、荒唐無稽な話を全部喋らされました……。

他の誰にも言わないこと、正気を疑わないことを約束してもらって。

それでもこんな話信じてくれるはずがないと思いながら話したが、アレクシス様は、

「さすがに理解してのみ込むまで、時間がかかりそうだけど……マリアンナの話なら、もちろん信じるよ」

と言ってくれた。それと、

「あり得ない。そんな風に追い詰められるまでマリーを放っておくなど……なんて愚かな……。……マリー、辛かっただろう？　その記憶……？　を思い出した時に、一緒に悩んであげられなくてごめんね。……本当に、ごめんね。一人で抱え込ませてしまって。僕がもっと……いや、言っても仕方ないよね。……ごめんね」

と、「物語」の中の自分に、ショックを受け、そして、アレクシス様のせいなんかではないのに、今の自分を責めた。

こんな与太話とも思える話を、アレクシス様なりに真剣に受け取ってくれたのが伝わって、安堵のあまり、少し泣きそうになってしまった。

そしてその後、リントン男爵は男爵位を取り上げられ、不正に稼いだ金もあるということで一

旦財産は差し押さえになり、エレナ様は王家が後見人となって、寮から学園に通うこととなった。

エレナ様が寮に入っていいのなら私も寮に入ると改めて言ったが、ここでまたアレクシス様と一問着があった。

「離れないって言ったよね？　マリーが寮に入るなら僕も寮に入るよ。でも、色持ちが三人とも寮に入るとなれば、寮の警備を施設ごと見直さなければならないな。エレナ嬢一人だったら、護衛を置くだけにとどまるけれど」

と言い出し、マリーが行くなら僕も行くと譲らないため……結局、私だけ王城暮らしが続くのであった。

7 春の思い出と秋の薔薇

ひと悶着もふた悶着もあった展覧会も無事に（？）終わり、学園も平常に戻った。

その学園が休みのある日、アレクシス様が私の部屋を訪ねてきた。

「マリー、散歩に行かない？」

そのお誘いを了承し、城内の庭園を少し歩くことになった。最近は葉も紅く色付き肌寒くなっていたが、その日は比較的暖かく、過ごしやすい散歩日和だった。

庭園の片隅には薔薇園があって、春に比べるとほんの一部ではあるが、秋に咲く薔薇も栽培されており、ほのかな薔薇の香りに鼻腔をくすぐられる。

「久しぶりだね、こうして二人でゆっくり話すのは」

学内夜会のあわや断罪イベントで逆にアレクシス様に謝られてから、二週間が経つ。

騒動の後処理が忙しく、顔を合わせてもゆっくり話す余裕はなかった。そのせいで、少し緊張している。でもそれは私だけで、アレクシス様は鷹揚《おうよう》に構えていると思ったけれど、その口ぶりからすると、もしかしたらアレクシス様も緊張しているのかな……？

「そうですね、展覧会中も、アレクシス様はエレナ様の件の対応でお忙しかったでしょうし。……エレナ様は、もう寮に入ったのですよね」

リントン男爵は少なくともエレナ様が成人するまで、エレナ様との接触禁止・王都の立ち入り禁止を命じられている。

成人後は、エレナ様の意志が考慮されて決まるらしい。

やりたくないことを強制されていたとはいえ、実の親。簡単に切り捨てられるものではない。しかし、親といえども毒となるならば、時には心から血を流してでも切り捨てるべき場合もある。

……現実は、そう簡単に割り切れるものでもないけれど。

他人事ではない気がして、複雑な気持ちになる。今はずるずると、アレクシス様や王族の方々のご厚意に甘えてしまっているけれど、いつかは決着をつけなければならない。

そのことを考えると、気が重くなって歩みが遅くなってしまっていた。

「……怒ってる？」

「え……何をです？」

展覧会で事が起こる前に何も聞かされていなかった件については、既に謝ってもらっている。

「……少しばかり、強引だったかもしれない。ここに住んでもらっているのも、夜会でのことを、許してもらったのも……」

相変わらず、しょんぼりしたこの顔で謝るのはずるいと思う。

「……まぁ……そうですね。困っていたところに手を差し伸べてもらったことには感謝してはいますが、多少……いえ、かなり強引だった印象はありますね」

「う……分かっている」

アレクシス様は、姿勢を正して、まっすぐ私の目を見る。

「怖い思いをさせて……傷つけて、申し訳なかった。マリアンナ。……あと、すまない、王城に住んでもらっていることは謝れない。だって駄目だよマリー、許可できない、寮に住むなんて」

謝らないことを謝られたのは初めてだ。

「譲りませんね……」

心から真摯に謝ってくれていることは伝わる。

だが……私の中に、まだモヤモヤが残っている。

心の内を正直に話すと、私は、アレクシス様に恋をしている。出会った頃からずっと恋をしている。だって、小さい時からずっと大好きな幼馴染みだったのだ。洗脳されていた頃の言動は、きっと洗脳だけではなく、私自身の独占欲や嫉妬のせいもあったと思う。

しかし、胸にくすぶるこのモヤモヤのせいで、私はアレクシス様が好きだけれど、アレクシス様を完全に信頼することができないでいる。

「……もう謝罪なんて、いらないです。……というか、傷つけた、って私がどう傷ついたと思っていますか……？」

先ほどまで青空がいっぱいに広がっていたのに、いつの間にか雲が太陽を隠していて、心なしか少し肌寒くなった。

「……君が、強がっていることは分かっていたのに……寄り添えなかった。……マリアンナには事前に伝えないように、と父……陛下や王妃に言われていたのも本当だけれど……たぶん僕は、頼ってほしかったんだ。マリーはずっと僕の近くにいたはずなのに、いつの間にか遠くなっていた。……また昔みたいに、『助けてアレク』って手を伸ばしてくれないかな、ってきっと知らないうちに心のどこかで期待していて……言えなかった」

そこまで話すと、アレクシス様が跪《ひざまず》いて私の手を取った。

「……そのせいで、マリアンナを一人にして追い詰めて、そしてあの時、皆がいる前で傷つけてしまった」

……そうじゃない。

確かに、最初から教えてくれていたら、とは思わないでもないけれど、状況を考えれば私でもマリアンナには教えないだろう。前世の記憶を取り戻す前の私なら、鬼の首を取ったようにエレナ様に詰め寄ったに違いない。アレクシス様を奪われないためには、そうするしかないと父に思い込まされて。

アレクシス様は、客観的に見て私が信ずるに値していれば、真実を伝えて協力を仰ぐべき、ときっと個人の感情より優先し実行しただろう。アレクシス様が王太子としての分別や矜持《きょうじ》があるように、私も王太子妃教育を受けてきた者として、その判断の是非はわきまえているつもりだ。

……少なくとも今は。

……そうじゃないのに。

「……マリアンナ?」

分かってくれない。

私が、苦しかった、傷ついたこと。

……アレクシス様は、分かってくれていない。

――まぁ、マリアンナ、何でも分かってくれると思っていてはだめよ。感情を表に出さず、胸に秘めることは貴族として当然だけれど……覚えておいてね、大事な人へ本当に伝えたい思いは、自分の口でちゃんと伝えることも大事なの。

お継母様に、昔、言われた言葉がよみがえる。亡くなった母の代わりに伝えてくれた、大事な言葉だ。私を大切に思ってくれる、二人の母親。

「嘘つき」

「マリー？　……嘘、つき……？」

アレクシス様が困惑してこちらを見上げている。

「アレクシス様は……アレクシス王太子殿下は、平等に皆の味方だわ」

「それは……王太子と言われると、公平な判断を下さなければならない時もあるけれど、ただのアレクシスとしては、君だけの」

「嘘つき！　八方美人！」

アレクシス様の言葉に、感情が高ぶってしまい子どもの喧嘩のように遮ってしまった。

「嘘……!?　……あ、君のお父上の従僕のジョンのこと!?」

アレクシス様が立ち上がり、今度は私が見上げる形になる。

「それじゃない！　……ていうか何それ！　ジョンのことって何!?」

「違うの!?　ああ、分かった、寮のこと？　身分や住まい関係なく才能ある者を集めるために管理体制を見直して、風紀が良くなってること、やっと知っちゃった？」

「え、そうだったの？　……って、やっとって何⁉　ちょっとバカにしたでしょ！　友達いないからって！」

「違うの⁉　やぶ蛇だった⁉　……ごめん、マリー、降参だ、教えてもらえない……？　八方美人って何のこと……？」

君だけの、なんてよく言えたものだ。

……仔犬みたいな顔をしても、今回は絆《ほだ》されてやらない。

「誰にでも言っているんでしょう……？　君だけの味方だ、なんて調子のいいことを」

「え⁉　マリーの中の僕、そんなエセフェミニストみたいなチャラい事態になってるの⁉」

「マリーだけだよみたいな雰囲気を醸し出しておいて！」

「マリーだけだよ！　……いや、確かにマリーだけを優先できない場合も、起こりえる。今回もエレナ嬢を優先してしまった時はあったし、それは立場上否定できないのは確かだ。……でも、どんなことがあっても、僕はマリーの味方だよ。……それだけは、信じてほしい」

……でも、やっぱり立場や場合によっては、エレナ様《他の女の子》の味方にだってなるのでしょう？　王太子様なんだもの……。

「……エレナ様にだって同じことを言ったんでしょう？」

睨みつけていた目を逸らして、アレクシス様の後ろでひっそりと咲く秋の赤薔薇に目線を落とす。赤薔薇は、鮮血のようと揶揄される私の瞳と、よく似た色をしている。

「エレナ嬢に？　……言ってない。僕は君の味方だ」

「……ごめんなさい。聞いてしまったの。学内夜会で、騒ぎの前にエレナ様と二人で出て行ったでしょう？　その時、王族控室でアレクシス様がおっしゃっていたわ。……エレナ様の……君の味方だ、って、つい前の夜に私に言ったのと同じ風に」

「え？　……ん？　……言って……ないよ」

白を切るつもりか、もしくは無意識に出た言葉なのだろう。アレクシス様は認めない。

「でも、確かにおっしゃっていました。味方だ、って」

アレクシス様が、顎に手を当てて考え込み始めた。

「え？　えー……と……あ！」

やはり、心当たりがあるのだ……。

裏切られたような心持ちがして、私の目線も、薔薇の花からとうとう地面に向いてしまった。

「あれはエレナ嬢に言ったんじゃない！　あの時はエレナ嬢はもういなかった！　というか王族控室には彼女は入れていない！」

「……じゃあ、別のご令嬢におっしゃっていたと？」

「何でそうなるの⁉　あれは、マイク・レイガーに言っていたんだ！　お互いの目的に関して敵じゃない、ということを言っていた。本当だよ。マイク・レイガーに確認してもらってもいい」

力強く宣言するアレクシス様の言葉に、そっと顔を上げる。

「……そうなの？　本当に……？」

アレクシス様は大きく頷く。

「ああ。誓ってエレナ嬢には言っていない。……でも、マリーが不安になっている時に誤解を与えるような発言をしたことは僕の落ち度だ。……ごめんね、謝ってばかりで……」

アレクシス様の必死なその様子は、適当に胡麻化《ごまか》しているようには見えない。そういえばあの時、エレナ様の声は聞いていない。

つまり、私の早とちり……？

――自分の口でちゃんと――。

……不安になっていたのなら、伝えれば良かったのだ。その時、逃げずに。

アレクシス様は、たぶん、いつだってちゃんと聞いてくれた。

「……ごめんなさい。私も、勝手に聞いて勝手に不安になったりして……。ちゃんと、アレクに相談すれば良かったんだわ」

「いや、マリーのせいじゃない。僕が不安にさせたんだ」

いつだって、アレクシス様は私に甘い。洗脳されて、私が私じゃなくなっていた時から味方でいてくれた彼を、「物語」に囚われて信じられなかったのは私だ。

「……ううん、アレクのせいじゃない……」

「……もう少し、歩こうか」

いつの間にか止まっていた歩みを、二人連れ添って進める。

「小さい頃は、よく手を繋いだよね。そんなに入り組んだ造りのところには行ってないのに、マリーには迷子の才能があったから」

「小さい頃の話だわ、さすがにもう手を繋いでもらわなくても、迷子にはなりません！」

「そうかな？　……でも僕が、勝手に不安になっちゃうんだ、マリーと離れていると。だから、僕の我がままを聞いてくれないかな……？　ねぇ、手、繋いでいい……？」

「手繋いでいい？」と同時にアレクシス様が私の手を取って繋いできた。

「……お気づきでないかもしれませんが、もう繋いでますよ……？」

「本当だ。……だめだった？」

「だめ……ではないです……」

その聞き方は、ずるいと思う。

だめなんて言えないもの。

……まあ、だめじゃないんだけど。

薔薇の生垣の中を歩いていくと、少し小さな丘になっているところに、白い漆喰《しっくい》のガゼボが見えてきた。

「あそこで休憩しようか」

会話が聞こえない程度に離れたままついてきていた、城の侍女のアナにお茶の用意をしてもらい、ガゼボのベンチに座る。

「アナの淹れるお茶は美味しいだろう？　城でも寛《くつろ》いで過ごしてほしかったから、よく気が付いて、一番美味しくお茶を淹れられる侍女は誰か、と聞きまわったんだ。元々王妃付きだったのを、母上に頼んでこっちに付けてもらったんだ」

それは初めて聞いた話だった。わざわざ考えて選んでくれていたのか。道理でやたら美味しいと思った。

「ありがとうございます。お城の侍女はさすがだなって舌を巻いていたのですが、アレクシス様が選んでくださっていたのですね。おばさまにもお礼を言わなくては……」

日が落ちる時間が近づき、肌を撫でる風もまた少し冷たくなってきた。そろそろ、この散歩も終わる。

「……話があるって、言ったよね」

話……そうだ、展覧会の前日、終わったら話があると言われていた。いろいろありすぎて頭から抜けていた。

――断罪……。

話があると言われ、その二文字がよぎった、あの時の気持ちが一時、去来する。

「……はい。覚えております」

あの時とは状況が一変している。「物語」では、私は完全に闇堕ちしていた。家では罵られ、学園では孤独。今は、大切な人に、大切にされている。でも、それは私の立場からであって、アレクシス様にとっては想定していた事態だったはずだから、話の内容は、あの時と一緒だろう。

ばさり、と鳥の羽ばたく音が聞こえる。しかし、そちらには目も向けない。

だって、熱を帯びてきたようなアレクシス様の瞳から、恥ずかしいのに、目が逸らせなくなっていたから。

「正式に……婚約者になってほしい。……け、結婚を前提に」

――それは、期待しない方がいい、と自分を牽制しつつも、心のどこかで待ち望んでしまっていた言葉。

「あ、いや、婚約者になったら結婚を前提は当然なんだけど」

「……どうして……？」

かの物語では、ついぞ実現することはなかった、「候補」のつかない「婚約者」。

兵器としてしか、求められていなかったマリアンナ。

「……マリーのことが……好きだから。だから、ずっと一緒にいてほしい。一生、君を守りたいし、隣で支えてほしい。……ああなんか……恰好つかなくてごめんね……」

いつも隙のない微笑みを浮かべているアレクシス様が、顔を真っ赤にして、少しつっかえながら話し、最後には手を自分の顔に当てて照れている。

そして顔に当てていた手を、私の頬にそっと添えた。

「マリー……、その涙は……どっちの涙かな……？」

そう言われて、アレクシス様の手がない側の目に触ってみると、知らないうちに頬に涙が伝っていた。

「う、うれ、嬉しい、方……」

声を発してみてから、泣いて上手くしゃべれないことにも気づく。

アレクシス様が、そっと私を包み込み、私の顔を自分の胸に押し付けた。

「アレクの服が濡れちゃう……」

それでも、アレクシス様の手は緩まず。

「いいよ、僕の服で拭いて」

そして、私が落ち着くまでそのまま抱きしめてくれた。

「……それで、返事を聞かせてくれるかな……？」

しばらく私の背を撫でてくれていたアレクシス様が、涙が落ち着いてきたところで、私の顔を覗き込んできた。

不安そうな顔で。

「……はい。私も……アレクのこと、好きです……」

そう告げた私の顔も、たぶん、さっきのアレクシス様と一緒で真っ赤になっていると思う。

「……！　あ、ありがとう……！」

ここ最近は特に王太子として感情をあまり表に出さなかったアレクシス様が、喜びを前面に出した笑顔で言った。

「苦労は……かけてしまうと思うけど。絶対、幸せにするから……」

幸せになりたい。幸せにしてほしい。それは、多くの人々が願うこと。

でも、幸せにしてもらうだけじゃ、足りない。

「じゃあ私は、アレクのことを幸せにしてあげるね」

「マリー……」

アレクシス様の端整な顔が少しずつ近づいてくる。

それが間近に迫ってきて、私はそっと目を閉じる。

唇に、柔らかい感触が軽く触れて離れ、すぐに、次はさっきより少しだけ、長い口づけを交わす。

「……マリーがいてくれるだけで、僕は幸せだよ」

晴れた日の夜空を映したような瞳を間近で見ながらそう言われて、私は、もう少しだけこの温もりに包まれていたくて、アレクシス様の胸に顔を埋めた。

すると、私の背中に回っている手に少し力が込められて、そう思っているのは私だけではないんだ、と思えた。


それから、隣に並んで座り、自然と手を繋いで、しばらく二人で、春に比べどこか控えめに咲いている、秋の薔薇を鑑賞する。

「……そうだ、あの頃の約束、覚えてる？　初めて会った時の約束」

心地よい沈黙を破ったのは、私だ。

「えっと……ああ……」

「……もしかして、覚えてない？」

十年以上前の、お互い幼い頃に交わした約束だから覚えていないのも無理はないが、ちょっとがっかりしてしまう。

「覚えてるよ、もちろんマリーとの約束は全部覚えてるさ、かくれんぼの時は、たとえ見えていても一通りマリーを探すふりをしなきゃいけないことだって覚えてる！」

「それは忘れて！」

私はそれについては、綺麗さっぱり覚えていない。

「魔石の交換だろう!?　あの頃はろくに作れなかったから！」

「そう！　今なら、お互い立派な魔石を作れるでしょう？　多少、時間はかかるかもだけど、何か身に着けられるものに加工してもいいな、って思うんだけれど……」

ああ、そうだね……、と、歯切れの悪い返事をするアレク。

「もう、交換したくなくなっちゃった……？」

私だけが、いつか叶えたいと願っていて、アレクにとっては子どもの頃の他愛ない約束だったのだろうか。

「そんなことない！　ずっと、あの頃からずっとずっと交換したいと思ってたよ！」

「今は思ってないの？」

アレクが、気まずそうに私の視線から顔を逸らす。

「いや……実はもう、つい最近交換しちゃってるから……」

……ん？

「…………ん？」

記憶にないのだけれど？

「夜会の前夜に渡した装身具、耳飾りは本当に瑠璃《ラピスラズリ》なんだけど、首飾りの方は、あれ、実は僕の魔石なんだ……瑠璃《ラピスラズリ》に見えるからちょうど良いと思って、つけちゃったんだ」

「え？　だって、あれ、模擬店にあったものでしょう？　なんで模擬店にアレクの魔石が売ってるの？」

「あの模擬店を出していたクラスと提携していた店に、あらかじめ頼んでいたんだ。だから普通に渡したって良かったんだけど、せっかくなら一度しかない、二人の展覧会の思い出として渡したいと思って、展覧会までに作ってもらうよう頼んだんだ……。展覧会の模擬店にその時だけ陳列してもらって、たまたま二人で見つけた風を装って……」

なんてまどろっこしいことをするのだろう。それに、陳列してもらって、って軽く言うけどアレクシスレベルの魔石は、他の国家も欲しがるほどの代物だ。

「そんな貴重なものを、学生の模擬店で並べて、手に入れやすい貴石のようにしれっと渡すなんて……」

たとえ、そこらの石で作った装身具だってアレクにもらったものを失くしたり粗雑に扱ったりはしないけれど、そんな貴重なものは事前に言ってから渡してほしい。

ん？　だとしても。

「でもそれでも、私の魔石は、今まで一度もあげたことはないはずよね？」

私だけがもらったのでは、「交換」は成り立たない。

「…………」

私から、すっと目をそらすアレク。

「……アレク？　……アレクシス殿下？」

「ご、ごめん！　ごめん言うから、それはやめてくれ！」

あえて敬称をつけて呼ぶと、慌てて降参してきたけれど、そんなに言いづらいことなの？

「エレナ嬢が、発表の部の会場でマリーの魔法の気配がしたって言っていただろう？　あれは、勘違いじゃない。本当にあったんだ」

エレナ様が火傷をさせられそうになった時、私は確かにあの会場から離れた場所にいた。にもかかわらず私の魔法の気配がしたのならば、濃い目の私の魔石がそこにあった、ということ？

最近、私の魔石を渡したのは……。そして、さっきは話が流れたけれど、アレクから何故か出てきた人物名は。

「……ジョン？」

「ごめんね！　騙したみたいになって、ごめんね！」

そこから、新たに衝撃の事実を知らされた。

なんと、アレクの側近候補のユアン様は変装して、私の実家であるロッテンクロー家に潜入し、お父様の新人従僕のジョンとして働いていたらしい。ロッテンクロー家の動きが怪しくなっていたから……というのは国王向けの理由で、一番はわたしの様子が心配だったから、とのことだ。

普通に考えれば、自分の家に潜入されていたなんて……と思うだろうが、我が実家の様子が前からおかしかったのは事実なので、それ以上はその件に関しては責めない。何をアレクに伝えていたのかは、気になるが。

そして、そのユアン扮する「ジョン」が展覧会の前に、お継母様がお友達に魔石を譲ってしまったから、と持って帰ったはずの魔石は、実家ではなくアレクの手に渡り、発表の部で私の魔法の気配を感じ取らせた後は、そのままアレクがちゃっかり頂戴したらしい。

「……アレク、それ交換って言う？」

じとっとアレクを見て言うと、私の両手は合わせられて、アレクの手に包まれた。

「……勝手にごめんね。マリーの魔石を使わせてもらおう、ってなった時に、それならマリーには、代わりに僕の魔石をもらってほしいな、ああ、それを何か装身具に加工してそれをマリーが身に着けてくれたら、どんなに嬉しいだろう……って考えてしまって、気が付いたら首飾りのデザインができていたんだ……」

後から冷静に考えると、あずかり知らないところで人の魔石を使う予定を立てられ、そしてついでに、と、これまた知らない間に交換を成立させられていた、ってずいぶん勝手な話だ。

男女間での交換は、将来を約束する仲で行うものだから、余計に。しかしそれを聞いて、私は怒りではなく嬉しさと、少しの残念な気持ちがこみ上げた。

「……それなら、私も考えて、ちゃんとした形でアレクに渡したかったわ」

唇を少し尖らせて言うと、アレクにぎゅっと抱きしめられた。

「可愛すぎる……それなら一旦返して、マリーに……いや、宝石商か細工職人を僕が呼ぶから、僕のために装身具にしてくれる……？　僕も同席するから」

「それならいいけど、アレクは自分の身に着ける装身具にこだわりがあるのね」

「いや、その場や服装にそぐわないものでなければ、特にこだわりはないよ。それに今回は、僕の我がままだけど、マリーに、考えてほしいんだ。口は挟まない。でも、僕のために何がいいかあれこれ悩んでいるマリーは見たい」

悪趣味まであと一歩のラインな気がする願望だ。

「アレク、なんだか自分の願望に素直ね……？」

もっと、理性的な性格だと思っていた。

まぁ、それだけ私に心を許してくれた、っていうことなのだとしたら、嬉しい……と考える私も危ない奴まであと一歩なのかもしれない。

「ああ、まだ解決しなければいけない問題は山積みだけれど……」

アレクは、そう言って瞳に獲物を狙うような熱を宿して私に微笑む。

「もう、マリーに関しては遠慮をなくしていくよ。……もう、逃げられるなんて思わないで……僕に愛されて」

そして優しく包むように、アレクの腕に囲われた。

洗脳で冷たく凍りついた、大好きなアレクも信じようとしなかった頑なな心。それが、アレクの温かい檻で、完全にとけていく。

――悪役令嬢マリアンナの、長く凍てついた冬が終わったのだ。

8 初めてのデートで浮かれちゃったのは

城の薔薇園のガゼボでアレクシスと気持ちを通じ合わせ、誤解も解けた後、私は自室に戻るべく、アレクシスはその私を部屋まで送るため、二人並んで歩いていた。

「何でもいいんだよ、本当に。マリーがくれるなら何でも嬉しい。その辺の草でも喜んで食べられると思う」

私の魔石を改めて加工して贈り物にすることになったが、今までは、誕生日の贈り物などでも、装身具は選んだことがなかった。刺しゅう入りのハンカチなどを贈っていた。

だから、どんな物がいいか皆目見当もつかない。

そうアレクシス本人にこぼしたら、この返事だった。

だから私は、薔薇の木に近づき、雑草をむしろうと辺りを見回したが、さすが城の庭師。手入れの行き届いた庭園に無駄な草など生えていない。

「さすがに城の草を城の持ち主の息子さんにあげるわけにはいかないから、今度、外で調達しておくね、楽しみにしててね」

私は、ごめんね、と諦めて、アレクシスの隣へ戻った。

「え、草……？　本当に？」

「草でも喜んでくれるんでしょ？　学園がいいかしら。ああ、城下の南の方に、四季折々に花が咲く丘があるらしいじゃない？　そこなんて素敵な雑草も生えていそうだわ」

「え、嬉しいけど、嬉しいけどさ、それは、魔石の装身具に、おまけで可憐な花もプレゼントしてくれるってことだよね」

「……はい？」

「え？　何で可愛く首を傾げているの？　おかしいな……さっきまで、あんなに感動的な雰囲気だったのに」

そろそろ冗談も引き時か。でも、私はただ自分の娯楽のために揶揄ったのではない。もちろん。

「だって、どうせならアレクが欲しいと思っている物をあげたいのに、何でもいいって言うんだもの。選ぶところを見ているなら、当日まで秘密ね、っていうのは無理だし。ねえ、何かあるでしょう？　カフスボタン？　タイピン？」

言わないなら、魔石を縫い付けたリボンで雑草を結んでプレゼントする所存である。

「本当に、何でも嬉しいけど……あの、そ……そうだ！　えっと、せっかくだか……」

「おお、アレクシス殿下！　ここにおられましたか！　探しましたぞ！」

ここは公務や政務を行う宮殿ではなく、それより奥にある王族の住まう私的な王宮であるはずなのに、なんとなく不躾《ぶしつけ》に感じる声が、私たちの戯れを遮った。

確かに、実際に居住しているところよりもっと出入りのある、親しい賓客を迎え入れるスペースではあるけれど、それでも王も住む区画である。勝手に入ってよい場所ではない。

「これは、ドールベン侯爵。……何故、この宮に？」

ドールベン侯爵。建国当時から続く由緒正しい名家だ。私も、ドールベン侯爵とは何度か挨拶程度に言葉を交わしたことがある。

「ええ、先ほど陛下に拝謁《はいえつ》しておりましてな、アレクシス殿下にもご挨拶させていただこうと参った次第ですよ。ほら、僭越《せんえつ》ながら、私は陛下や殿下方と幼い頃から懇意にさせてもらっている、身内みたいなものですからねぇ」

男性の中では比較的小柄な身体を補うように、胸をおおげさに張り、立派になられましたなあ、と続ける侯爵の祖父は、婿入りしてドールベン侯爵となり臣下にくだった、先々代の王兄である。つまり、当代の国王陛下とは再従兄弟という関係にあたる。

親戚ではあるが、身内とは言い難いような気はする。それとも、それほどアレクシスとは打ち解けた仲なのだろうか。

「そうか。わざわざありがとう。しかし、彼女との貴重な逢瀬の時間という場合もあるから、今後は考慮してもらえると嬉しいな。よく王妃陛下やロザリアに取られて、あまり二人の時間がもらえないんだ」

肩を竦めて、冗談を言う口調で返しながら、私の腰に手を回してぐっと引き寄せた。

「っ……!?」

一瞬、軽く動揺してしまったが、ドールベン侯爵の前なので、すぐに気を取り直して、「恥じらいつつ少し嬉しそうに微笑む」顔を作る。

私は、対外的にはまだ候補の付く婚約者なので、所詮、伯爵令嬢である。向こうが声をかけてこない限り、勝手に会話に割り込むことはマナー違反だ。

それにしても、あまりにもこちらの方を見ない。侯爵の背は、ヒールを履いた私と一緒くらいのようだから、視線を滑らせれば簡単に目を合わせられそうなのに。

「ははは！　そうですか！　お若いですなあ！　……そうですか、ロッテンクロー伯爵令嬢と、仲がよろしいのですなあ……」

そう言いながら、横目で、初めてこちらに、探るような目を向けた。

「マリアンナ嬢とは、幼い頃から仲が良いからね」

腰に回っているアレクシスの手に、少しだけ力がこもった。

なんか……もしかして、私、あんまり良く思われていませんか？

「……はははは っ！　それは良いことです、縁の結びつきは、子々孫々の繁栄につながりますから！　ははは！　……ああ、これは失礼を、ロッテンクロー伯爵令嬢。お久しぶりですなぁ！」

何がそんなに笑いポイントだったのか、やたら笑った後に、やっと挨拶をしてくれた。嫌われているのかと思ったが、なんだかさっきまでの態度とは打って変わって、怖いくらい気さくな笑みである。

「……いえ、こちらこそご無沙汰しておりましたわ、ドールベン侯爵様」

正式な場ではないので、ドレスの裾をつまんで軽く膝を曲げた挨拶を返す。

「しかしそうか……そうかそうか。私も、若い頃はお二人のように、今の妻と人目を忍んで会っていましたよ。こっそり城下で楽しんだりしたものだ」

「そうか、それは羨ましいものだ。……今度、行ってみようか？　マリアンナ」

「おやおや、これは老害のよもやま話を聞かせて、すっかりお邪魔をしてしまいましたなあ。……邪魔者は疾く排除されるべし、ですから。……では失礼、アレクシス殿下、ロッテンクロー嬢」

自虐というか、謙遜した言い回しだが、私にちらりと目をやりながらの物言いは、むしろ侯爵が邪魔者を排除したがっているかのようにも聞こえて、少しゾッとした。

邪魔者って……私のこと？　私がアレクシスと仲良さそうに見えたから？

穿《うが》ちすぎだろうか。やたら、にこやかに挨拶してくださっていたし。

内心で困惑する私と、相変わらず微笑みを絶やさないアレクシスを置いて、ドールベン侯爵は王宮から去っていった。

ドールベン侯爵の姿が見えなくなり、しばらくお互い何も話さずに歩いていたが、やがてアレクシスの方から口を開いた。

「ドールベン侯爵の言っていたことだけど」

やはり、アレクシスも「邪魔者」という言い回しに引っかかったのだろう。

「良いこと言っていたと思うんだ」

「気になったわよね……って、え？　良いこと？」

良い……邪魔者？

「僕たち、城下町を二人で歩いたことなんてなかっただろう？　確かに、それも社会勉強というか、視察にもなるというか」

「ああそっち、こっそり城下町で楽しむ、っていう方？」

「そういう言い方をすると語弊が生まれそうだけど」

「え？　どんな？」

語弊？　城下町できゃっきゃ楽しむことが？

「うん……まぁ、それは置いておこう。……ほら、城下町の宝飾店とか、いろいろな店を見たら、僕もこういう物が欲しい、とか見つけられるかもしれない。いや、見つけられなくても、マリーと行くだけで楽しいから」

アレクシスと、活気のある王都で街歩き……。私は、いつも馬車で移動だし、その、何でしょう、友達も？　いなかったからね？　店を冷やかしながら歩く、なんて学生の青春の一ページも、今世では刻んだことはない。

だから、純粋に……楽しそうだ。

「だから、今度一緒に行かない？」

そんなの、返事はもう決まっている。

「……行きたい。楽しみ！　何を着て行こうかな……」

心は既に、支度を始めそうな勢いだ。制服で街歩きっていうのも王道で楽しそうだけれど、制服で学園の外を練り歩いてもよかったっけ？　規則。

「良かった！　……楽しみだね、デート」

そう、デートだから服もいろいろ慎重にもなるというもの……え？

「デート⁉」

「それ、デートじゃないですか！」

あの事件以来、遠巻きにされるようになった、エレナ。彼女は、前世で読んだ『癒しの乙女は溺愛王子に護られる』の物語の中でヒロインだった。そして私は、物語の中では敵対する悪役令嬢。物語と比べると、こうして昼休みに学園のカフェテリアで、並んで食事をしているなどあり得ない光景である。

しかし、私も元々遠巻きにされていて、しかもエレナも私も転生者だ。行動を共にするようになるのに、そんなに時間はかからなかった。

「声、声が大きいわ！　……やっぱりそうよね、はたから見ると、デートになるのよね」

目をキラキラさせながら、大きな声で興奮するエレナを窘めつつ、やはりこれはデートミッションなのだ、と再確認をする。

「それはそうよ！　いいなあマリアンナ、好きな人とお城下デート」

エレナとは、お互い敬語はなしで、という取り決めをしたのだが、エレナは私に対して、未だに敬語が抜けていない時がある。曰く、「同い年の気がしない。先輩感がある」とのことだ。

私はそれを、安心感と頼りがい、という意味だとポジティブに受け止めている。

「好きな人って！　……ねえ、エレナは、マイクと出かけたりしたことはないの？」

「マイクとデート⁉　ない！　マイクとは、男爵家に引き取られる前は近くに住んでいたから、たまたま二人でどっかに行く、とかはあったけど、デートではない！　子どもが二人でお使い行った、とか子どもの遊びレベルで、デートではない！」

「デートをしたことあるの？　とは聞いてないんだけどな」

「まあ、マイクが？　どうしても？　どうしても私と行きたいって言うなら、まあ……」

「マイクとデート行きたいって？」

「そう、マイクとデート行きたい……って違う！　マイクが、私と行きたいって言うなら、よ！」

引っかからなかった。残念。

エレナが、自分を落ち着かせるように、傍らの水を口に含む。

「マイクは……きっと私のことは、手のかかる幼馴染みみたいに思ってるよ。……ほら私のことより！　マリアンナのことですよ！」

喉を潤してから、ワントーン下がった声で呟いた言葉は、私が首を突っ込むことでもないし、色持ちの瞳のお相手というのはいろいろと複雑な問題がある。だから、今は触れず、私のデートの話題に戻したエレナに乗っかることにした。

「デートって、どんな格好をしていけばいいの？　町に溶け込める服装がいいのよね？」

「かつ、デート向けのお洒落なやつね。殿下は、なんて言って誘ったんですか？」

「えっと……城下町を、こっそり楽しもう……？」

「殿下、意外と怪しい誘い方しますね！」

何でそんな風な言い回しをしたのだっけ……？

あ、そうだ、あの人に会ったんだ。

「ああそう、ドールベン侯爵って知ってる？　その人に会って話した流れで誘われたんだったわ」

お父様の爵位が低いエレナは、ドーベルン侯爵のことは知らないかもしれないと思ったが、意外な反応を見せた。

「ドールベン……侯爵……って、背が小さめで、なんか、胸が上向いている感じの人……？」

人差し指を顎に当て、軽く上を向き、記憶を辿るように呟いた。

「胸が上……。まあ、そうね」

「あ、会ったことある、その人」

「そうなの？　王宮とかで？」

私と似たような状況で鉢合わせをした、ということだろうか？

「ううん。学園に入る二、三年前……十三歳の時。……そうだ、お母さんが病にかかった時だから、覚えてる」

十三歳の時……。確か、エレナが色持ちと分かって男爵家が引き取ったと発表があったのは、十四歳の時。読み書きはできるがそれまであまり勉強をしてこなかったから、高等部入学までは、家庭教師に中等部までの勉強を教わっていた、と聞いたことがある。

と、いうことは、エレナがドールベン侯爵と出会ったのは、男爵家に引き取られる前。平民として暮らしていたエレナが、どうやって出会ったのだろう。

「色持ちって分かる前のことよね？　どうやって会ったの？」

「お母さんが病気になって、治療のお金が足りなくて、仕方なく男爵を頼ったの。お母さんは一人で頼みに行く、って言ったんだけど、私、心配でこっそり付いて行っちゃって。そこでたまたま会ったのが、侯爵だったと思う」

「そうなんだ……。ドールベン侯爵と、リントン男爵ってお知り合いだったのね。侯爵が、何でわざわざ男爵邸に来てたのかしら」

「男爵邸の近くで、馬車が壊れたからって言ってた気がする。リントンは、ドールベン侯爵の傘下にあるから。そこにお母さんが訪ねて行ったんだけど、邪魔だ、って男爵に振り払われて、頭を打って血を流しちゃったの。そこで、この瞳が発現したんだ。お母さんの血を止めなきゃ、って思ったら、治癒魔法が発動してた。それを見た侯爵に、いろいろ聞かれて、その後すぐ、男爵家に引き取られて、お母さんと引き離されちゃった」

「へえ……そんなことがあったのね」

あれ？　今、何か、引っかかった気がする。

えっと、そこで瞳が、発現して……発現して？

「エレナ、あなた十三歳で発現していたの？　十四歳じゃなかったの？」

「うん、なんかよく分かんなかったけど、発現してから発表まで、しばらく寝かせたみたいだね……って、そういうものじゃないの……？」

一年も発表まで猶予があって、何の意味があるのだろうか。私は全然知らなかったけど、アレクシスや、王妃様、国王陛下はご存じだったのだろうか……？

もちろん、報告はしたはずよね……？

ふと時計が目に入ると、昼休みの終わりが迫っていた。

「あら、もう時間がないわ。早く食べてしまいましょう」

話に夢中になってしまい止まっていた手を動かし、パンを口に運ぶ。

学園のカフェテリアのランチについているパンは、ふわふわでバターが薫り、いつも美味しい。

しかし、先ほどの引っ掛かりが心から取れず、今日だけは作業のように食べてしまい、カフェテリアの料理人に、心の中でそっと謝っておいた。


そして、とうとう迎えたデート当日。準備は万端なはずだ。

待ち合わせ場所は、城下町で一番多く人が集まる広場にある、噴水前。デートの定番待ち合わせスポットだ。広場の中までは馬車を乗り付けられないので、私と、正式に私付きの侍女になったアナは、近くで降り、白いレースのついたパラソルをさして歩いて向かっていた。

目立つ銀髪と赤い瞳は、なるべく目立たないように、つばの広い帽子を選び、裕福な大家族の商人の、四番目くらいの娘が着ていそうな、ライトブルーのワンピースを選んだ。

アレクシスにもらった首飾りは、いささか服と合わないのと、街歩きに着けて、スリや強盗に狙われても嫌なので、服の内側に入れている。若干、よく見たら盛り上がっているかもしれないけれど、そこは気にしたら負けだ。

あの後、授業が終わってからエレナを王城の私の部屋に招き、正式に私付きの侍女となったアナも交えて、あれでもない、これでもない、と話しながら服や靴、帽子などを共に選んだのだ。

だから、今の私に、死角はないのである！

さあアレク、どんとこい！　状態なのである！

待ち合わせ場所の噴水は、馬車を降りた側に近い、広場の中心より少し手前の所にある。

その噴水の真ん中には、その昔、雨が降らず作物が枯れ飢饉に陥っていた時に、あらゆる試練を乗り越え、女神カリーネ様のご加護を得て恵みの雨をもたらしたという伝説を持つノエル様が祈りを捧げている像がある。

ノエル様は、性別すらもあやふやなほど、神話レベルの昔の話だが、この像では女性として象られている。

祈りの図は、女性の方が絵になるから、とかだろうか。

アナと歩くうちに、そのノエル様像が見たことないほどどんどん大きくなっていく。

遠くから見えるこの噴水は、いつも、噴水もノエル様もお小さいのに。

「ノエル様、いつの間にか大きくなられましたねぇ……」

そう、思わず口から漏れるほどに大きい。

「ふっ……マリアンナ……マリー、このノエル様は、成長なさらないよ。でも、気持ちは分かる。

近くで見ると、思ったより高くて、大きい」

　初めて間近でノエル様を見上げていると、やってきた方向とは反対の方から、聞き覚えのある声をかけられた。

「そう、遠くからしか見たことなかったから……って、え！　もう来てたの!?　というか、聞いてた!?」

　そちらに身体を向けると、黒いトラウザーズに、落ち着いた深い緑のジレを着ていて、黒い帽子を目深に被っている男性が真隣に立っていた。

　ちょっと裕福な、王都の若者風にしてきたつもりなのだろうこの男性は、今日の待ち合わせの相手、アレクシスだ。佇まいから漂う品の良さが、ただの町人には見えないが、どこかのやんごとなき貴族のお忍びくらいには擬態できているとは思う。

「ついさっきここに着いて待っていたら、大きな帽子を被っていても分かるくらい、すごく好みな子を見つけたんだ。おそらく深窓のご令嬢のお忍びなんだろうね、歩き慣れない広場を危なっかし気に、きょろきょろしながら歩いているからさ。そのあまりの可愛さに見惚れていたら、聞こえちゃった」

　どうやら、完璧に擬態できていないのは、お互い様だったようである。

　髪があまり見えないように帽子を被っているので、遠くから見たら、私って分からないかもしれない……と、待ち合わせをすることに、期待と一緒にわずかな不安があったが、すぐ見つけてくれたようで、嬉しい。恥ずかしいけれど。

「私が知っているノエル様は、これくらいだったから、ついつい感慨深くなっちゃったの」

私は人差し指と親指で、指一本分のスペースを顔の前に作ってみせる。

「そうか。でも今日は、初めての街歩きをする君のエスコート役には、ノエル様より、私を選んでもらえるかな？」

そう言って、アレクシスは手を差し出した。

口調は格好をつけてエスコート、なんて言っているけれど、実際に差し出した手は、格式ばったそれではなく、どこにだっているカップルのような自然な手のつなぎ方。

今日は、どこにでもいる、初々しいカップルの初デートなのだ。

「よくってよ」

そう実感しながら、私も格好つけた返事で、アレクシスの手に、自分の手を絡めた。


手を繋いで、慣れない人ごみの中を、ぶつかりそうになりながらも、なんとか並んで歩いていく。

時折、大きな人の流れがある時は、手を固く繋いでアレクシスの後ろを歩くけれど、それも収まると、必ず歩みを緩めて待ってくれるアレクシスの隣に並んで歩いた。

アレクシスも意識してやってはいないだろうし、ほんの些細なことだけれど、普通の女の子になったみたいで嬉しかった。

それに、これは本当にアレクシスとデートをしているのだ、という実感が湧いた。デートの幕

開け、一ページ目だ。

いくらか歩くと、高級店の立ち並ぶ通りに出た。

そのうちの一つ、何の看板も取り付けられていない、一見では店なのかどうかも分からない建物の前でアレクシスは立ち止まった。

「この宝飾店だよ、紹介でしか入れない、王族御用達のお店らしい」

茶目っ気を含ませてアレクシスから紹介されたその店には、馬車止めのスペースもいくらかあり、直接乗りつけることもできそうである。

「まあ、あのアレクシス王太子殿下もご利用になるのね？　殿下は馬車で乗り付けていらっしゃったりもするのかしら？」

アレクシスも一人で来ることあるの？　と聞きたくて言っただけだけれど、馬車でも来られたのね、と言っている風に聞こえたらしい。

「ああそう、城から直接来てもよかったんだけれど、それじゃ味気ないというか……あ、でもマリーは歩くより馬車で来た方が良かった？　って、今更言っても仕方ないか……」

さっきまで冗談を言い合っていたのに、突然の一人反省会開催に目を丸くすると、アレクシスは、ばつが悪そうに右手で顔を覆った。

「うう……ごめん、……浮かれているね」

浮かれている。

……浮かれている。

　ああ……浮かれているのか……！

「それなら……私も浮かれているわ。私も、待ち合わせをして、二人で歩く方が楽しいから」

　私も、自分の今の気分は？　と聞かれたら、浮かれています！　という返答が一番しっくりくる。

「そっか、マリーも浮かれてくれたんだ。じゃあ……僕たち、一緒だね。似た者同士で、助かったよ」

　微笑みあっていると、店員さんが笑顔で扉を開けてくれた。やりとりが聞こえてたのかな、と私は顔を赤くしつつ、入店した。

　そこでは個室に通され、カタログや、実物の商品を見せてもらい、それらを参考に、デザインを宝飾デザイナーと相談した。

　何に加工するかは、いろいろ迷ったけれど、タイピンにすることにした。

　それらを話し合っている間、いくら口を出さないと言っていたとはいえ、隣にいるのだから、と本人の意見も取り入れようとした。

　しかし、

「僕は、いないと思って。今は空気になるよ。マリーを見つめる空気になるから、今だけはこちらを見なくていいよ、マリー」

　と言って、本当に何一つ口を出そうとしない。

　こんなにきんきらした空気を私は知らないので、見つめられると落ち着かない、と主張してみたが、お願い気にしないで、と柳に風と受け流されてしまった。

デザインで迷った時に、アレクシスの様子を窺ってみても、にこにこと見守るばかりで、本当にデザインには興味を示さない。

だから、「王太子ってダサいタイピンがお好きなんだ……」と思われないよう、デザイナーと吟味に吟味を重ね、時には討論にも発展したことが少しだけ馬鹿らしくなってしまって、ペンを立てて倒れた先のデザインにしてやろうか、と思ったのは内緒だ。

時間をかけながらも、ようやっとデザインも決まり、店を出たのは、いつもの昼食の時間を少し過ぎた頃だった。

「お昼は、歩きながら、ここに入ろうか、ここで買おうか……って相談しながらって妄そ……相談しながらでも楽しいかな、とは思ったんだけど、さすがに個室を予約したよ」

と言って、大通りから一本それた通りにある、隠れ家のような雰囲気を持つ店の二階の個室で昼食をとった。

「どこか、行きたいところとかある？」

食べ終わり、私が紅茶を飲んでいると、アレクシスがコーヒーを飲みつつ、私の希望を聞いてきた。

「そうね、いつも目的のお店の近くに馬車を止めていて、大通りを歩いたことってなかったから、大通りを歩いてみたい。あ、それで、久しぶりに『アンの雑貨』に行きたいし、あと、食べ歩きもしてみたい……って、それはさすがにはしたない……？」

今まで、お忍びで自由に歩きたい、なんて考えたことはあまりなかったけれど、聞いてくれると、すらすらと願望が出てくる。人間の欲望ってすごい。

「いいね。マリーのやりたいこと、全部やろう」

「いいの？　食べ歩きも？　アレクは、何かしたいこととか、行きたいところはないの？」

私の希望だけじゃなくて、アレクシスのやりたいこともしたい。

「僕は……マリーのしたいことをしたい」

「それじゃ、結局私の意見しかないじゃない。優しいけど、ずるいわ。私は、アレクシスのしたいことしたい」

「僕のしたいことをしたい……えっと、いや、違う違う、そういう意味じゃないよね、じゃなくて……ほら、一遍に済ますともったいないだろう？　次は、僕の行きたいところに行こう」

「分かった、約束よ。考えておいてね」

そういう意味じゃない、ってどういう意味があったのだろう。気になるけれど、アレクシスの耳が真っ赤なので、深くは追及しない方が良い気がする。そんな予感がする。

「――きゃっ！　やめてください！」

その料理店を出て、大通りに出ようと歩いていると、逆方向の入り組んだ脇道の方から、女の子の悲鳴が聞こえてきた。

すると、ついているのは知っていたけれど、これまで特に気配も姿もなかった護衛が姿を現し、声の聞こえた方に駆けていく。

――あれは……聞き覚えのある声だったわ。

あの声は、つい最近まで大げさな間延びを一生懸命していた声にそっくりだった。

「エレナ……？」

友達の声に、思わず私もエレナの声がした方に駆けだそうとしたが、アレクシスに腕を取られる。

「エレナ嬢か……！　待ってマリアンナ。危ないからここにいて。ちゃんと護衛が向かったから」

そう言って私を落ち着かせようとするアレクシスも、やはりエレナが気になるようで、そわそわと護衛の向かった方を窺っている。

「アレク、私たちも行きましょう！　とてもここで落ち着いて待っていられないわ。ね？　アレクもそうでしょう？」

エレナは、国にとっても貴重な人材であり、万が一にも攫《さら》われるようなことはあってはならないはずだ。

何より、友達の悲鳴が聞こえて、じっとして待っていられるわけがない。

「……いや、待って。僕だけ行く。マリアンナはここで待っていて。ユアン！」

今日は一回も見かけていないユアンが、どこからともなくすぐに現れた。側近って忍者みたいなスキルも必要なようだ。

「はい。殿下、お気をつけて」

私のすぐ傍に立つユアンは、制止することなくアレクシスを見送ろうとしている。

「アレク！」

「エレナ嬢は必ず助けるから、待っていて、お願い」

そう言いおいて、アレクシスはあっという間に姿が見えなくなった。

「……やっぱり、私も……」

「いえ、お願いですから、マリアンナ様はここでお待ちください。殿下もマリアンナ様がここでお待ちになっているから、エレナ嬢を助けに行けるのです」

「……私は、その辺の暴漢や人さらいに負けるほど、弱くはないわ」

むしろ、城の騎士たちにだって負けるとは思えない。

「……マリアンナ様は……恐れながら、人を平気で傷つけられるほどお強いとは思えません。その心配だと思いますよ」

王太子殿下の側近候補は、痛いところを突く。

そう思った。

私の魔力を前にして、私を傷つけられる人は、そうそういない。それが可能なのは、魔法にも精通している、この国の騎士団長や、よっぽど、とびぬけて戦術や魔法学に長けた人など、ごく一部に限られている。

しかし、その一方で、私が傷つけた人は、まだ皆無だ。

ある程度、戦う術《すべ》を学んではいるものの、実践経験はもちろんない。

それに、戦いにおいて、この過ぎるほど強い魔力が、どう影響し、作用してしまうのだろう、と考えてしまう。

私は、臆病だから、いつもアレクシスの後ろで、縮こまって、目をふさいで、守ってもらっているのだ。

私には、人を守れる力があるはずなのに、人を傷つけることで、自分の心が傷つくのを怖がっている、卑怯者なのだ。

アレクシスは、それを見抜いていて、優しいから今も私を守ろうとしてくれている。

マリアンナ・ロッテンクロー伯爵令嬢は、色持ちで、皆から恐れられていて……強い。

そんなのは、嘘っぱちだ。

大事な、友達の危機にも駆けつけられない人が、強いわけない。

「……いいえ、ユアン。私を誰だと思っているの。マリアンナ・ロッテンクローは、誰より強くあらねばならないのよ」

そうだ、マリアンナはこんなところで、目をふさいで、頭を抱えて震えているような少女であってはならない。

友達を、大事な人を守れる強さを持っているはずなのだ。

私は、アレクシスの隣で、この国を守っていくのだから。

「しかし……マリアンナ様」

ユアンの制止の声を、私は遮って駆けだす。

「そんなに心配なら、ついてきなさい」

待っていて、エレナ。

私の、初めての友達。


「君は……、あのあからさまなトラブルメーカーとしての振る舞いは、わざとやらされていた、と思っていたけれど、認識違いだったみたいだね。君には、正真正銘の〝お騒がせ娘〟という称号を私から贈ろう、おめでとう」

アレクシスとのデートで、私が久しぶりに行きたい、と話していた、『アンの雑貨』。

ここは、その目的の場所……の、三階にある、こぢんまりとした応接室である。

デートのはずだったのだが、今、ここにいるのはアレクシスと私だけではない。

「あからさまなトラブルメーカー⁉　……あ、はい、ごめんなさい。……でも、だって」

言い訳を始めようとしたエレナを、青筋を立てたアレクシスがじろりと睨む。

「……はい。ごめんなさーい……」

「俺も……いや、自分にも非があります。申し訳ありません……」

エレナと並んでソファに座り、肩を落として謝っているのは、この『アンの雑貨』をはじめ、手広く商売をしているレイガー商会の三男、マイク・レイガーだ。

さっき、通りで私が駆けだそうとしたちょうどその時、アレクシスが、エレナとマイクの二人を連れて戻ってきたのだ。

「マイクが悪いんでしょ！　いきなり背後から肩を掴むから！　あれで悲鳴あげない人なんていない！　あんなのアレクシス殿下でも悲鳴あげてる！」

「お前が狭い道をフラフラ歩いてるからだろ⁉　目立つ自覚くらいちゃんと持ち歩け！　そろそろ！　色持ちの身だしなみだろ⁉」

「そんな身だしなみ知らないもん！　昔はよくここも通ってたけど、別に目立ってなかった！だから大丈夫だった！」

「だから、それは瞳が発現していなかった頃だろ！　今は一人でフラフラ出歩くんじゃねえよ！」

「一人じゃありませんー、ちゃんと護衛もつけてもらってますぅー、許可とりましたあー」

「おま……っ」

この、エレナとマイクの痴話げんかのような言い合いを、バックグラウンド・ミュージックにして。

「うるさい。一回黙って」

無の表情で、一言でBGMを停止させるアレクシス。アレクシスがこんなに直接的な物言いをするなんて珍しい。それだけ、二人に気を許し始めているのかな、とこんな時だけど考える。

……。

え。

……え。

…………え？

それで……私の、覚悟は、どこへ持って行けばいいのだ？

ピンチに陥った、ハジメテノオトモダチ、ドコー？

いや、無事で本当に何よりなのだけれど。心身ともに元気に言い合いをしているエレナで、本当に良かったのだけれど。

「し……し、心配するじゃない‼」

これに尽きる。無事で良かった。

「あ、マリアンナ……？　マリアンナまで心配させちゃった⁉　どうしよう、ごめんなさい！　何もなかったの、普通に歩いていたら、突然肩を摑まれたから、びっくりしちゃって……ごめんね……」

心配はしたが、エレナもびっくりしただけ、とのことなので、一概にエレナのせい、というわけではない。

「ううん、何事もないのなら、良かった」

「……僕にも同じくらいの熱量で謝ってくれてもいいと思うけど……まあいい。行動範囲に制限をかけすぎるのは窮屈だとは思うが、なるべく、考えてほしい。馬車で乗り付けるなり、歩くにしても、護衛に加えて、一応マイクも連れて行くなりしてくれ。君が望んで今の立場にいるわけではないのは重々承知だが……もう、昔とは違う」

アレクシスは、組んでいた足を下ろして、エレナに向かって口調を穏やかにしてそう諭した。勝手に自由を制限することに、後ろめたさがあるのだろう。

しかし、それは、エレナ自身を守るためでもあるのだ。

「……はい。自覚が足りなかったです。王家の方々や、国に守っていただいているからこそ、今、こうやって心も体も損なわずにいられること、承知しております」

エレナは、それまで背けていた顔をアレクシスの方に向けて、まっすぐ目を合わせて言った。

その言い様に揺らぎはなく、エレナが本心から言っていることが分かる。

「……何か希望があれば、できるだけ心を砕こう。些細なことでもいい。……マリーの、大切な友達のようだからね」

その言葉には、王族として国のために言っているだけではない、という意味を含ませているのだろう。

私と、エレナが友達だから。

「ありがとうございます」

「まあ、とりあえず次はマイクを連れて行くと良い。いつでもいいから」

「あの、自分まだ学生なんですけど」

アレクシスに一喝されて、しゅん、と大人しくなっていたマイクが、アレクシスの暴論に、控えめに抗議の声をあげる。

「マイクが一番、エレナ嬢を心配しているだろう？　その方が、マイクの心の安寧《あんねい》のためにも良いと思うよ」

「なっ……べ、別に俺は……」

「いつまでも、手のかかる妹とでも思ってるんでしょ？　どうせマイクは」

「どうせってなんだよ」

なんだか、このままでは痴話げんかのような、夫婦漫才のような言い合いが再開する気がする。

「あ、そういえば、ねえアレク、知ってた？　エレナって、この前私たちが王宮で会ったドールベン侯爵と、エレナの瞳の発現が公表されるよりもっと前に、会ったことがあるんですって。私は同じ色持ちでも公表のタイミングで知ったけど、アレクはドールベン侯爵と同じタイミングでエレナの瞳の発現は知っていたの？」

それは、エレナとアレクシス、ついでにマイクが揃って同じ部屋に腰を落ち着けていたから、話題転換に口にしたことだった。

少しだけ、エレナの話を聞いて引っかかってはいたが、特にアレクシスに詳しく尋ねてみようと思っていたわけではなく、エレナとアレクシスがいたから、それだけの理由だった。

ああ、知っていたよ。

そんな返事が返ってくるだろう、と考えるでもなく予想していた。

しかし、その予想は当たらなかった。

アレクシスが、すっと微笑みを浮かべ、王太子の仮面を付けたように見えた。

それと、たぶん、顔色が変わった気がする。それは些細な変化で、なんとなく、だけれど。エレナとマイクには分からない程度の変化だ。

それほど、重要な情報だったのだろうか？

「……その話、もうちょっと詳しく聞きたいな。マイク、この部屋の周り、人払いってできる？　店の邪魔になるなら、場所を変えて……いや、それだとデートが……邪魔になるなら、日を改めて」

しかしアレクシスの中では、顔色が変わるようなことでも、情報よりデートの方が重要だったようだ。

うーん、それってどのくらいの重要度か、さっぱり分からない。

結局、日は改めずに、人払いした上に防音魔法をかけ、そのまま話すことになった。

「そうか……。エレナ嬢自身は、ドールベン侯爵とは接触はないものと思っていたが、発現の時に会っていたのか……」

アレクシスが続けて話すには、国王陛下をはじめ、王族の方々もエレナの発現を知ったのは、公表の二か月ほど前だったらしい。

以前、エレナが侯爵と出会った、と言っていたのは、公表の約一年前。

その空白の期間は、ドールベン侯爵もリントン男爵も、王家に報告をせずに黙っていた、ということになる。

「あの……リントン男爵家は、代々侯爵家に仕えていて、侯爵領の一部の管理を受託している、と聞いています。だから、父はまずドールベン侯爵の指示に従う、と思います。何かにつけて、侯爵の機嫌を気にしていたし……」

そう話して、エレナは目の前の紅茶で一口分だけ、喉を潤した。私たちは、黙って続きを待った。

「……私は当時、わけも分からず、必要なことだから、と急に男爵家の屋敷に軟禁状態になって、教育を受け始めました。母にも会わせてもらえず……。ある程度、教養が身に付かないと公表もできない、と言われて、疑問に思う余裕もなく、頑張っていたら母に会わせてもらえる、と信じて……頑張らなかったら、母がどうなってしまうのか、怖くて……だから大人しく従っていました。……王家に報告されていなかったから、屋敷の敷地から一歩も出してもらえなかったんですね……」

そこまで、黙ってエレナの話を聞いていたアレクシスが、口を開いた。

「ドールベン侯爵とは、それ以降会ったことはないのかな？」

エレナは、アレクシスの問いに、首を振って答えた。

「父から、侯爵のお気に召すように、とか、侯爵の機嫌を損ねないように、などと言われてはいましたが、私が直接お会いしたのは、最初の時だけです。私は、男爵の屋敷から出してもらえなかったし、侯爵が男爵家を訪問していたのは、たまたまで、あの時だけの本当に特例だったみたいです。あれ以来、見かけたこともありません。……私が、侯爵について知っていることは、これくらいなんですけど……」

アレクシスは、顎に手をやって、少し考える素振りを見せてから、口を開いた。

「……エレナ嬢は、最初は寮に入る予定だったよね？　それについては、何か聞いている？」

そうだったのか。そういえば、前世の、この世界の物語では、ヒロインのエレナは、確かに最初から寮に入っている設定だった。もう既に、本来の物語からかけ離れているため、それを思い出すこともなくなっていた。

「そうなんですか？　寮に入る話は、知らなかったです。男爵家に住み始めてすぐ、小さな屋敷から、大きい屋敷に引っ越したんですけど、それが、私が学園に通うための下準備、って言われたのは覚えています。その時に、使用人と、護衛が一気に増えたな、っていう印象があるので」

「そうなんだ。僕たちも、男爵家に色持ちを危険にさらさずに保護するのは難しいだろう、と思って、寮の警備体制を見直して、寮に迎え入れる準備を進めていたのだが……男爵に突っぱねられてね。男爵家も、護衛を増やしてエレナ嬢の警備体制を整えたようだから、それ以上強くも言えずに男爵に任せたのだが……やはり、ドールベン侯爵が関わっているのだろうな」

「だと思うんですけど……私の話だけじゃ、確信持てないですよねぇ……」

「……そうなんだよねぇ……」

エレナの口調につられたのか、アレクシスまで力の抜けた声で嘆く。

エレナは、学内夜会の件もあって、アレクシスを怖がっている節があるが、それと同時に、どこかアレクシスをなめて……フランクに接する時がある気がする。

「エレナ、そういえばお母様は大丈夫なの？　今の話じゃ、あまり、会えていなかったようだけど」

「うん……新しい屋敷は、奥様もいたから、前の小さな屋敷で暮らしてたみたいで、たまにしか会わせてもらえなかったんだけど、王立治療院に入院してからは、大分良くなってきたみたい。……会えなかった間、どんな風に過ごしていたかは、教えてくれなかったけど……」

最後、声のトーンを落としてそうエレナが答えた。

エレナも察するところはあるのだろうが、お母様が話さない、と決めたならば、詮索するのは無粋だろう。

「そう……快癒するといいわね。元気になられたら、お会いしたいわ」

「……うん、私もマリアンナをお母さんに紹介したい！」

エレナが、花が咲いたような笑顔を向けて言ってくれた。やはり、仮にもヒロインを張る子って、可愛い。目に星を宿している。自然と、私もにやけた顔になってしまう。

「マリー、エレナ嬢……それから、マイクも。この三人には、信用して話す。ドールベン侯爵には、気をつけてくれ。侯爵が、どんな人脈があって、どんな手を使ってくるか分からない。だから、接触してくる人は、無害そうでも、気を付けて」

アレクシスが、私とエレナ、マイク一人ひとりと目を合わせながら、言葉に力を込めて、慎重にそう言った。

「承知しました。心して守ります」

「はい。私も護身術習います」

「いや、そういうことじゃないと思うぞ。それも大事かもしれないけど」

「……何が？」

アレクシスに真剣に返答した後、声を落としてまた掛け合いを始めた二人をよそに、アレクシスが、何か言いたげに私を見てきた。

「どうしたの、アレク……？」

アレクシスは、ためらうように、目線を彷徨わせてから、口を開いた。

「……誰が、信頼できて、誰が……裏切っているのか、まだ分からない。マリー……、本当に気を付けて」

こんなに歯切れ悪く言うアレクシスは、珍しい。

「もちろん。何かあれば、小さなことでも相談するって約束する」

安心してほしくて、私はなるべく伝わるように、まっすぐアレクシスの目を見て、誓う。

「……家族よりも、僕を信じて……」

アレクシスが、とても小さな声で呟いたので、前半部分が聞き取れなかった。

「……え？　……うん、アレクのことは信じてるわ。でも、何よりも、って言ったの？」

「……エレナ嬢よりも、って言ったんだよ。二人があまりにも仲がいいから、つい妬いてしまった。今のは忘れて、マリー」

そういったアレクシスは、私だけに見せてくれる、いつもの優しい笑顔だった。

四人でドールベン侯爵の話をした後、エレナはマイクと護衛と共に帰って行った。

一方、私とアレクシスのデートは、結果的にトラブルには発展しなかったが、思いがけず深刻な話し合いになってしまった。

「マリー、大丈夫？　ちょっと、疲れた顔をしてるよ」

アレクシスが、心配そうな顔をして、覗き込んできた。

「大丈夫よ、私は話を聞いていただけだし」

心配をかけないように、私はなるべく明るい声を出して答えた。

「……もう、馬車を呼ぶね」

私、そんなに疲れた顔をしているのだろうか。

いろいろあって、精神的に疲れた部分はあるけれど、これでもう城に帰ってしまうのは、寂しく感じてしまう。

……初めての、デートだったのに。

でも、アレクシスが私のことを思って言っているのは伝わるし、帰るところは一緒なのだから、まだデートを続けたい、と言うのは、私の我がままになってしまうのかな。

「……そうね。やっぱり、ちょっと疲れたかもしれないわ」

ほどなくしてユアンが、馬車の準備ができた、と呼びに来てくれた。

そして二人で並んで座り、馬車に揺られることとなった。

「ねえマリー、僕は本当に、マリーが自分では、くだらない小さな愚痴って思うようなことでも、言ってほしいって思ってるからね」

「……うん」

アレクシスには、私の何でもないふりなどお見通しだったらしい。蜂蜜をたっぷりいれたミルクのような彼の言葉に甘えて、本音がポロっと漏れてしまう。

「私……、この力があったからこそ、アレクとこうやって今、婚約者として隣にいられるでしょう？」

「きっかけは、そうだね。その運命に関しては、心底感謝してる」

アレクシスが、私を気遣うように、私の肩に手を回してくれたので、素直にアレクシスの肩に、頭を預けた。

「なのに、私は、誰のことも守れない。エレナは、自分や周りを守るような魔力は持たないのに、自分のお母様を一人でずっと守ってきて……すごいよね」

私は、自分の持つ力が怖い。

「マリーだって、ずっと守ろうとしていただろう？」

「え？」

私は、ずっと、自分のことを、自分が傷つかないようにしてきただけ。

「マリアンナも、伯爵を……家族を、守っていたよ」

私は……、お継母様を残して、お父様から逃げたのに？

そう反論しようとした時、馬車が止まり、ユアンが到着を告げた。

しかし、アレクシスが足を向けたのは、王宮の方向ではない。

「アレク、どこに行くの？」

「マリー、疲れているところ悪いけど……もうちょっとだけ、付き合ってくれる？　……せっかくのデートだから」

このままそれぞれの部屋へ戻るのは寂しい。

そう感じていたのは、私だけじゃなかったんだ。


アレクシスに連れられてたどり着いたのは、遠い日に、二人で遊んだこともある、温室だった。

中のソファに腰掛け、アナにお茶を淹れてもらう。

「この温室、久しぶりに来たわ。昔は、よく来たけれど、最近は南の温室を使うことの方が多いから」

王妃様やロザリア様と温室でお茶をする時は、専ら南の温室を使う。

「こっちの方が、植物は少なめだけど、ひらけていて子どもが走り回っていても、見失わないからね。子どもたちを遊ばせる時は、よくここを使うみたいだよ」

そうだったのか。そういえば、隅に木でできた小さなブランコがある。

「走り回っていたのは、アレクよね。私はあのブランコ、アレクシスやお父様に背中を押してもらってよく遊んだわ。懐かしい……」

「あれ？　僕の記憶では、マリアンナも走っていたけどなあ……僕の後ろを、一生懸命ついてきてくれて」

「そう……だった気もするけれど。でも、それはアレクが走るからじゃない？」

「そうだね。でも、マリーも楽しそうにしていたよ？　マリーは走っても、僕からすると歩いているくらいのスピードで」

「小さい頃の二歳差って、大きいもの」

でも、私はアレクシスが速くて追いつけない、とか、早くアレクシスと同じくらい大きくなりたい、なんて思ったことはない気がする。今思えば。

「だけど、僕がマリーに合わせて歩くと怒るから、走っているように見せかけて歩くの、大変だったよ」

「アレクの話で聞くマリーって、ずいぶん、横暴な子ね……。アレクは紳士なのに」

まさに、悪役令嬢の幼少期っぽい。よく、愛想を尽かされなかったものだ。

私は、自分に感心しながら、お茶うけのチョコクッキーを口に入れた。

「僕だって、あの頃はガキだったよ。君は、他の子と接するのを怖がっていた。マリーが自分だけに笑ってくれるのが嬉しくて、マリーと仲良くするのは、僕だけでいい、って思っていた。

……まあ、これは今も思っているけどね」

チョコクッキーで甘くなった口内に、甘くない紅茶を含ませる。

「そんなに昔から……？」

確かに、王城に遊びにきた時、他の子どもを見掛けた記憶があまりない。たまに、子どもたちのお茶会に参加した時だって、常にアレクシスが傍にいた。

「そうだよ。ロッテンクロー伯爵にだって嫉妬したくらいだよ」

「まあ、お父様にも？」

大げさなアレクシスが可笑しくて、くすくすと笑いがこぼれた。

「大げさな、と思っているかい？　本気だったよ。あの頃、マリアンナは、伯爵が迎えにくると、大喜びで伯爵に抱きついていた。僕には、伯爵が、お姫様を連れ去る魔王のように見えていたさ」

あの頃は、頼りなさそうに眉尻を下げて笑いながら、マリアンナ、可愛いマリー、と私を呼ぶお父様のことを、私は確かに愛していた。

いや、今でもそうかもしれない。

「アレクは……、私の家の状況、察していたのよね？　だから、ユアンを『ジョン』として差し向けたのでしょう……？　いつから、知っていたの……？」

カップに口をつけるアレクシスに、私は恐々と問いかけた。

我が家は、いつからおかしかったの……？

私は、いつから洗脳のような、呪いのような怒鳴り声を聞くのが当たり前になっていた……？

何故、あなたは、ユアンを我が家に送り込んだの……？

アレクシスが、音もなく、静かにカップをソーサーに置いた。

扉を閉めている今は、温室には静けさが横たわっている。

二人でいるのに、今、どんな感情なのか何も伝わってこないアレクシスに会うのは、少しだけ、久しぶりだった。

僕とマリアンナを取り巻く歯車が狂い始めたのは、間違いなくあの時だった。

僕は、会う機会は少なく多くは語らないものの、たまに会った時には、鷹揚に優しい言葉をかけてくれる父、厳しくも、ユーモアのある愛にあふれた母、小生意気だが可愛い妹、そして、最愛の（ほぼ）婚約者に囲まれて育った。

だから、語学、武術、魔法学、帝王学などの勉強や鍛錬による分刻みのスケジュールや、将来、王になった時の重圧はあっても、頑張ることができた。

父母や祖先のお陰か、それに耐えうる能力を、生まれながら持ち合わせていたのもある。

子どもらしくない忙しさの合間を縫って、マリアンナやロザリア、ユアンと遊ぶのは、貴重な、子どもとしての時間だった。その時間をねん出して与えてくれた母には、今でも感謝をしている。

「は……？　伯爵夫人が……？」

それは、僕が十五歳になり、中等部の最高学年も、半ばを過ぎた頃であった。

その頃、僕に父の代理で公務が回ってくることもあり、今までとはまた違う、慣れない忙しさに、気が緩む間もなかった。

そんなある日、珍しく王妃である母上から急な呼び出しがあった。

そして、聞かされたのは、大切な幼馴染みの愛する母親の、突然の訃報だった。

「馬車の事故……ということに……なっているわ」

ということに、なっている？

「……どういうことですか？　母上」

いつも楽しそうに、突拍子もない発言をする母も、その日ばかりはそんな余裕もないようだった。その日は心なしか、赤くなっている。

母上も、ロッテンクロー伯爵夫人とは仲が良かったから。

しかし、親不孝と言われても、その時自分がどうにも心配なのは、大切な彼女の方だった。

そうだ、母の物言いも気になるが、今、気に掛けるべきは。

そう思い、僕はマリアンナの下に駆けつけようとした。

「いや、後で聞きます。今すぐマリアンナのところに行ってきます」

「待ちなさい、アレクシス」

すぐにも彼女の傍にとんで行きたいのに止められ、母上と言えど、いや、母上だからこそ、苛立ちが抑えきれないでいた。

「今話さないと駄目なことですか？　じゃなかったら……」

「この問答が無駄よ。聞きなさい」

そう押し切られると、何も言えず、目の前の母上を睨みながら、次の言葉を待った。

「馬車を降りたところを、暴漢に襲われたそうよ。伯爵夫人を狙って」

「伯爵夫人を……？　動機は？　その暴漢は捕らえられたのですよね？」

もし捕まっていなくて、マリアンナにも危害が及ぶ可能性が出てきたら、と思うと、気が気ではなかった。

「今は牢屋の中にいるわ。動機は……」

そこまで話して、母上は声を詰まらせ、目を閉じた。

マリアンナのことを思うといても立ってもいられず、急かしたかったが、堪えるような母の様子に、何も言えなくなってしまった。

「……女神を汚すべき魔の物を……産んだから、と言っているそうよ」

一瞬、何を言っているのか分からなかった。

この国も他の国でも、魔物など、とうの昔に滅んでいる。

……産んだ？　それは……。

初めてマリアンナと出会った頃の、稚い声に似合わない、怯えた言葉が蘇る。

――マリーの、め、こわい。ち……？　みたい、って。

「マリアンナ……？」

母上は、目頭を押さえて、顔をそらした。

その仕草と沈黙が、自ずと肯定の意を示している。

「クズどもが……」

今、冷静になって思うと、その言葉は、たとえ聞く者が母しかいなくとも、王族として口にしてはいけない言葉だった。罪を犯した者でも、それは自分が守るべき国民から出てしまった犯罪者だ。

しかし、当時の僕はそんなことを気にする余裕もない。今すぐその暴漢が捕らえられている牢屋へ駆けだしたい衝動を、拳を握りこんで抑えるだけで精いっぱいだった。

「あなたは、もう王太子として、立派に務めてくれている。もう子どもではないと見込んで伝えたのよ。そんな顔をしてマリアンナの悲しみに寄り添える？」

「分かっています……っ！　しかしっ」

「気持ちは分かる……言わないで、お願い」

ハッとなって母を見て、握りこぶしを解く。

いつも朗らかで動じない、ともすれば父よりも大きな背中を見せてくれる時もある母が、その手を微かに震わせていて、母が初めて小さく見えた。

「すみません……」

母上は、軽く首を横に振ってから、顔をあげて、まっすぐこちらを見据えた。

それは、いつもより少し赤い目をした、いつもの母上――王妃の顔だった。

「伯爵にも、この事実はまだ伝えられていない。マリアンナには……まだ酷だわ。いつかは、真実を伝えるべきかもしれないけれど……伯爵の判断次第になるわね。……貴方を信じて話したの」

そうだ、今、必要なのは、暴漢への怒りではない。

自分に何ができるのかは分からないが、マリアンナに寄り添うことだ。

「抑えなさい。悟られるな、大切な順番を見失うな、……私の可愛い坊や」

そう言って、濡れた瞳で、母上が微笑んだ。

「可愛いは……坊やも、もうやめてください。あと、落ち着いたら、僕が伯爵を説得します。マリアンナには、永遠にこの事実は知らせないようにします」

「…………」

「僕の我執《エゴ》だとしても、知らなくていいことは世の中に腐るほどあります。この事実はマリアンナの代わりに、僕が一生背負います」

「……分かった。任せるわ」

「……では、これにて、失礼します」

そう言い置いて、踵を返した。

後ろから漏れ聞こえる、微かな嗚咽《おえつ》には、気づかないふりをして。


しばらくは、公務は最低限まで抑えて、できるだけマリアンナに寄り添おう。

そう思っていたが、それからまた、事態が急変してしまった。

今ではすっかり快復したが、マリアンナのご母堂が亡くなってほどなくして、父である国王陛下が肺の病を患い、代理の公務を務めることが増えてしまった。

また、災難は重なるもので、隣国で内紛が起こり、政権が落ち着かないというのに、その隣国から戦を匂わせる書状が届いた。

愚王と評判の悪かった当時の隣国の王が、援軍の要請を求める内容だったのだが、断れば交易も止め、進軍もいとわない、という内容であった。

しかし、それが、物議を醸した。いくら愚王といえど、内紛が起こっている状態で簡単に侵略できると思うほど、我が国を侮ってはいないはず。

結果、その書状は偽物だということが発覚した。

隣国は結局、政権の交代が実現し、愚王の従妹にあたる公女が女王として即位し、今に至っている。

問題は、その偽の書状だった。

下手をすれば、国同士の戦になるところだった。

それを持ち込んだ偽の使者をたどっていくと、やはりというべきか、ドールベン侯爵が疑わしかった。彼は元々、保守的な現王の方針に面従腹背《めんじゅうふくはい》で、マリアンナの力を使って他国に領土を広げるべきだ、という考えを近しい者に漏らしていた。しかし、決定的な証拠が見つからずに、迷宮入りとなってしまった。

そんなゴタゴタの対応に追われ、高等部にあがってもまともに学園に通えていないうちに、ロッテンクロー伯爵が再婚した、という話を聞いたのだ。

あれから、まだ一年も経っていないのに。

僕は、寝る時間を削って時間をひねり出し、マリアンナに会いに行った。

正確には、マリアンナと、その継母となった者に会い、もしマリアンナとそりが合わないようならば、公私混同と言われようとも、横暴と言われようとも、連れ出してしまおうと考えていた。まだ落ち着ける状況ではなく、頻繁に会うこともできないから、ロッテンクロー邸に住むマリアンナの異変には気づくことができない、と思ったからだ。

そして僕は、愚かにも、その日の帰りは、行きと同じく馬車に一人で乗り込んだのだった。

「アレクシス、忙しいのに来てくれて本当にありがとう……ゆっくり休んでね」

玄関ホールまで見送りに来てくれたマリアンナの隣には、伯爵、そして後妻である現伯爵夫人が並んでいる。

「ああ、ありがとう。……マリアンナ、何かあったら……何か、少しでも不安なことがあったら、いつでも僕に……僕がいなかったら、母上か、ロザリアでもいい、言ってね」

継母となった伯爵夫人を交えて話をしてみて、邪険にしていないのはもちろん、マリアンナと友人のように話している様子だった。聞けば、亡くなった伯爵夫人の、古い友人だとも言うし、伯爵と心の傷を慰め合えるのかもしれない。

だから、大丈夫だと、そう、判断してしまった。

「……うん、でもアレクシス、無理しないでね」

こんな時でも、マリアンナは人の心配をしてくれる。

その気遣いが、僕には不安だった。マリアンナが、自分を気遣って我慢するのではないかと。

「わたくしではいたらない部分もあるでしょうから、何かありましたら、恐れながら必ず王家の方にご連絡いたしますわ。……力不足で、わたくしではマリアンナと一緒に、友人を偲ぶことをしかできませんから」

「私も、父としてマリアンナを支え、拠り所にならないといけないのに、自分のことでいっぱいいっぱいになってしまい……カリサには、感謝しているんです、こんな情けない父親の代わりに、マリアンナを支えてくれて……」

「お父様、お父様も大切な人を失ったのだもの。情けないなんて言わないで。抱きしめて、一緒に泣いてくれたじゃない。……カリサ様……お継母さまも」

「無理しなくていいのよ。呼び方なんて、何でもいいわ。あなたが口にしやすい呼び方でいいの」

　亡くなった前伯爵夫人の話題を腫れ物のように扱い、よそよそしいやりとりになるのではなく、共に偲び、哀しみ、思い出を語り合う。

　そんな家族に見えたから、大丈夫だと思ってしまった。

「お継母様、なんて呼んでいいのかしら、って思っちゃったの。レオくんは、実のお母様のカリサ様と会えないのにって」

「気にしないで、息子のことは。……あの人と離縁した時に、立派に育ててくれると約束したのだもの。もう私のことなんて……忘れているわ」

　再婚同士の婚姻だったのか。そういえば、この夫人の出自はまだろくに知らない。一応、気にしておいた方がいいかもしれない。

「……マリアンナ！　滅多なことを言うのではない！　カリサの家族は、もう私たちなのだ！」

「お父様……？　……はい、ごめんなさい」

その時、初めて伯爵が声を荒らげるところを見た。普段の雰囲気からはかけ離れているため、かなり意外だった。マリアンナの様子から見ても、それは滅多にないことだったのだと分かる。

やはり、ロッテンクロー伯爵はまだ、完全には立ち直っていないのだろうか。

「殿下、そろそろ……」

そこで、時間がきてしまった。

その後、隣国への対応や、国王陛下の代理業務などに追われ、まだ脳みそのキャパシティーも狭かった自分は、あの時感じた引っ掛かりを片隅に追いやり、そのまま捨て置いてしまった。

そして、季節は巡り、国王陛下である父が公務に完全復帰し、隣国の情勢も安定してきて、ともに学園に通えるようになった頃には、既に高等部の最高学年になっていた。
それまでの間、滅多に会うことはできなかったけれど、手紙は頻度は少なくとも、なるべく書くようにしていた。
《アレク、忙しいのに、お手紙ありがとう。マリアンナは元気です。アレクシス様の方が心配だわ。きちんと眠れている？　マリアンナは、この前お継母様とお父様と植物園に行きました。》
《アレクシス様、お返事がまだなのに、手紙を送ってしまってごめんなさい。ご迷惑だろう、と言われたのだけれど、どうしても心配で、ペンをとってしまいました。だめね、アレクシス様は、今、私のことなんて気にかける暇はないというのに。》

《アレクシス殿下、私もいよいよ高等部に入学いたしました。しかし、アレクシス殿下のお姿は見えません。でも、ご心配なさらないでください。マリアンナは王太子妃修業を続けていますわ。かの方には、負けるはずがありません。》

だんだんと、呼び方が変わり、文章も硬くなっていったことは気になったが、年頃になり、文章も大人になっているのだろう、と自分を納得させた。

そして、マリアンナの継母であるロッテンクロー夫人から、ある手紙をもらった。

それも、隠匿《いんとく》魔法を使った手紙を、王妃経由で。

《夫、ロッテンクロー伯爵は、未だに立ち直れていないのでしょう。心配が過ぎるのか、マリアンナにきつく当たっています。前夫人のこともありますので、多少は理解できるところではございますが、看過できないほど恐ろしい声なのです。わたくしが諫めましても、逆効果のようです。わたくしも、マリアンナのケアはもちろんしていますが、アレクシス殿下においても、何卒、マリアンナをお気にかけくださいますと、幸いでございます。》

その手紙は、夫である伯爵に知られてしまうと、ますます夫人やマリアンナへの当たりが強くなるだろうから、と密かに届けられたのだ。

そこで、僕はやっと気づいたのだった。

僕は、忙しさにかまけて、マリアンナが無意識のうちに出した、助けを求める声を掬《すく》い取れなかったのだ、ということに。

その後、僕は、自分の知るロッテンクロー伯爵と、話に聞く伯爵との乖離《かいり》に疑問を抱いた。

元々、気弱な性格のように見えたのだが、心配が過ぎたくらいで、そこまで生来の性格が変わるのだろうか？　嫌な予感がして、ドールベン侯爵の介入を疑い、探りを入れたものの、繋がりは見つからなかった。

八方ふさがりになり、ユアンにロッテンクロー伯爵家に潜入してもらった。

そうしてようやく、僕は真実の欠片《かけら》を拾った。

もっと早くに気づけていれば、あんなにマリアンナを苦しめずにすんだのに、という後悔を、きっと僕は一生手放せない。いや手放してはいけないのだ。

◇◆◇

「……むしろ、マリアンナの様子に気づくのが遅かったんだ。ロッテンクロー伯爵夫人に手紙をもらって、そこで初めて、ドールベン侯爵の手が既に伸びている可能性も考えて、ユアンに潜入してもらった。聞くに、伯爵の様子が、僕の知る伯爵とあまりに違っていたから」

言葉を選んでいたのか、私の問いかけに、紅茶がぬるくなるくらいの沈黙が降りていたが、やがてアレクシスが口を開き、話してくれた。

「そうだったの……じゃあ、お継母様は知っていたってこと？」

「いや、伯爵家の執事長にだけ、実は相談していたんだ。……伯爵夫人に負担をかけるのも申し訳ないからね」

伯爵家の当主はお父様だけれど、様子がおかしかったのもお父様なので、許可をとらないのは分かる。しかし、お父様の次に伯爵家を差配する立場のお継母様には言ってもよかったのではないだろうか、と思ったが、アレクシスなりの気遣いなのだろう。

「お父様は……ドールベン侯爵と会っていたの……？」

恐る恐る尋ねる。何かときな臭い侯爵とのつながりがあるとすれば、お父様も何か犯罪に巻き込まれていてもおかしくない。

「いや……ロッテンクロー伯爵は、ドールベン侯爵と接触はしていない」

「良かった……」

ほっと安堵する。今はお父様とは連絡も取っていないけれど、たった一人のお父様だ。

「心配……？」

「それは……やっぱり、心配。お父様も……一人置いてきてしまったお継母様も」

「まともに挨拶する時間もなかったもんね」

「まあ、それをアレクが言う？」

私は笑って、もう一つ、今度はシナモンのクッキーをつまんだ。

どこかずっと張り詰めていたアレクシスの表情が、和らぐ。

「本当に反省しているんだよ、自分のことにかまけていないで、もっと自分でマリアンナの話を聞いていたら……ちゃんと、話し合っていたら引きはがすように連れてこずに済んだかもしれない、って」

「ううん、アレクは、本当に忙しそうだったもの。それに、誰も想像できなかったと思うわ。お父様が、あんな風になるなんて」

「……怒号とは、程遠い人だったからね」

「ええ、お母様……亡くなったお母様が、少しはあなたもマリアンナを叱って、ってお父様に言うくらい。それでお父様は、悪さをした私を頑張って弱々しく叱るんだけど、普段叱られないから、びっくりして泣いちゃったの。そしたら、『マリー、泣かないでおくれ、お父様が悪かった』って謝りだすのよ、私が悪いのに。それでまたお母様が呆れているの」

　離れてから時間が経ったからか、両親との優しい記憶が思い出される。

　この温室でも、秋薔薇が咲いている。もう盛りも過ぎかけ、色あせている。

「……私やお継母様じゃ、お父様の悲しみは埋められなかったのよね」

「……会いたい？」

　アレクシスの問いに、私は薔薇から目を離さないまま、答える。

「家を出る時は、お継母様には悪いけど、もう二度と戻らない覚悟をした。でも、こうやってゆっくりお茶を飲んで話していると、優しいお父様の姿ばっかり浮かんできて……やんなっちゃう」

　離れてもなお、洗脳する怒鳴り声がずっと耳にこびりついて、離れてくれなかったのに。

　色あせた花びらが、一枚、はらりと舞い落ちた。

　私は、薔薇からアレクシスへ向き直った。

「優しいお父様には、会いたい。でも……怖い。また怒鳴られて、私、次はいよいよおかしくなっちゃうんじゃないか、って。それに、お継母様を置いて勝手に出てきて、お継母様までどうにかなっちゃっていたらどうしよう、って、そんな身勝手なことまで考えてしまうの……」

「伯爵夫人のことも、心配しているんだね」

「もちろん、お継母様こそ心配だわ。私がいなくなって、お父様に代わりに怒鳴られていたりしたら……私のせいだわ」

「マリアンナのせいじゃないよ。それにたぶん……それは、心配ないと思う」

何か根拠に基づいて言っているのか、やけに確信めいた様子のアレクシス。

ユアンが潜入していたとはいえ、家族として何年も一緒に住んでいる私より、そこまで断言できるものなのだろうか？

「……何で？　私がいなくなって、お父様が、私の代わりに、矛先をお継母様に向けることだってあるかもしれないわ」

アレクシスは、何か思案している様子で下を向いた。

「ねえ、何か分かっているなら、教えて。お父様も大事だけれど、お継母様も、嘆いてばかりの私たちをずっと支えてくれていたの。……そうだ、私の部屋にお継母様も連れて来られないかしら？」

そうだ、今までどうして思いつかなかったのだろう。お継母様も、連れてくれば良いのだわ。

「それは……できない」

「どうして？　あ、もちろん、城の魔石の供給には協力するわ。私とお継母様が暮らす分以上に。

「……それでも、だめ？」

「……婚約者だけならともかく、そんな特例を認めてしまうと、後世に悪影響のある前例を作ってしまうからね。……それに……」

「それもそうね。私が軽率だったわ。それなら、一旦、どこか信頼できる親戚筋に頼めないかしら……」

信頼できる親戚筋は、疎遠になってしまっている。今から、手紙を出しても聞いてもらえるだろうか。

「……伯爵夫人の件は、任せてほしい」

「アレク……？　でも、私のお継母様なのよ」

「……分かってる。悪いようには……」

しないから。

だんだん声が小さくなり、歯切れが悪くなる。悪いようにするかもしれない、というの……？

「アレク？　……ねえ、私に何でも話して、って言ったよね？　アレクがそう言ってくれるのと同じように、私もアレクに、何でも話してほしい、って思っているのよ」

私の訴えに、アレクシスが、目を見開いた。

「そうか……そうだよね。また、勝手に慮《おもんぱか》って、自分の都合のいいようにするところだった。

……分かった。……実は……」

「お姉さまー‼　私もデート行きたかった！」

アレクシスが重い口ぶりで話し始めた時、温室の扉が、ばこーんと開いて、既視感のあるタックルを、座ったまま背中に受けた。

「いだっ！」

そして、タックルした本人がダメージをくらっている。自らソファの背面にタックルしたのだから、多少痛いに違いない。ソファは背面までふかふかではない。

「ロザリア……おまえ、たぶん、貴族どころかそこらのペットより落ち着きがないな」

「私の悪いところであり、良いところよね！　お兄様」

「その自己肯定感だけは尊敬してるよ」

あ、そういえば。

まともな街歩きができなかったから、ロザリア様のお土産を買い忘れてしまったわ……！

「お土産？　お土産なんていいわ！　今度、ロザリアとも街歩きしてくれたら、それで手を打とう！」

手を打とう、なんてどこで覚えたの？　ロザリア様。

「まあ、それはいいわね！　もちろんわたくしも行くわ！　ああ、陛下がすねるから、陛下も一緒にいいかしら？」

陛下は本当にやめていただいてくださいい、王妃様。

「父上も一緒なんて大事になるからやめてください。そもそも母上も気軽に出歩かないで！」

なんか……言い方が……可愛い……！　アレク。

「……本当に私、この場にいていいの……？」

震える小動物、エレナ。

「大丈夫よ、お二人とも、とてもお優しいから」

そして、私、マリアンナ。

今、私は前世の物語のことを思えば想像もつかない面々で、お茶会をしている。王妃様とロザリア様、それにエレナと私が参加者なのだが、何故かアレクシスもこの場にいるのだ。

こうして四人の顔を見ていると、つくづく、感慨深いものだ。王妃様とロザリア様は物語にはあまり出てこなかったし、エレナとお茶をする描写もなかったと思う。そして私は、物語の中では今頃、学園も休みがちになり、お父様の言いなりに、エレナを傷つけることだけに心血を注いでいるはずだった。

しかし今、大小様々なサイズの、歴代王族の家族肖像画が飾られている部屋でお茶会をしているのは、アレクシスとのデート終わりに突撃してきたロザリア様からの流れ……ではない。

デート終わりの温室で、ロザリア様はあの後すぐ、家庭教師の方に引きずられて戻っていった。

ロザリア様が来る前、何か話しかけていたと思うのだけれど、お土産を買ってくるのをすっかり忘れていた私とアレクシスは、もう一度買いに行く、いやそれはお土産の本来の趣旨からずれているからもういい、でも手ぶらで帰ってきちゃって……という話になってしまった。

結局、折衷になっているか分からない折衷案である、「今更買いには行けないから、王妃様とロザリア様をお茶会にお誘いする」という結論に至った。

お誘い、と言っても、会場は居候先の王城、準備するのは居候先の使用人の方々ではあるが。

「それで、お兄様はいつまでいらっしゃるの？　これは、女子会なの！　男子禁制！」

「もう行くさ、公務の前にマリーの顔を見たかっただけだ。だからロザリア、貴重な時間をお前に割かせるな」

「と、言う間にも確実に時間は減っておりますよ」

今日も仲の良い兄妹で、何よりである。

ロザリア様も、口では文句を言いながら、アレクシスが来た時は嬉しそうにしていたし、アレクシスだって満更でもなさそうな顔をして言い返している。

「そうだった。マリー、せっかくの休みなのに、君といられないなんて」

「殿下、もう時間です」

「今日のドレス、可愛いね。水色が似合っているよ。たぶん、噴水をのぞむ庭園にいたら、聖なる泉で舞い遊ぶという妖精と間違えられるかも」

「お兄様、タイムオーバーよ、鉛筆を置きなさーい」

「そうだ、今度はそのドレスに似合いそうな日傘を贈ろうか。さすがに日傘を差した妖精はいない……」

「アレク、分かったわ」

ユアンの、主を呼ぶ声にも、ロザリア様がユーモアを絡めてストップの声をかけても止まらなかったアレクシスは、私の声でとうとう止まってくれた。

眉尻を下げて、若干わざとらしく悲しそうな顔を作って。

「マリアンナは、名残惜しくないの……？」

「まあ……同じ王城にいるわけですし……」

「そんな、僕は少しでも離れたくないのに？　分かった、もうちょっとここにいて僕の存在をマリーに」

「淋しいですわ、とっても！　でも、国民のために働くアレクシス、とっても素敵！　惚れ直しそう！」

「……ほんとに？」

「うん！」

「……ほ」

「ほんと素敵、が、ほんとしつこい、になるまであと三秒」

「行く行く行きます」

早く行って。会話を重ねるごとに生温かい目線が増し増しになっているから……。

「それでは皆さん、女子会を楽しんでください」

そう言ってから、最後に私の頬にキスをして、やっと去っていった。

「なかなか居座ったわねえ、あの子。あと少しでわたくしがお尻を叩くところだったわ、実際に」

比喩ではなく、本当に叩くつもりだったらしい、下段で扇を振りがぶる素振りをしている王妃様。

「お兄様、私たちがいても恥ずかしがらなくなって、つまらないわ。ねえ？　お母様」

「そうね。なりふり構わなくなったわね。それはそれで愉快だけれど」

「ね、エレナ、仲の良いご家族でしょう？」

委縮して一言も発することなく、ちんまりと座っているエレナの緊張が少しでもほぐれるよう、なるべく軽い口調を意識して声をかける。

「う、うん」

「そうよあなた！　よくのうのうと、マリアンナお姉さまとお話しできるわね！　マリアンナお姉さまがお許しになっても、私はまだ許していませんからね！」

「これ、やめなさい、あなたの許しは必要ないわ」

「だってお母様！」

「も、申し訳ございません……！　王妃様や、ロ、ロザリア王女殿下にも、ご、ご迷惑をおかっ、おかけいたしました……！　その上、おかっ……母のことなど、お力添えいただいたお陰で、えっと、あの、本当に、ありがとうございます……！」

ロザリア様が突然、エレナに噛みついてきてびっくりしていると、それにつられたように、エレナが立ち上がってがばりと頭を下げた。

「いいのよ、マリアンナちゃんと愚息の間でお互いに納得しているなら、わたくしたちがどうこう言うことは何もないわ」

「でも……」

エレナをなだめるように、またロザリア様を窘めるように言った王妃様だが、ロザリア様はまだ不満そうに口をとがらせている。

「いい加減になさい。その怒りは、あなたの感情でしかないわ。マリアンナのためではない。そうでしょう？」

「……はい。ごめんなさい。……エレナ・リントンさん、自分勝手な発言をしてしまってごめんなさい」

母親に叱られ、ごめんなさいをすると、謝るのは別の人でしょう、というようにまた母親に睨まれてしまったロザリア様。しかし、エレナに謝る時は、きちんと誠意をもって言っていたように思う。

私があんな風に叱られたのは、いつが最後だっただろうか。

お母様が亡くなってからは、お父様を支えなければいけない、お継母様が嫁いでこられてからは、お継母様になるべく迷惑をかけないように、と努めていた。その後は、お父様は叱るというより、怒り、ともすればヒステリーだった。

継母にやんわりと諭されることはあっても、あんな風に叱ってもらったのは、きっと、まだお母様がお元気だった頃だ。

「いえ……！　殿下のお気持ちは当然です！　私も、自分勝手なことをしていたので」

「それでも、わたくしたちに、謝ってもらうようなことはないわ。ね？　ロザリア」

今度は、優しい、慈愛に満ちた笑みを、ロザリア様に向ける王妃様。

「うん。マリアンナお姉さま、最近エレナ様とばかり仲良くされているから、つい、何でなのって思っちゃったの。ただのやきもちだわ」

「ロザリア様……！　街歩き、絶対行きましょうね！」

「本当⁉　お姉さま！　絶対よ！」

可愛い。私の妹（も同然）、超可愛い。

思わず、席を立って抱きしめてしまうところだった。

「それに、今回は、そんな話をしたかったんじゃなくて、ただただお話ししてみたかっただけなの！　噂によると、マリアンナちゃんはもちろん、エレナちゃんも、いい人がいるって聞いたわ！　わたくしは恋バナが聞きたいのよ！」

「え！　なあにそれ！　それを先に言ってよ！　聞きたーい！」

王妃様の言葉に、エレナの首がぐりんと動いて、目を見開いてこちらを向いたので、私は必死に手と首を左右に振った。

言ったの、私じゃない。断じて違う！

「ああ、生徒会の人たちにはバレバレ……うっすら勘づかれているみたいね？」

仮に、本当に生徒会にバレ……うっすら、生徒会がエレナとマイクの微妙な今の雰囲気を察しているとして……。

えっと、それで、どうして王妃様のお耳に……？

アレクシスが王妃様にそんな話をわざわざするとは思えない。

えっと、そうすると、それ以外に……。

深く考えないでおこう。深くは考えず、今後も気を抜かずに生徒会でも仕事に邁進していこう。

「マリアンナ……」

弱々しい声で、助けを求められても、エレナ。

「ごめん、力不足だ……諦めて。大丈夫、悪いようにはならない……はず」

この二人の猛追を止める術を、私は持ち合わせてはいないのである。

「そうだ！　他の殿方の存在を匂わせるのはどうかしら⁉　焦るかも！」

「いいえ、悪手ね、それは！　こじれる原因よ。それより、服装のテイストをいつもと変えてみるとか、普段しない表情をしてみるとかどう？　さりげなく触る、とかも有効だけれど、はしたないといえば、はしたないから、わたくしから堂々とおすすめするわけにはいかないわね」

「なるほど……なるほど！　そういう技術があるのですね！　勉強させていただきます！　マリアンナ、今度練習につきあってくれる⁉」

「エレナ様って、その純真さでよくお兄様を落とそうとしたわね」

「……変に小細工するより、言葉で伝えた方が、誤解なく伝わると思うけど……」

「マリアンナちゃん、小細工は女の武器よ。もちろん、小細工なしの真剣勝負も大事だけれど、小細工をたくさん隠して渡り歩く女性はいっぱいいるの。こっちが素手じゃ不利な時もあるの」

「な、なるほど……！」

これは、どうしたらマイクがエレナを異性として意識するかという会議である。

最初は、好意さえ認めようとせず、必死に違う話題を振ろうとしていたエレナだったが、王妃様とロザリア様の会話術に敵うはずもなく、認めないうちにこの会話の主導権を持っていかれた。

これでは、好意を認めたも同然である。

恋愛話が盛り上がるのに、年齢は関係ない。気が付くと、いい時間になってしまっていたので、このお茶会は本当に恋愛話だけで終わりを迎えた。

「若い子たちの話がたくさん聞けて、若返った気分だわ！　ありがとう」

「本当だ、お母様、心なしかお肌がぷるぷるに潤った気がする」

「こちらこそ、お招きいただきありがとうございました！　楽しいひと時を過ごせました！」

最初の緊張した小動物とは打って変わって、ころころとした可愛らしい笑顔で話せるようになっているエレナ。

「エレナちゃんもいろいろと複雑な立場だけれど、困ったことがあったら、マリアンナちゃんを通してでもいいから、言ってちょうだいね。表立って助けることができない時もあるけれど、できる限り力になりたいわ」

「あ、ありがとうございます……！　あの、王妃様のありがたいお言葉を胸に、治癒魔法も精進いたします！」

お茶会の概ねの話題は、正直に言えば、城下町のカフェに行けば、そこかしこで聞けそうなありふれた話だった。

王妃様はそれを通して、この関係性を作ることが真の目的だった、という気もする。それは、王妃様の優しさとも思えるし、色持ちであるエレナと、王族の繋がりを強めるためとも思える。

おそらく、両方なのだろう。私も見習うべき姿勢である、と思う。

こうしてお茶会は散会し、私は部屋へ戻った。

最近、出ていく予定がなくなった私のお付きに、アナに加えて新しい侍女を付けてもらっている。と言っても、私はまだ王太子の婚約者、というだけなので、ベテランを何人もつけてもらうほどの地位にはない。

そのため、新人の侍女であるメアリをつけてもらっている。

「あの、マリアンナ様、ご実家からお手紙が届いています」

「え、てが……」

「メアリ！　それは渡しては……っ」

王城に住み始めてから、手紙は一度、届いたきりだった。驚いて受け取ろうとした私と同時に、珍しく焦った様子のアナが声を上げた。

「あ……そうでした……！　申し訳ございません！」

メアリは、慌てて手紙を引っ込め、私に向けて謝ったらいいのか、アナに謝ったらいいのか分からない様子で、どちらへともなく頭を下げた。

「……アナ？　どういうこと？　それ、その字、お継母様からよね？」

先ほど、ちらっと見えた、宛名である私の名前を記した文字は、見覚えのあるお継母様の筆跡だった。

「……いえ、大変申し訳ございません。……王妃様宛の手紙と、見間違えてしまいました。失礼いたしました」

アナは、心なしか、いつもよりも硬い声で、無理に平静を装ったように謝罪をした。

――アナが、そんな見間違いを……それに、万が一、間違って王妃様宛の手紙だったとしても、そこまで焦る必要はないはず。私が、勝手に王妃様宛の手紙を開けるような粗忽者《そこつもの》とは思われていない、と自信が持てるくらいの関係性は築けているつもりだ。

「……アナ、本当のことを言って」

お継母様から私宛の手紙を止めるような人なんて、限られている。

――言ってくれたら、良かったのに。検閲くらいは仕方がないと分かるわ。それを、黙って。

何でも言う、って、言ったのに。

私の問いかけに、アナは口を開かない。

「いいわ。あなたが口を割った事実を作るわけにはいかないものね」

アナが悪いのではないのだから。

……ねえ、そうよね？　アレクシス。

私が、湯浴みが終わった後にアレクシスの下を訪れるのは、初めてのことだ。

本当はもっと早く訪ねたかったのだけれど、私のことでアレクシスの公務の邪魔をしてはいけない。だから、こんな時間になってしまった。

外はとっくに闇に包まれ、月明かりと魔石を使った灯りによって、城は外も内も煌々《こうこう》と照らされている。

そんな中、私はアナを連れてアレクシスの部屋に向かっている。

普段ならば未婚の学生の身として絶対にしないことだが、早く話をする場を設けたかった。

「……マリアンナ様、今からでも先触れを……」

「出さないわ。大丈夫よ、あなたたちには責任が問われないようにするから」

内容は別にして、メアリの口の軽さは咎めるべきではあるが、新人であることを鑑みると、訓告くらいで良いと思う。そのための見習い期間なのだから。

アナやメアリがアレクシスに報告しなかったのは、私が押し切ったことだ。命令違反かもしれないけれど、事後対応について、咎めさせはしないつもりだ。

「いえ……分かりました。……こう申しては、侍女失格なのですが……こうなって良かったのかもしれません」

「え？」

「アレクシス殿下のことですから、おそらくマリアンナ様の為を思っての事情がおありだと思いますが、それを差し引いても、何も知らせずにお渡ししないのはいかがなものか、と生意気にも内心思っておりましたので……」

「アナ……」

「だから、私にも咎がありますので、無理に庇ったりなさらないでくださいね」

普段、やるべきことに徹して、私情を挟むことのないアナの言葉が、かっかと血が上っていた頭に冷静さを取り戻させる。

「それじゃ、万が一の時は一緒に怒られてあげるわね。それは譲ってあげない」

橙色の優しい灯りに包まれた廊下を、くすくすと笑いながら歩き、王太子の部屋の前までたどり着いた。

アナのお陰で、冷静にアレクシスと話すことができそうだ。

部屋の前にいた衛兵に取り次ぎを頼むと、すぐに入室の許可が出た。

アレクシスはまだ湯浴みは終えていないようで、昼間に会った時の服のままだった。

「マリー、どうしたの？　何かあった？」

ソファに私を座らせた後、その隣にアレクシスも腰を下ろした。アナは、私のすぐ後ろに控えてくれている。

「これを届けに参りました。手違いで私の方に先に届いてしまったようですよ」

慇懃《いんぎん》無礼《ぶれい》に両手でうやうやしく、実家から届いた手紙を差し出す。あえて、未開封にしてある。

「え？　あ……！　ごめん、違うんだ！　違うっていうか、言い訳にしか聞こえないと思うけど、ちゃんと話そうと思っていたんだ！」

宛名と差出人を確認して、すぐ状況を理解したアレクシスは、必死な様子で私に訴える。

アナとのやり取りで、感情的な怒りは落ち着いていた私は、アナを一瞥することもなく、責めるのでもなく、ただ私の方を気にしてくれたことに不覚にも……チョロくも、機嫌が上向いてしまった。

そうだ、ここでへそを曲げて謝らせるために来たのではないのだ。

ちゃんと、話してほしくてきたのだ。誤魔化しの言い訳を用意する時間を与えないように、先触れを出さずに訪ねたのだから。

「ねえアレク、アレクのことだもの。私のために隠していたのでしょう？」

自惚れではないはずだ。それは疑っていない。

「……うん。申し訳ないけど、ロッテンクロー伯爵家からの手紙は、先に検《あらた》めさせてもらう必要がある」

「言ってくれたら、ちゃんと先に渡したわ。それに、お父様からの手紙は分かるけれど、お継母様もだめなの？　お継母様は、お父様の……言いなりになっているっていうの？」

しばらく帰っていない実家の様子が気になると同時に知るのが怖くて、少しためらいがちに尋ねる。

アレクシスは、眉間に皺を寄せて逡巡《しゅんじゅん》しているが、決心したように私を見つめた。

「今、警戒しているのは、父君より……カリサ殿だ」

カリサ……カリサ、は、お継母様の名前と同じだ。

「どういうこと……？　カリサ、って、お継母様のこと……？」

お継母様はどちらかというと被害者のはずだ。同情こそすれ、警戒する必要なんてないはずだ。

「お継母様も、お父様に……毒されている、というの？　それなら、お願いだからお継母様もあの家から……」

「……違う」

アレクシスは私のお願いに、静かに、拒否ではなく否定の言葉で返した。

「違うって……何が……」

混乱する私の頭の中でふと、前世での「物語」の台詞がよぎった。

読んだ時は、悪役令嬢の背景なんてあまり気にしていなくて、流し読みしていた台詞。

それは、物語の終盤、嫉妬と憎悪にのまれて、悪役令嬢マリアンナの力が、ヒロインのエレナに牙をむく場面。

『アレクも……おとうさまも…………おかあさまですら、私を愛してはくれなかった……私ももういらないイラナイイラナイ……！』

読んだ時は、アレクという呼び名、そして両親のひらがな表記に、マリアンナの精神が崩壊して、子どもに逆行してしまった故の表現だと思った。

それも間違いではないだろう。しかし、私の前世の記憶が蘇る前にも、実のお母様から愛情を与えられた覚えは確実にあった。お母様は、最後まで私を愛してくれていた。

そうなると、愛してくれなかった「おかあさま」は、実母ではなく、継母、ということになる。

――本当に愛してくれているかは分からないし、自信はない。でも、確かに私を心配してくれていた。友愛か、親愛か、同情かは分からないけれど、「情」はあったわ。

なのに、物語の中の悪役令嬢は、おかあさまですら、と言っていた。

「……マリアンナの父君が、君に辛く当たるようになってしまった原因は、前伯爵夫人のことだけではない。それもあるかもしれないけれど……」

アレクシスは、そこで言葉を切り、一度目線を外し、そして覚悟を決めたかのように、顔を上げた。

「カリサ殿が、そうなるように誘導したのではないか、という疑いがある」

お継母様が……？　そんな、まさか。お継母様は、ずっと私とお父様を支えてくれていた。

「……こんな時に、そんな冗談、笑えないよ……？」

嫌な予感が、ひたひたと心を侵食している。

「……最初は、伯爵と、ドールベン侯爵の繋がりを調べていたんだけれど、末端の者まで調べても関わりは見つからなかったんだ。だが、ユアンに潜入してもらって、執事長の話も聞くうち……カリサ殿に、不審な動きが見つかった。……伯爵を疑う時点で、カリサ殿も調べておくべきだったんだろうね。ただ、マリーも心を許していたから……いや、言い訳だな」

アレクシスの、確信を得ているような話しぶりに、嫌な予感が現実味を帯びていく。

それでも、私はそれを認めることができないでいた。

「やめてよ、お継母様がお父様に何をしたっていうの？　そんなことして、何になるの……？」

「マリアンナを、操れるようにしたかったんだと思う。……ドールベン侯爵に命令されて。父君によって追い詰められ、孤独に陥るマリアンナの……唯一の、味方になることによって」

私が感情的に声を荒らげても、アレクシスは淡々と説明を続ける。それが余計、曇りのない目で現実を見ているのはアレクシスの方だ、と示している。

「でも……そうよ、お継母様は、いつも私を庇って……」

くれた？

慰めてはくれた。お父様の襲来の後、必ず部屋を訪ねてきて、傍にいてくれた。

お父様を諫めてくれる、と言って。でも駄目だった、っていう話を、後で聞いて。

私が怒鳴られている時は？　お継母様が私を庇ってくれたことはあった？

私はいつから、お父様以上にお継母様の言うことを、無条件に受け入れるようになっていた？

お継母様が、心の支えになっていた？

展覧会が終わって、アレクシスと心を通わせて、洗脳から抜け出せた、悪役令嬢の運命からは逃れられた、と思っていた。

でも……私は一体……誰に洗脳されていた？

本当に、洗脳から、抜け出せている……？

「そんなはず……」

戻りたくない。もう、物語の悪役令嬢には戻りたくない。

「カリサ殿の、元夫のアドラム子爵は、ドールベン侯爵の分家の家系なんだ」

「それだけで、疑うの？」

「いや……カリサ殿が、侯爵の執事と接触していることが確認された」

「でも……っ」

否定をする言葉が見つからない。

「……それを私に黙って調べていたのね。手紙も、押収して……」

「もう話そうと思っていた。本当だ」

「……ちょっと、頭を冷やすね。ごめんなさいアレク、遅くに突然訪ねてしまって」

今は一人になりたい。一人で落ち着いて、考えたい。

「マリー、本当に話そうと思っていたんだ。もう、包み隠さずに。……それがマリーにとって辛い事実でも」

「アレクの中では、もう疑いじゃなくて、事実なのね。お継母様のことは……」

「……うん。脅されている可能性もある。ほぼ確実だと思っているよ」

「そう……。分かったわ。……帰りましょう、アナ」

アナに声をかけると、アナはアレクシスに、何か言いたげにしていたが、結局、深く一礼をするだけに留めていた。

「そうだ、言い忘れていたわ。アナたちに報告をさせなかったのは私だから、咎めないでね。お願い」

「……マリアンナ！」

扉に足を進めていると、アレクシスに後ろから呼び止められた。

「あの……おやすみ……」

「おやすみなさい、アレク」

喧嘩別れのようにしたくない。

そう思って、私は顔だけ振り返り、無理やり口角を上げて挨拶をした。


「いや喧嘩ですよね？　それ」

学園の放課後。

今日は、アレクシスは公務があり学園を休んでいて、生徒会の手伝いもない。帰りの馬車に少し待ってもらって、エレナと学園の、人のあまり来ない裏庭のベンチに並んで座っている。

女の子同士の話がしたいから、と会話が聞こえない程度に、マイクと護衛には離れてもらった。

「うう……やっぱりそう？　すぐに謝ろうと思ったんだけど、アレク、朝早く視察に出かけたみたいで」

あれから一夜明けて、私はエレナに昨日のことを話した。

お継母様が、という詳細は伏せようと思い、アレクシスが実家からの手紙を黙って検めていた、というところだけ。

「でも、それは殿下がひどいですね！　勝手に先に読んじゃうなんて」

「でも、アレクも私のことを思ってのことだったのよ。ちゃんと話してくれるつもりはあったみたいだし」

どこまで話していいか分からないので、部分的に話したら、かなりアレクが悪いように伝わってしまったようで、慌てて弁解をする。

「あれれ？　もしや、犬も食わない喧嘩ってやつですか？」

エレナが、にやりといたずらな笑みで言った。

わざと、アレクシスを悪いように言ったのか。簡単にひっかかってしまったらしい。

「そういうのじゃないわ。そもそも、喧嘩になっていたのかしら。私が、何にも役に立っていないくせに、偉そうに、何も話してくれない、って拗《す》ねただけのような気もする……」

アレクシスは、お継母様のことに関して確信を持っていた。

それに対し私は、何でも話してほしい、と言っておきながら、いざその場面になると必死に否定の材料を探した。

以前からアレクシスには、度々お継母様のことも話していたのだ。

だから、私の気持ちを慮って言いづらいのは、当たり前なのに。

でも、アレクシスが語ったお継母様の話には、それほど動揺してしまった。頭では理解していても、未だに気持ちが追いついてないくらいだ。お継母様が私を裏切るはずない、と心が叫んでいる。

「つまり……、お酒強いアピールして無理やり飲み会参加したのに、誰よりも早くつぶれちゃった的なこと？」

「うん……うん？　そういう……ことなのかな？」

振る舞いからして、エレナの前世は高校生とか未成年なのかなって思っていたけど、お酒飲める年齢だったのか……？

「まあ、アレクシス殿下に言えるのは、相手を思ってやっているんだ、っていう言動は、時として自己満足でしかなくて、その自己陶酔型正論で責められるとこっちは何も反論できなくなる、っていうところですよねー。まあ、今回は本当に、マリアンナをなるべく傷つけずに伝えたかっただけだろうけど」

「……エレナって……前世何歳……？」

「何歳なんだろう。あの小説以外の前世の記憶、あんまりないんだよね。一般常識とか、日本人は居酒屋のから揚げの最後の一つを誰も手を付けない、とかは分かるんだけど、自分の名前とか年齢とか家族は思い出せない」

「へぇ……そういう思い出し方もあるのね」

「そんなことより！　こういうのは、時間が経てば経つほど気まずくなるし、何もなかったように振る舞っても、ずっとどこかにしこりが残るものなのです！　謝りたいなら、すっぱり謝って、直してほしいところがあったら、責めずに、自分はこう思ったからこうしてほしい、ってちゃんと伝えましょう！」

「そうね、そうよね。ありがとうエレナ！　……こうやって、相談したり、愚痴ったりする友達がいる、って幸せね」

今のエレナと話すと、物語のヒロインを全うしようとしていた頃の言動が下手くそだったのが、つくづく不思議である。

そうだ、今の私は、物語の中の悪役令嬢とは違う。前世の記憶が、私の前途を救ってくれたのだ。

「……えへへ、私も、こうやって繕うことなく何でも話せる友達がいて、初めて学園が楽しい、って思った！」

えへへ、うふふ、と怪しい笑い……もとい、花も恥じらう乙女たちの鈴を転がす笑い声が広がった。すみません、少し言いすぎた。うふふえへへの笑みが広がった。

「じゃあ、善は急げ！　アレクシス殿下はいつ帰ってこられるの？」

「確か今日は視察先に泊まって、明日の夕方に帰城される予定と聞いているわ」

「明日かあ……そうだ！　何か労いの品……たとえば手作りのお菓子とか用意して待たない!?　絶対喜ぶ！」

「え、それいい！　あーでも、マリアンナに生まれてから、厨房なんて入ったことない」

「大丈夫！　一緒にするから！　城の厨房を借りられたら、材料もあるかな？　まあ、料理人の方の邪魔にならないなら、だけど」

「あ、それなら泊まっていかない？　私の部屋に！　エレナなら、突然でも許可が出ると思うわ！　明日は一緒に馬車で登校すればいいし」

「え、いいのかな!?　それじゃお邪魔しちゃおうかな、寮に許可取らなきゃ」

「早速行きましょう！　ああ、今日の鍛錬、早起きして朝のうちにやっておいて良かったわ」

「魔法の鍛錬？　毎日やっているの？　でもマリアンナ、すごく熟練していると思うんだけど」

「魔法が派手だからそう思うだけで、繊細な技術はまだまだなの。見掛け倒し。だから、どんな場面でもすぐ対応できるように」

「マリアンナ‼」

突然、この場を裂くように響いた怒鳴り声に、身体が固まる。

ずいぶん時間が空いたはずなのに、一瞬であの頃に戻される。

それは、長年しみついた恐怖。

――お父様だ。

9 父と継母と、母と

――お父様が、いる。

最後に会った時は冷静でいられたはずなのに、久しぶりに会うと、震えが止まらない。

どうして、ここに……。

「マリアンナ……」

以前、軽く事情を話したことのあるエレナが、庇うように私の前に立った。

目の前が私より背の低い少女の背中でいっぱいになったことで、はっと我に返る。

――震えている場合じゃないわ。しっかりしなくちゃ。

「旦那様、お話ししましたでしょう？　お声を和らげてくださいませ」

私の耳に微かに届くくらいの小さな声で、お継母様がお父様の耳元で呟いた。

「あ、ああ、そうだったな……」

「ごめんなさいね、マリアンナ。あなたと連絡が取れなくなったから心配で、ここで教師をしている知り合いに頼んで、来園許可をもらって来てしまったの」

私は、驚きに目を見開いた。

お父様が、素直に耳を貸して従うなんて。今まで私の言う言葉は、全て怒鳴り声でかき消していたのに。

お継母様が諫めるところを、今まで直接は見たことがなかった。聞く耳を持ってくれずに怒り出す、とお継母様は言っていたのに……。

「……話が、したいんだ。……今までのことを……謝りたい」

覇気のない様子でそう私に言うお父様。

それは、娘が家出してうなだれる父親、というには、どこか目の焦点が合っていないように見えた。

ちらりとお継母様の方を見ると、変わらず私を心配するような表情を見せている。

一緒に住んでいた頃と、変わらずに。

「……分かりました」

「マリアンナ！　殿下がいらっしゃらない時に、大丈夫なの……？」

こちらを振り向いて、声を潜めて心配をしてくれるエレナ。

「大丈夫よ。家出してしばらく経つし、家に帰りはしないから。何を言われても」

何を言われても、アレクシスに黙って連れ戻されたりはさせない。

「だから、マイクのところに戻っていて？　ね？」

「……分かった。気を付けてね。マイクのところで、待っているから」

「うん。ありがとう」

心配そうに見守るエレナを置いて、私はその知り合いの教師が借りてくれたという応接室に、お父様とお継母様と三人で入った。

「お友達ができたの？」

先ほどの私とエレナのやり取りを見守っていたお継母様は、今までいた裏庭の方を振り返りながら私に尋ねた。

「……うん。何でも話せる、大事な友達ができたの」

「……そう。良かったわ。あなたにも、相談ができるようなお友達が……」

私に友達ができたことに喜色を浮かべたお継母様は、声を尻すぼみにして視線を下に落とした。

「……お父様の、お話とは？」

昨日のアレクシスとの話から、なんとなくお継母様と目を合わせるのが気まずくて、お父様に話を促す。

「ああ……そうだな……マリアンナ、家には帰ってこないのか……？」

……やはり、その話か。

「……今は、王太子妃教育を城で本格的に始めていますから、私だけの判断で帰ることはできません」

「ああ、そうか、マリアンナは、もう王太子妃に決まったのかい……？」

どういう意味だろう。

もちろん王太子妃にはまだなってないが、婚約者にはなった。しかし、婚約は家同士の手続きもあるから、お父様もこの婚約に許可を出して、サインをしたはずだ。

「はい。アレクシス殿下の婚約者として励んでいますので、お父様もご安心なさってください」

お父様からすれば、念願だったことでしょう？　あんなに、アレクシスに嫌われるなと、王太子妃になるのが私のためだ、と怒鳴ってきたのだから。

「そうか……。あいつも、待っているのだがな、マリアンナの帰りを……」

――おかあさま。

お父様のおっしゃる「あいつ」は、尋ねなくても分かる。きっと亡くなった、実の母のことだ。

お継母様は実母とは元々お友達で、一緒に悲しんでくれた人だから実の母のことは禁句にはなっていないけれど、さすがにこれは配慮がなさすぎるのでは……。

そう思いお継母様の様子を窺うと、お父様の心無い言葉など聞こえていなかったかのように、さっきと変わらぬ表情を見せている。

「あなたがいなくなってからだんだん落ち込んできたみたいで、最近はずっとこんな調子なのよ」

「お父様……」

背中を丸めて、応接室のテーブルをぼんやりと見るお父様。

昔は頼りなくても大きく見えたのに、今は、心なしか小さく見える。

「ね？　だから、戻ってきてくれないかしら？」

お継母様は、困ったように眉尻を下げながら、懇願してきた。

確かに、この間まで青筋を立てて雷をおとしていたお父様からすると、今の様子は心配だ。

でも。

「……アレクシス殿下に相談してみます」

お父様が心配だから、と独断で帰省を決めるのは浅慮と言えるだろう。

一旦、保留という形にして、アレクシスに相談したい。

今のお父様を見ると恐れより心配の気持ちの方が大きいし、そんなお父様やお継母様からの手紙を勝手に留め置いていたアレクシスだけれど、私はそれを差し引いてもアレクシスを信頼しているし、アレクシスからの信頼も裏切りたくない。

そんな私の返事に、お父様の反応はない。

「そう……」

お継母様は私の保留の返事を聞くと、窓の方を向き、ぽつりと相槌を打った。

「……分かったわ。返事を待っているわね。それならせめて、あなたの最近の話だけでも聞きたいわ。アレクシス殿下は、優しくしてくださっている？」

「ええ、アレクはもちろん王家の方々は、私が不自由なく過ごせるように、とても良くしてくださっているわ」

「そうなの、ありがたいことね」

そこから、お継母様と学園の話や、伯爵邸の私づきのメイドの話など、たわいもない話をして、二人は帰ることになった。

「長居してしまったわ。そろそろお暇しなくてはね。帰りましょう、旦那様」

「ああ……そうだ。マリアンナ……お母様が待っているからな、父様は、先に帰るよ……」

「……ええ、お父様」

「……ごめんなさいね」

「え？　ううん、お継母様の謝ることじゃないでしょう……？」

さっきの話しぶりだと、私が出て行ったのが原因なのだから。

「……旦那様が、早くあなたのお母様の下へ帰りたがっているから、もう見送りはいいわ。……マリアンナ、それじゃあね」

何故か、お父様がうわ言のように呟いた言葉を、お継母様は強調して言った。

「……？　ええ、お気をつけて、お父様、お継母様」

お父様と共に帰ろうとしたお継母様は、ふと歩みを止めて振り返った。

「そうだ、忘れるところだったわ。これを渡そうと思っていたの」

お継母様は、持っていたハンドバッグから、小さな箱を取り出した。ピンク色の可愛らしいデザインのそれは、私が幼い頃から大事にしているものだった。

「これ……ありがとう、お継母様！」

それは、伯爵邸の自分の部屋に大事にしまってあり、機会があれば取りに行きたいと思っていたものだ。

「あなたの、宝物だものね。……大事に持っておきなさい」

「はい」

私は、とりあえずそれを制服の左のポケットにしまいこむ。

そして、今度こそお父様とお継母様は去って行った。

こう思うのは親不孝かもしれないけれど、食い下がることなく、早々に帰ってくれて助かった。

そう安堵して、エレナとマイクのところに向かおうとした時だった。

廊下の方から、バタバタと複数の駆けてくる足音が聞こえ、だんだん大きくなってきた。

何事だろう、と不審に思いながらも、この応接室の前を通るなら通り過ぎてから出ようと待っていると、その大きな音はこの部屋の前で止まり、がらりと扉が開いた。

「なあ！　エレナを見なかったか⁉　どこを探してもいない！」

現れたのは、今までにないほど焦りの顔を浮かべたマイクだった。

「エレナ？　エレナは、マイクのところに行ったはずでしょう？」

焦るマイクの様子に、嫌な胸騒ぎが広がる。

「来ていない！　近くで喧嘩が起こって、仲裁して戻ったらいなくなっていた！　裏庭も、どこを探してもいないんだ！　代わりに、これが落ちていた……！」

マイクの手に握られていたのは、いつもエレナの髪を結っている薄い紫色のリボンだ。

「エレナの……！」

「ああ……これ、母親に買ってもらった、ってずっと大切にしているやつなんだ。何もないのに、あんな風に落とすとは思えない……」

落としたのに気づかずに、お手洗いにでも行っているならばいい。

でも、自分の姿が見えないと心配すると分かっているエレナが、誰にも何も告げずいなくなるのはおかしい。

よりにもよって、私が両親と話している時に……。

……話している時に？

……たまたま？

――カリサ殿が、ドールベン侯爵に命令されて――。

アレクシスの、昨日の言葉が頭をよぎる。

「お継母様……？」

「とにかく！　まだ遠くに行っていないはずだ！　学園と、この周辺を手分けして……」

「待って！」

「何だ！　早くしないとあいつが」

「心当たりがある！　落ち着いて」

今にも飛びだしていきそうなマイクの腕を摑んで、必死に止める。慣れた学園で迷子になっているんじゃあるまいし、闇雲に探してもきっと見つからない。

とりあえず護衛の一人を城に走らせ、報告をしてもらう。万が一、国外にでも連れ去られては大変だ。追うのがより一層難しくなる。

「心当たりとは!?　どこだ!?」

「……私の実家が関わっているかもしれない」

「は？　ロッテンクロー伯爵が!?」

どこに連れ去られた？　ドールベン侯爵が用意した場所に連れ去られたのならば、私には見当もつかない。

でも、もしお父様とお継母様が今日、このタイミングで来たのは二人が関わっているからだとすれば、我が家に連れ去られたのだろうか？　しかし、そんな分かりやすすぎるところには……。

――いえ、待って、さっきお継母様が、不自然に強調した言葉があったわ。

《旦那様が早くあなたのお母様の下へ帰りたがっているから――》

「お母様と住んでいた、前のタウンハウス……！」

「マリアンナ嬢、どういうことだ？　そこにいるのか？」

「確証はない。私の勘でしかないわ。……でも、お継母様からの口ぶりからすると……」

お継母様が、わざと強調してそこへ捜索の目を向けようとしている可能性も大いにある。その可能性を疑った方がいいのだろう。

でも、お継母様は、ぎりぎりのところで私に場所を知らせようとしたのかもしれない。

……勘でしかないけれど、私はそっちに賭けたい。

「……分かった。マリアンナ嬢が言うなら、信じよう。場所を教えてくれ」

「ええ、でも一緒に行くわ」

このタウンハウスではないかというのは、ほぼ私の勘でしかない。これだけの情報で、城の騎士は動かせない。だから、国境や学園からの脱走経路などの捜索は騎士たちに任せ、タウンハウスへは私とマイクだけで向かうことにした。

「アレクシス殿下には、知らせなくてよかったのか？」

「きっと、王妃様が知らせてくれるわ。それに、私の居場所はアレクには分かるはずだから、大丈夫」

私とマイクは、一頭の馬に相乗りをして、近くの公園で馬を降り、以前住んでいたタウンハウスにやってきた。

制服の内側にあるアレクシスの魔石の首飾りを、服の上から握りしめる。

この魔石には、こめられた魔力の主に居場所を知らせる能力が付与されている。

つまり、アレクシスがその気になれば、これを持っている私の居場所はいつでも分かる。

アレクシスの名誉のために言っておくと、有事のためにそうしたい、と私に相談してから初めて付与したものだ……と、私は聞いている。

「どこから潜入する？」

知らせなくとも伝わるとは思うが、この勝手な行動を怒られずにすむと思っていないことは、今は言わないでおく。

私よりマイクの方がより厳しく怒られそうなことも。可能ならばフォローしますよ。可能ならば。

「今、この屋敷には叔父の一家が住んでいるはずなの。私が表から訪ねるわ。だから、あなたはここから入って屋敷内を探って」

私は塀の、植物が生い茂り古くて腐りかけている部分を、マイクがかがんで通れる分だけ一瞬で燃やした。塀の材質だけ燃やし、周りの草花には燃え移らないようにする。

スカーフリングの制御魔法の効力の及ぶ範囲は学園の内だけなので、ここでは何の枷もなく魔法を使える。

「え、消えた？　あ、違う、燃やしたのか、一瞬だな……」

「いい？　なるべく騒ぐようにするから、気づかれないようにね。何もなければ使用人はそんなにいないはずだけれど、もしエレナがいるなら監視が増えていると思うから、気を付けてね。あ、そうだ」

私は、ごそごそと内ポケットを探る。

「これ、まだ貯まってないけど、私の魔石を渡しておく。物騒な人が多そうだったら、なるべく騒ぎにならないように、こっそり気絶させて人を減らしてね」

そう言って、私は、半分ほど魔力の貯まった魔石に呪文を唱えて、他者でも扱えるよう付加価値を付けて渡す。

「マイクが強いのは知ってるけど、それで私の火の攻撃魔法も使えるから。使う時は気を付けてね。殺さないように。思ってる四分の一くらいでいいから。あと、もしエレナを見つけられたら、魔石に魔力をほんの少しこめて。反発して私に伝わるから。ほんの少しよ。命が惜しければ」

「そんな物騒な……っそんなもの、ホイホイ渡していいのか？」

「ダメに決まってるでしょ。付加価値をつけた私の魔石の危険度は、猛毒の比じゃないけれど緊急だから！　あと、あげたんじゃなくて、貸しただけだからね」

マイクの魔石をもらわなければ交換は成立しないけれど、念のため「貸与」であることを強調しておく。

「恐ろしくてもらえない。でも今は借りておく。マリアンナ嬢は……一人で大丈夫なのか？」

「誰に言っているの？　私より強い人がこの屋敷にいるのかしら」

「そうだけど……実戦経験はないだろう？」

気づかわしげに言うマイク。エレナのことでいても立ってもいられないはずなのに、私の心配までしてくれている。

「……大丈夫。覚悟はできてる」

本当は、覚悟ができている自信はない。しかし、自らを鼓舞するためにもそうはっきりとマイクに言った。

「いくら色持ちでも、一人の女の子なんだ。気を付けて」

やはり、優しい青年なのだ、この男。エレナも好きになるはずだ。

「じゃ、マイクも、一人でもちゃんと冷静に行動するのよ！」

「……そちらこそ、暴れるのもほどほどに……」

こうしてマイクとは一旦別れ、私は屋敷の表玄関側に回った。

屋敷を見上げると、それは記憶よりも一回り小さく見えた。

門番はおらず、庭も元々植えていた草花を覆うように雑草がそこかしこに生えている。

――手が回っていないのね。お父様が手放したくなくて、叔父さんたちに住まわせるから……。継ぐ爵位はなく、国の騎士団に所属している叔父だが、この屋敷を管理するほどの多くの使用人を雇う余裕もないので、手が足りていないのだろう。

住むのは辛いが、完全に手放すことはできない。父は、どちらも選択できずに、逃げるように今の屋敷に引っ越したのだ。

待って、前の屋敷……？　物語の中でも、その場所は不思議とよく覚えている。何故？

……そうだ！　物語の最後に出てくるんだ。惹かれ合うアレクシスとエレナに業を煮やしたマリアンナは、前の屋敷にエレナを攫って監禁し、お父様と共謀して、亡き者にしようとするのだ。エレナは間一髪でアレクシスに助け出され、マリアンナはとうとう捕まり、最後は死んでしまう。

――結局、物語通りの場所にたどり着いてしまった。私の死も、逃れられない……？

その考えに、足がすくむ。

……違う。物語とは、違う道を歩んでいるはずだ。何より私はエレナを殺すためではなく、友達のエレナを、助けに行くのだ。

万が一、私が死んでしまったとしても、それは物語と同じ結末なんかではない。

それに、今は立ち止まっている場合ではない。

そう自分を叱咤し、誰も守っていない門をくぐり、ノッカーを敲《たた》く。

しかし、しばらく待っても誰も出てこない。

そーっと……開けようと思ったが、騒いだ方がいいのだと思い出し、ガチャリと音を立てながら扉を開ける。

そこには、出て行った時と何一つ変わらない光景があった。

いや、入ってよくよく見てみると、隅っこの埃がたまっていたり絨毯が汚れ色あせていたりと、手入れは行き届いていない様子だが人が住んでいる気配はある。

――お母様……。

引っ越して以来、一度もここに帰ってきたことはなかった。今にも奥からお母様が、おかえりなさい、と出てくる気がして感傷に浸りそうになるが、そんな場合ではない、と頭を振って気分を切り替える。

「……ごめんください！」

自分なりに、大きい声を張り上げて言ってみたものの、あまり響いた様子もなく、誰か出てくる気配はしない。

もう一度言っても、やはり誰も出てこない。すると一番近くにあるサロンから、ごとん、と物音がしたのでそっちへ足を向ける。

「おじさま？　おばさま……？」

ノックをしてから、そろそろと開ける。

その部屋は、お客様が来た時にまず案内する部屋だ。

その部屋の奥で、家主のようにゆったりとソファに座っていたのは、なんと私たちの中で話題の人物、ドールベン侯爵だった。その後ろには、黒いローブを頭からすっぽりと身に包み、男か女かも判別できない人物が立っている。

「マリアンナ……」

名前を呼ばれ、状況ものみ込めないまま声のした方へ振り向くと、隅っこにお父様とお継母様が震えながら立っていた。そして、その傍らにエレナが手と足を縄で縛られ、猿ぐつわをされて、床に座らされている。

お父様とお継母様は縛られてはいないが、ドールベン侯爵の私兵だろうか、武装した人たちが囲っていて、周りを改めて見回してみるとやはり兵が十数人いる。

「よし、見張りに戻れ」

そのうちの数人は、侯爵の命令でサロンを出て行った。

「おや、マリアンナ嬢、こんなところで会うとは奇遇ですな」

「な、なんで……エ、エレナ……！」

エレナは、今にも倒れそうなほど顔が青白いが、必死に恐怖と戦っているのだろう、大丈夫、と伝えるように私としっかり目を合わせてくれた。侯爵のことは、この際いい。エレナを助けなければ……！

「カリサ！」

侯爵がお継母様の名前を鋭く呼ぶと、真っ青な顔をしたお継母様は、エレナの傍らに跪き、短剣を取り出し震える手でエレナの首元へやった。

「……お継母様……？」

「近づかない方がよろしいぞ。貴女の継母が、お友達の首を裂くところを見たくなければね……。ああそれとも自分の育ての母を見捨てて、焼き払いますか？」

足を組んだまま、指一本動かすことなく侯爵は私を脅してくる。だが、私は目の前の光景を信じたくなくて、言われたことも理解ができない。

「お継母様、やめて……。言ったでしょう？　その子、大事な友達なの……」

「…………っ！」

パニックを起こしているのか、息も荒くなっているお継母様は、震えながらもその短剣は下ろさない。

「ははっ無駄ですよ。彼女は私の言いなりですからねぇ……！　上手く貴女だけをこの場に引っ張り出したのも彼女ですよ。……そうだ、褒めてやらねばなあ。時間ばかりかけて失敗した役立たずにしては、となああ‼　カリサ！」

お母様、と繰り返し言ったのは、わざとだったのか。そして、私はまんまとおびき出された……。

「お継母様、わざと……？　お父様も……？」

「ははは！　知らぬのは貴女だけだ！　そして貴女は、のこのこと、一人ぼっちでやってきた！　誰にも頼れず！　アレクシスにすら見捨てられたんだろうて！」

「アレクは、違う！」

「実の母親も、狂炎の瞳の悪魔を産んだせいで殺されたしなあ。実質、貴女が殺したようなものだろう？　可哀想に、災厄を生んでしまったばっかりに！」

「え……？　母親？　殺され、た……？」

何を言っているのか、理解ができない。心が、脳に考えるな、と指示を出している。

「ああ……あああ…‼」

と、その時、ずっと黙っていたお父様が、頭を抱えて崩れ、泣き出した。

ドールベン侯爵の言っていることに、反応したように。

私は、息を大きく吸い込んで、吐きだす。今は、心を乱されている場合ではないのだ。

惑わされてはいけない。ドールベン侯爵なんかに、心を乱されてはいけない。

どうにかこの状況を打開して、エレナを救い出さないといけない。

今は余計なことを考えるな、暗示をかけるように心の中で唱える。

そして、ドールベン侯爵と会話をしながらも、不自然にならないよう気を付けつつ場を見渡しながら策を考える。

「何がしたいの……？　エレナや私を捕まえたって、あなたが王になれるわけじゃないわ」

「それが、なれるのさ！　マリアンナ嬢もご存じだろう？　私の祖父は先々代国王の兄だった！つまり、正統なる王は、私なのだよ！　本来の正しいあり方に戻るだけだ……！」

確かに、先々代の王兄は、王位を継いだ弟と同じ王妃から生まれたにもかかわらず、ドールベン侯爵家に婿入りした経緯がある。

しかし、それは。

「それは、魔力優位の原則があるから……」

先々代は、兄より弟の方が圧倒的に魔力量が多かった。そのため、兄自ら継承権を放棄し臣に下った、と習った。

「それだ！　それなのだよ！　つまり、魔力を得ることさえできたら、私は正統なる王なのだ！ははは！」

恍惚とした表情で語る侯爵だが、エレナと私を捕まえたところで、魔力の譲渡など、聞いたことがない。

「私は、あなたのために力を振るったりなんてしない」

そうはっきりと宣言してもニタニタとこちらを見る様子が不気味で、ゾッと鳥肌が立つ。

「ああいいさ。私が君たちの宝の持ち腐れになっている魔力をいただいて、有効活用してあげるよ」

「……そんな方法、あるはずないわ」

「あるのさ！　今の若者は知らないだろうなあ。昔、密かに失われた禁忌魔法を研究する機関があったことを……。貴族の間でもほんの一握りしか知らなかったその機関は忌々しい先々代国王によって廃止され、禁忌魔法は永遠に失われた、とされている。……しかし、その話には続きがあってなあ。その機関に代々勤めていた者たちを王兄は憐れんで婿入り先に連れていった。もちろん、ただの使用人として。……しかし、その一族は諦めてはいなかった。密かに研究を続けていたのだ！」

「禁忌魔法……？　まさか……」

侯爵の演説の途中、マイクに渡した私の魔石が異なる魔力の流入を検知し、私にその魔石を持つマイクの居場所を教えてくれる。

——庭につながる、窓の方からだわ……！

「そうさ！　魔力の譲渡はできるのさ！　その燃えるような瞳、私が王になるためにくり貫かせてもらおうか……！」

くり貫く……⁉　さっきから何を言っているんだ、このおじさん……⁉

「目を……くり貫く……⁉　何を言っているの……？　正気の沙汰じゃない……」

確かに私たちの瞳は、強い魔力の証だ。しかし、こんな小さな目玉に膨大な魔力が全部蓄えられているはずがない。瞳はあくまでも象徴みたいなものだ。

と冷静に考える私も私だが、そんな話をまともに信じているのだろうか……？

「私はいたって正気だよ。ああ、その一族の末裔がこの女だ」

侯爵の後ろに立つ黒いローブの人は、どうやら女性だったらしい。あの人が禁忌魔法を研究していた一族の末裔……？

「……私が、そんな真似をさせると思うの……？　その子はともかく、私は無理なんじゃない？」

私の力を知っている上で、ソファから腰も浮かさず滔々と語る侯爵は薄気味悪いが、余裕があるふりをして見えるよう、私は嫣然《えんぜん》と微笑んだ。

その子、と言ったタイミングに合わせ、エレナたちがいる方をうかがった。

お継母様は、震えている。ドールベン侯爵の手下と言っていたが、人に危害を加えることに関しては慣れていないと見受けられる。

「ははは！　そうか！　友は見捨てる選択をしたか！　さすが最凶の令嬢と謳われるだけある！　愉快だなあ……」

それでいい。悪役令嬢は自分だけ助かろうとしている、エレナになんて目もくれない、と思わせ油断を誘う。

私は、繊細な魔法は苦手だ。展覧会の二日目も、演劇部の小道具を無駄に燃やした。だけど前世を思い出して紆余曲折を経て、アレクシスの隣に立つ、と決めてからはコツコツと様々な魔法の精度を上げてきた。

その中の一つが、人を傷つけない炎。

しかし、これをどうやってエレナに伝えるか……。

私とエレナにしか通じない、と言えば一つしかない。でも、私もエレナもこの世界で生まれ育ったから、今まで触れてこなかった。

今でも、操れるだろうか。

「そろそろお喋りはおしまいだ。おい、魔力制御装置をつけて捕らえろ！」

ドールベン侯爵が、後ろの黒いローブの女性に命令を下した。

――今は、悩んでいる時間はないわ。

『縄、窓、もやす！　庭、走って！』

　久しぶりに発したそれは、助詞も上手に発音ができない、たどたどしい日本語だった。

　舌がこの世界の言語に慣れているために怪しい発音の日本語だったが、エレナをちらりと見ると、確かに理性を保った目でわずかに頷いた。なんとか伝わったらしい。

　拘束さえなくなれば、このエレナの様子ならきっと、震えているお継母様くらいは振りほどけるだろう。お継母様は、震える手でうっかり短剣がエレナに当たらないようにしているのか、首から十分な隙間があるように見える。

　後は、繊細なコントロールを必要とする魔法。

　多少無防備になってもいい、と一度目を閉じて集中力を高める。エレナを縛る縄と、庭に面する窓だけを燃やすイメージを思い浮かべる。窓は、欠片も残さないよう気を付けなければならない。縄は、エレナを傷つけないよう細心の注意を。

　目を開き、まずエレナの縄だけを瞬き一つで燃やし、次に窓を跡形もなく燃やし尽くす。魔力によって作られた炎は、物質にだけ影響を及ぼして、あっという間に人ひとり通れるスペースができた。

　エレナは、自分の足の縄が消滅するや否や、まだ燃え尽きないうちに走り出した。通る直前に窓も消えたが、私がどれくらいで燃やしきるか分からないのに、無謀だ。信頼は嬉しいけれど。

「エレナ！」

　すかさず、マイクが茂みから飛び出し、エレナを受け止めた。

「なに⁉　おい、捕らえろ！　二人ともだ！」

部屋にいた私兵が動きだし、黒いローブの人が呪文を唱えだした。おそらくお抱えの魔法師なのだろう。

「させない！」

私は、エレナとマイクの前に壁を作るように、詠唱破棄《えいしょうはき》で炎を繰り出す。

私は、胸の首飾りを外しながら、炎に向かって走り出した。

自分にも魔法をかけなければ、私の炎は私さえも焦がす。気を付けながらその壁を越えて、アレクシスにもらった首飾りをエレナの制服のポケットにねじ込んだ。

「逃げて！　早く！」

「何を……でもマリアンナは……っ」

炎の壁の向こうから、エレナの悲痛な叫びが聞こえる。

「この家、私んちなの！　里帰りしただけだから心配いらない！」

エレナは、どう言ってもきっと私を心配するだろうから、あえて冗談っぽく突き放す。

「マイク、連れて行って！」

「くっ……後で、戻ってくる！」

魔石の気配が、遠のいていく。見張りはいるだろうが、私の魔石も使えばマイクならば切り抜けられるはずだ。それに、エレナはアレクシスの魔石が守ってくれるはず。この国一番の、守りの使い手なのだ。

「なんだ……逃がすな！　おい！　カリサ！　やめさせんか！　何のためにいるのだお前は！」

初めて侯爵がソファから腰をあげて、お継母様に怒鳴り散らす。しかしお継母様は、震えて一歩も動けていない。

「何をしているの」

とその時、一言も発していなかった黒いローブの女性が、お継母様に向かって温度のない声で言った。

お継母様はその声に肩を揺らして反応し、女性の方を向いた。

「……キイナ……」

お継母様が女性を見て、そう呟いた。

……お継母様は、やっぱり元々あちらの陣営だったのか。

「さすが、狂炎の魔力ね。母親を殺されるだけあるわ」

「お母様は……事故よ。変なことを言わないで」

キイナと呼ばれた女性が独り言のように呟いたのに、私は弱々しく反論した。

「お姉様、話してしまいなさいって言ったのにこの娘知らないじゃない。……マリアンナさん、あなたの母親は事故死という処理をされているけれど、真実は違う。禍々しい赤の瞳を……あなたを産んだから、襲われて死んだの。強すぎる赤の瞳は女神を汚すと信じている人たちにね」

「そんな……嘘……」

私のせいで……？　お母様が……？

嘘だ、嘘だ……！

「ほら、お姉様、出番よ。お義兄様とレオがどうなってもいいの？　早くやめさせなさい、役立たずね、相変わらず」

その言葉に、お継母様はハッとして、私の方へ歩いてきた。

「お継母様……？」

「……マリアンナ、やめてちょうだい、火をとめて」

「お継母様、ねえ、お継母様……」

「マリアンナ、お願いよ、ねえ。大丈夫よ、お継母様がいるから、あなたは無理しないでいいの。ずっと言っていたでしょう？　お継母様がいるわ。無理しないでいいの、あなたは何も悪くないの、だから、マリアンナ」

お継母様の優しい声が、脳に甘く響いていく。

その声は、お父様の恐ろしい怒鳴り声のあと私を救ってくれた、優しく甘い声。いつも、私を掬い上げてくれた声。

何も考えなくていい。この声に、従っていればいい。

そう、脳が魔力に語りかけてきて、炎はだんだん、弱まっていく。

「そうよ、いい子ね、マリアンナ。それでいいのよ」

そうして、私の炎は、完全に消えた。

「なんだ、この娘にも最低限の洗脳はできているじゃない。主、命令を」

黒いローブ――お継母様からキイナ、と呼ばれた女性は、淡々とした声で侯爵に命令を促す。

「……ああ、仕方ない。赤の瞳だけでも手に入れろ。そうすれば、あのアレクシスすら凌《しの》ぐこともできるに違いない！　あとは、ゆっくりあの小僧のものも抉《えぐ》り出そう」

侯爵が、何かを言っている。動かなければ、炎を出さなければ。アレクシス、アレクシスと言ったわ、私がここで、食い止めなければいけないのに。

「殺して、お姉様」

「キイナ……そんな……」

「早く。レオを……お姉様の息子を、殺されたい？」

お継母様が、私に近づいてくる。

――逃げなければ。

何故？　いつだって、私の心を守ってくれた、悲しみに寄り添ってくれたお継母様よ。委ねていいの。

――お継母様は、敵なの。洗脳されていたの。

そんなわけないいじゃない。お継母様は、私の味方なはずでしょう？

思考が、まとまらない。

何かがおかしいと分かるのに。前世の記憶が、逃げろと言っているのに。

涙で滲む私の視界で、お継母様が近づいてくる。

その手には、短剣が握られている。

私には、何もない。

その短剣が、大きく振りかぶられて――。

「なんで、お継母様――」

と、その時、目の前が真っ暗になった。

何かが、誰かが、私に覆い被さっている。

「おお……マリアンナ、……泣いているのかい……？」

この香りは、知っている。幼い頃何度も何度も、包まれ、抱きしめられ、守ってくれた香り。

「お……父様……？」

お父様が、どう、と音を立てて倒れこんだ。

その背中には、短剣が刺さっている。

「お、お父様、お父様……！」

「どうした、お父様、だよ……泣かないで、おくれ……マリー……」

困ったように、慰めてくれるお父様。

自分の方が泣き出しそうな顔をしているから、私はだんだんおかしくなって、悲しかった気持ちが消えていった、あの頃の、お父様。

そのお父様から、たくさんの血が流れ出ている。

「いや、いや……！　お父様……！」

何で、何で、お父様が……！

混乱と、怒りと、自分でも分からない激情がこみあげてきて、身体が熱くなっていく。

どんどん、熱が上がり、止められない。

「なに……⁉　あ、と、とめろ！　とめろ！」

「あ、あ、旦那様、マリアンナ、マリアンナ……！」

全ての雑音が憎らしくなって、止められない。

「……あの魔力……このままじゃ、赤の娘ごと燃えてしまうわね。もったいない……」

「なに⁉　許されんぞ！　ここまできて！　早くあいつを殺して、目を……！」

「せめてあの王太子の、守りの魔石を持っていたらよかったんですけど、あの紫の娘に渡してしまったようですわ、残念」

私がいるから、こんなことが起きるんだ。

私がいなければ、お母様は。

私さえ、消えてしまえば。

この炎に、包まれてしまえば。

アレク、アレクシス……！　ごめんなさい……。

私が、その炎に身をゆだねようとした時。

腰の左側から、心地よい清涼感が微かに広がった。

小さなその青い輝きは、制服の左ポケットから飛び出し、その光が大きくなっていく。

瞬く間にそれは、人の形になっていった。

「——マリアンナ！」

それは、乾いた心にもたらされた、一滴の水のように、誰の言葉も届かなかった私の耳に響いた。

「あ、れく……こな……いで……」

でも、だめなの、止められない。

◇◆◇

もうすぐ学園の授業が、終わる時間だろう。

だが僕は今、地方の視察のため朝早くから城を出て、たまに休憩を挟みつつ長い時間馬車に乗っている。

その身体が固まってしまいそうなほどの長い時間をどう過ごしたかと言うと……反省をしていた。悶々と、延々と。

「はあ……さっさと言っておけば良かった。最悪な形で知られた。くそ、言うなと命じていたのに、命令違反……いや、そもそも僕がマリアンナに言っていなかったのが一番悪いんだ。責任転嫁だな」

「まあ、命令違反には違いないですけどね。見習いなので、失敗を考慮した命令を下さない方にも責任はありますよね」

「何だユアン、ずっと無視していたくせに」

「ジメジメと鬱陶しいんですよ、いい加減」

「……今は辛辣な言葉が身に染みるよ……」

馬車の中は、一人ではない。今回の視察は、側近候補のユアンに帯同してもらっている。

「慕っている継母に心を許すな、って言えずに陰湿にも手紙を隠して、そのままずるずる言えなくなっちゃったって、確かに情けないですよねぇ」

「言えなくなった、というか言おうとしたら邪魔が入ったりして、タイミングが……僕だけが悪いんじゃ……」

「まあ、マリアンナ様も盲目的になっていましたよね、何でも話してほしい、とおっしゃいましたが話したら話したでお怒りでしたし」

「当然だろう！　支えてくれた人の裏切りなんて、信じられないに決まっている！　それを考慮して、傷つけないよう伝え」

「伝えて想像以上に傷つかれて、過去にマリアンナ様が一番弱っていた時に、忙しさにかまけ支えられなかった後悔とそこまでマリアンナ様の心に棲みついている人への嫉妬に苛《さいな》まれるのが怖かったんですよねぇ」

「……う……でも一番はマリアンナがショックを受けてしまうことが心配で……」

「はいはい、分かっておりますとも。さ、気合入れてください！　早く終わらせて帰りましょう。今度こそマリアンナ様のお力になってくださいね！　ずるずると延ばすとますます気まずくなりますよ」

「そうだ、そうだな。終わったことを延々後悔しても仕方ない」

「悶々と、ジメジメとね」

「ジメジメはやめて」

ユアンに発破をかけられ、気合を入れなおす。

今回は、ただの視察ではないのだ。

今、向かっているのは、ドールベン侯爵の直轄の領地である。視察自体は、新たに構築中の転移魔法の、固定転移地の構築の途中経過を見ることが目的である。転移魔法は、大きな魔力と高い技術が必要なため扱える者はほんのわずかしかいない。それを、補充された魔石さえあれば転移魔法が展開される固定の場所を作る事業を進めている。それは、知識とそれを応用し、展開させられるだけの実力を持つ者が時間をかけて魔法陣を構築していて、かなりの時を要する。

侯爵の領地でそれが順調に進んでいる、とのことで激励を兼ねて視察に向かっている。

と、いうのが表向きの理由である。

もちろんドールベン侯爵の……敵の懐に入るのだから、ただ視察して終わるわけにはいかない。

侯爵には、先々代の国王の時代に禁じられた、禁忌魔法を秘密裏に研究している疑惑が持ち上がっている。

当時、禁忌に指定されていた魔法は許可のない使用こそ禁じられてはいたが、研究は続けられていた。しかし、それを悪用する研究者がおり、下手をすれば国家転覆にもつながるようなことを企んでいた。そのため、先々代国王は研究ごと廃止することを決めた。

真っ当に研究を続けていた者に関しては、国王自らその禁忌魔法の一つである記憶抹消の魔法を全員に施した。

しかし、それは禁忌魔法に関する全てを抹消するには、完璧ではなかった。

一部の魔法は記憶に残ってしまったのだ。しかし、それ以上施すと他の一般的な魔法や対象者の個人的な事柄に関する記憶にまで影響する恐れがあった。

結局、重大な事態を招くほどの魔法は抹消されたことが確認されたため、そのまま解放され臣に下った当時の王兄に引き取られていった。

そして研究資料もそのほとんどが灰になり、ごく一部の資料のみ、王とその冠を継ぐ者のみが入れる書庫にひっそりと眠っている、というのが事の顛末《てんまつ》である。

「侯爵が、その一族の子孫を使ってその禁忌魔法を利用している、との情報が入ったわけだが」

「でも、記憶封印ではなく、記憶抹消なんですよね？」

「そうだ。だから思い出すことはない。残っているといえば、一時間だけ相手の自分に対する好感度を操作する方法とか、催眠術に近い洗脳術、あとは、ごく一部の研究者の夢物語みたいな実現不可能な研究くらいだ」

「洗脳術……は、優れた魔法の使い手ならば悪用されかねませんね」

「そうなんだ。今でも催眠療法は医療の目的ならば使用を許可している。当時残した記憶もそれと同じレベルの魔法だと聞いているのだが……」

「何か新たな情報か証拠が見つかるといいですねえ」

「なんで他人事なんだよ」

軽口を叩きながらも、着いてからのことをユアンと打ち合わせていると、まだ目的地には到着していないにもかかわらず、馬車が止まった。

「殿下、申し上げます」

「……どうした」

それは、先立って侯爵の領地に潜入捜査していた者だった。本来は現地で報告を受けることになっていたが、ここまで引き返してきたのは緊急の報告ということだ。

「侯爵本人は、領地のどこにもいません。侯爵のご令息が迎える準備をしているようです」

「何……？」

僕は自分のいない王都にマリアンナやエレナ嬢と、ドールベン侯爵を共に残しておくことが不安だったので、侯爵本人にぜひ案内してもらいたい、と言い添えていた。

王太子直々の依頼を何の連絡もなく、息子にその役割を交代しているのは通常では考えられない不敬である。

「……王族に咎められるのは、もう痛くも痒くもない、と……」

「……殿下、これは……」

「……マリアンナ……」

嫌な予感がする。

「戻るぞ。転移魔法を使う」

「しかし、このあたりに完成された固定転移地はありません」

「自分の転移魔法がある」

「しかし、ここから王都までとなるとかなりの魔力を消費します！」

「ああ、だからお前は一人でゆっくり帰ってこい」

「いくら殿下でも無茶ですよ！　マリアンナ様ならばお強いですから、侯爵ごときに簡単には捕まりませんよ、慎重にいきましょう」

「いや……なんだか嫌な予感がするんだ」

それに、確かにマリアンナは強いけれど。

「マリーは人を傷つけると、きっとその人以上にマリー自身の心が傷つく。マリーに力を振るわせたくない」

皮肉なものだ。自分の力と、マリアンナの力が逆だったらいいのに、と幾度となく神を恨んだものだ。何故、優しい彼女に人を傷つける能力を与えたのだ。人を守る能力など、自分なんかより彼女の方がよっぽど合っているのに。

確かに冷静に考えれば、馬に魔法をかけて加速させ途中から転移魔法を使う方が良策なのだろう。おそらく僕の魔力を以てしても、ここから王都までの転移は魔力もギリギリ足りるだろう、というところだ。

だが、先ほどから、胸騒ぎが止まらない。

マリアンナに、何か……。

マリアンナに渡した自分の魔石の気配を探る。

転移魔法は、どこへでも行けるわけではない。

あらかじめ、自分の魔法を刻み込んでおいた場所か、自分の魔石のところにならば転移できるのだ。

目を瞑って集中し、膨大な魔力を練り、マリアンナに渡した魔石のあるところに転移を試みる。

「殿下、無茶な」

痛いほどの眩い青の光に包まれ、ユアンの声が途切れる。一瞬の浮遊感と、一気に大量の魔力が抜けたことによる虚脱感と眩暈《めまい》に耐えて踏ん張り、目を開ける。

「アレクシス殿下……!?」

しかし転移した先にいたのは、マリアンナ――ではなく、服がところどころ焼け焦げ、ぐったりした様子のマイクとエレナ嬢だった。

辺りを見回すと、どこかの屋敷のようだがマリアンナの姿は見当たらない。

「ここは……!?　マリアンナはどうした！」

魔力の大量消費は体にも負担がかかる。その負荷と焦りに、口調がきつくなる。

マリアンナが、何もなくあの首飾りを手放すはずがない。やはり、マリアンナの身に何かが起こっている。

「マリアンナ……っ！　マリアンナが一人で残っているんです！　助けに行ってください！」

「……どういうことだ、どこにいる」

「エレナがマリアンナ嬢といる時に、マリアンナ嬢のご両親が学園に訪ねてきて、その隙にエレナを攫われてしまいました。マリアンナ嬢が、前に住んでいた屋敷に囚われているのでは、と言うので奪還に行きましたが、マリアンナ嬢はエレナと俺を逃がして、一人残られました。……殿下の守りの魔石をエレナに渡して。申し訳ございません。……とりあえず、一番近い信頼できるところが実家だったので、ここにエレナを預けて戻るところです」

「前に住んでいた屋敷……馬は出せるか」

「はい！」

――アレクシス……！

その時、マリアンナの悲痛な声が聞こえた気がした。

「……っ！　殿下！　あれ！」

エレナ嬢の叫ぶような声で窓の方に目を向けると、遠くに火柱が上っているのが見えた。

「あれは……マリアンナの炎……！」

大きな火柱が立っているのに周りには広がらず、煙は出ていない。火魔法の特徴だ。

――あんな火柱、今まで見たことがない。あれ以上激しさを増すと、マリアンナもどうなるか分からない……！

馬なんかでは、間に合わない。しかし、ロッテンクロー伯爵の前の屋敷には魔力を刻み込んではいないし、魔石はエレナ嬢に……。となるとやはり馬で急ぐしか……。

いや……待て。

よく探ると、あの火柱の中に、僕の小さな魔石の気配が微かに感じられる。

――これは……幼い頃に、初めて会ったマリアンナに渡した……約束の魔石《あかし》。

マッチの火のような、すぐに消えてしまいそうな気配を頼りに、転移魔法を練りあげる。

あと一回転移魔法を使えば、マリアンナを守る魔力が残せないかもしれない。

それでも。

傷つきながらも、戦う君を守りたいんだ。

「――マリアンナ！」

僕はもう一度、光と浮遊感に包まれた。

◇◆◇

「あ、れく……こな……いで……」

アレクの声がしたような気がした。

だめ、きちゃだめ、アレクだけは、傷つけたくない……！

しかしその心とは裏腹に、私はアレクシスの香りに包まれた。

前後も分からないような意識の中で、残ったその感覚だけでアレクシスに抱きしめられていると悟り、手放しかけた理性を必死に手繰り寄せ鎮めようとするが、それが上手くいっているのかも分からない。

「マリアンナ、もう大丈夫だから、僕がいるから、もういいよ」

「だ、だめ、アレクも燃えちゃ……」

「大丈夫だよ、マリアンナに負けないくらい、僕には、守る力があるから……っく……」

「わ、私がいるから……お母様が……！　お父様も……アレクも傷つけてしまう……」

「それは……っ違う……よ、マリアンナは、ずっと、守っていた……っ」

「違わない……！　私には、守る力なんてない……っ傷つける、っしか……」

「マリー、そんなに……っ……うっ……くそ……！」

アレクシスの、一層苦しそうな声が聞こえた時、さっきアレクシスと共に一瞬現れた青い輝きが、今度は私とアレクシスの二人を包んだ。

ひんやりとした感触に包まれ、炎が少しずつ和らいでいく。

その次の瞬間、私はアレクシスにより一層強く抱きしめられ、唇をふさがれた。

「ん……!?」

覚えている限り、実は前世も含めまだ一回しか経験のない、しかも前より深いキス。

な、なななになに何!?

ま、待って、お父様もお継母様も、おまけのギャラリーもたくさんいるのにぃ……！

しかし、アレクシスは止まってくれず、私も力が入らない。そのうち、私はくたりと腰が抜けてしまい、アレクシスに完全に支えられる形となった。

「止まったね」

一瞬、何のことかと思ったが、そういえば、熱くない……と自身を見ると、いつの間にか炎が消えている。

「な……っアレク……！」

「小さい頃、初めて会った時に渡した魔石を持っていてくれて助かったよ。あれがないと正直、危なかった」

そう言うアレクシスは、よく見ると服は焦げ破れ、所々見える肌は火傷して痛々しく、顔も煤《すす》けている。

「アレク、私の炎で……！」

私の炎が、大事な人を傷つけてしまった。

「今は、それより伯爵の応急手当と、侯爵を捕らえることが先だ」

「は……っ！　おい、どうにかしろ！　何のためにお前らの一族を雇い続けてやったと思っているんだ！　お前たちもだ！」

呆けたように成り行きを見ていたドールベン侯爵が、アレクシスの言葉に我に返ったように喚《わめ》いた。

「無駄だ、もうすぐ騎士たちも来る。大人しくつかまれ」

侯爵の命令に、動きかけた私兵もいたが、アレクシスの一言で、王太子に剣を向けることの意味を考える冷静さを取り戻したのか、誰も動かない。

「お姉様、マリアンナ様に殿下を殺すよう言って」

「な、そんな恐ろしいこと……！」

「できないの？　じゃ見捨てる？　自分が生んだ子どもの方を」

キイナという女性と、お継母様がボソボソと喋っている。そして、お継母様が私に近づいてきた。

「マ、マリアンナ……と、隣にいる、男は、あなたを傷つける人なの……だ、だから……」

「それ以上喋ると、庇えなくなるぞ」

途中で詰まったお継母様に、アレクシスが静かに忠告した。

「お姉様！」

キイナの大喝に、お継母様は肩を震わせた。

「だ……だから……殿下を……」

「お継母様、もう止めて。もう私の目も見られてないじゃない」

お継母様は、ハッとしたように、彷徨っていた目線を私に合わせた。

「私が、アレクシスを傷つけることはないわ。アレクを傷つけると言うならば……王太子の婚約者として……力を、行使します。……たとえ、お継母様でも」

「マリアンナ、マリアンナがすることはない。僕が」

「アレクは満身創痍《まんしんそうい》でしょう。そんなボロボロで何言っているの。それに私には……アレクを、守る義務があるわ」

「それで言うと、僕はマリアンナを守る天命がある」

「アレクシス！　私はあなたの背中に隠れる妹じゃなくて、隣に並ぶ妃になりたいの。お願い、私にも守らせて。私の持つ力は、守る力なんでしょう？　そして隣で、アレクも私を守っていて」

「……分かった。今は、マリアンナに任せるよ」

アレクシスは、それでも私の後ろにぴったりとくっついて、口を閉じた。

「……何しているのお姉様、早くして。じゃないと私たちも危ないのよ、役立たず！」

そう言って、キイナは攻撃魔法の呪文を唱え始めた。

アレクシスが防御魔法を展開していないということは、おそらく魔力がほぼ切れた状態なのだろう。私の魔力も既にかなり削られ、それに加えて精神的なショックと苦痛、それを利用したお継母様による洗脳。その状態から立ち直りきる前に、私たちの力を手に入れたいのだろう。とうとうキイナ自身が仕掛けてきた。その様子から、キイナも並みより大きい魔力を有し高度な技術も持っていると分かる。

でも……！

「ちょっと黙ってて」

私は、それを遮断するように、彼女の周りに火の壁を作る。

「指一つ、唇一寸でも動かしたら火傷します。無理に突破しようとしたら……命の保証はできません」

かなり削られていても、それは私の全快の状態からするとであって、今の魔力でも彼女の魔力に劣るとは思わない。お継母様はずっとキイナという人に脅されているようなので、彼女には騎士がくるまで静かにしていてもらう。

私は、完全に立ち直れてはいなかったけれど、精いっぱいの虚勢を張って研鑽を積んだ緻密なコントロールを維持する。彼女が動かない限り、決して傷つけないように。

私の力は、傷つけるだけの力じゃない。人を守れる力だ、ってアレクが信じてくれるから。

「……お継母様」

「マリアンナ……ご、ごめんな、さ……っ」

お継母様は、最後まで言い切れずに、嗚咽を漏らして泣き崩れた。

「ありがとうございました、お継母様」

「え……？」

私がお礼を言うと、ひっくひっく、としゃくりあげながら、驚いたように顔をあげた。

「私も、いつまでも母親の腕の中で泣いている子どもではいられないから……親離れ、します。でも、お継母様がどういう意図で嫁いでこられたのだとしても……私は、お継母様に今まで支えられてきました。それは、変わりない事実ですから」

「マリアンナ……ごめんなさい……！」

顔を地面に伏せて謝るお継母様の身を起こそうと、私は足を踏み出す。

「ふざけるな……ふざけるなふざけるなあああ‼」

咆哮のような声に、そうだった！　いたんだった！　と侯爵の方を見ると、侯爵が私兵の剣を奪い、こちらへ突進してきた。

――カキン！

咄嗟のことに魔法も展開できずにいると、誰かが私を庇うように覆いかぶさった。

「お継母様……⁉」

その影は、さっきまで伏して謝っていたお継母様だった。私を庇って怪我をしていないか、と身体をずらしてお継母様の背後を見ると、侯爵の剣が届く前にアレクシスが佩《は》いていた剣でいなし、あっという間に昏倒させたようで、侯爵は倒れていた。

「アレクシス殿下！」

「マリアンナ‼」

とその時、大量の足音と、マイクとエレナの声が聞こえてきた。

「エレナ？　エレナも戻ってきたの⁉　せっかく逃がしたのに……ってそんな場合じゃないわ！　エレナ、お父様を助けて……！」

お父様は、未だ短剣が刺さったまま、血を流して倒れている。

「……！　は、はい……！　殿下、よろしいですね？」

エレナがアレクシスに確認する。

「ああ、すぐ頼む」

エレナはすぐにお父様の下に座り込み、傷口に手をあて治癒魔法を展開した。

「マイク、手伝って。私が言ったらゆっくり短剣を抜いて」

エレナが治療にあたっている間に、マイクと一緒に来た騎士団の人たちが、次々と侯爵や、私兵たちを捕らえていく。

「……その人は、念のため、魔法制御をつけてください」

そう騎士に伝えてキイナという人の火の壁をとくと、騎士はぎょっとしながらも、言う通りに捕らえてくれた。

そして、お継母様も。

「図々しいお願いとは承知の上で申し上げます。ドールベン侯爵にどこかで、夫……元、夫と息子が人質に取られているのです。どうか、どうか二人を助けてください！　私は、どんな罰でも受けます……！」

お継母様は、連行される前に、必死でアレクシスに懇願した。

お継母様のその願いで動機を知ったと共に、お継母様の心にいるのはお父様ではなく、今も変わらずその人なのだろう、と察せられた。お父様にとっては、未だにお母様の存在が大きいのと同じように。

「……必ず見つけよう。彼らも被害者だ」

「ありがとう……ありがとうございます……！　必ずお願いいたします……！」

こうして、長い放課後も終わり、私たちはやっと、帰路に就いたのだった。

10 ロマンチストのプロポーズ

あの騒動の後、ドールベン侯爵の企みにかかわっていた人たちが芋づる式に捕縛され、王家の血脈も関わる大貴族の悪逆に、世間は騒然となった。

そして、侯爵は国家転覆を目論んだ謀反人として極刑が決まり、キイナという女性は、一生出られない牢獄での強制労働が決まったらしい。

長い間苦しめられていた諸悪の根源だからと言って、単純にそうなって良かった、とは到底思えず、後味の悪い結末だった。

「えっあれっ殿下もいる……っ……らっしゃるのですね」

「やっと落ち着いてきたからね。久しぶりに愛する婚約者とお茶でも……って思ったんだけれど？」

「そんな、邪魔な奴らいてる～みたいな顔しないでくださいよ」

「それは失礼、思わず相手の表情に合わせてしまって」

「またまたあ」

「おいエレナ、あんまり失礼な口をきくなよ……」

騒動から二週間ほど経ち、事後処理や裏付けの調査など、後始末に追われていたアレクシスもやっと落ち着いてきたらしい。

城のサンルームで、エレナとマイクとお茶をしていたところに、アレクシスが時間が取れたから、とやって来てエレナと舌戦を繰り広げ、エレナがマイクに窘められて終息したところである。

「エレナはやっぱり、仲いいのね……アレクと」

さすが物語のヒーローとヒロインである。今更二人の仲を邪推はしないが、なんというか兄と妹のような、姉と弟のような親しさがある気がする。会話が、ラリーの速い球技みたいで面白い。

「「どこが！」」

息もぴったりである。

「どこがって、エレナおまえそれはさすがに」

「すみません、なんか勢いで」

アレクシスは、エレナとマイクとのやり取りを無視して、私の隣に隙間を空けずに座った。

「ねえマリー、どこに行っていたの？　やっと時間が取れたからマリーとお茶でも、と思ったらいなくて、まだ余裕のある仕事の分まで済んじゃったよ」

「ごめんなさい！　卒業パーティのドレスを見に行っていたの、エレナとマイクと」

それも終わり、お茶でもして帰って、という流れになり、今に至る。

そう、アレクシスも卒業間近なのである。

「え……！　準備しちゃったの……!?」

驚愕を顔に浮かべ、こちらに向けて目を見開くアレクシス。

「エレナの分だけね。エレナに自分とマイクだけじゃ不安だから、一緒に見繕ってほしいって言われたの」

　そう言うと、アレクシスはホッとしたように息を吐いた。

「なんだ、良かった。楽しみを奪われたかと思ったよ。もちろん贈らせてもらうから、楽しみにしていて」

「いいの？　色味やデザインはアレクと相談してから、とは思っていたけど」

「もちろん！　言っただろう？　僕の楽しみでもあるからね。君を着飾らせるのは」

「わあ、話しながらすごく自然に肩組んだ」

　エレナの呟きで、私の肩にアレクシスの手が回されていることに初めて気づいた。

「エレナ嬢もマイクにしてもらったら」

「なっで、殿下っ！」

「よ……余計なお世話でございますわぁ……！」

　真っ赤になったマイクとエレナ。いつまで経っても初心《うぶ》な二人。

「あれ……？　……エレナ嬢は、マイクに相談しながらドレス選んでいるんだろう……？」

　アレクシスがきょとんとして、私の耳元で小さな声で尋ねてきた。

「そうなの。エレナは気が付いたらマイクに意見を求めていて、マイクもマイクで自分の好みとかカフスボタンの色とかと合わせようとしているのに、『付き合ってない！』って言い張ってるの。まあ時間の問題ね」

「……そうか」

「……なに、ボソボソ話しているの」

顔を赤くしているエレナは、ジト目でも可愛い。

「ああ、なんでもないよ。……そうだ、エレナ嬢、言い忘れていたよ。マリアンナの父君の咄嗟の治癒、ありがとう。見事だった。……僕からもお礼を言うよ」

あの時、お父様の背中には短剣が深々と刺さっていた。エレナがいなかったら、出血多量で危なかったと聞いている。

「お礼なら、マリアンナからたくさん言ってもらいました。後遺症もなくて良かったです、本当に……」

治癒は一歩間違えば、悪化したり後遺症が残ったり、魔力量だけではどうにもならない、繊細で高度な技術が必要な分野である。エレナはあの学内夜会以降、王立の治療院で研鑽を積んでいた。その努力の成果だ。

「せっかくマリアンナ嬢が逃がしてくれたのに、俺が騎士団と一緒に戻るのに自分もついて行くって聞かなかったのは困ったけどな」

「そのお陰で助かったんだからいいでしょ」

「結果論だろ……まあ、俺のいないところでは絶対無茶するなよ」

「はあい」

この二人が恋人同士じゃないなんて、誰が信じるのだろう……と思うけれど、これ以上追及するのは野暮だ。

エレナが救ってくれたお父様は、現在王立の治療院に入院している。怪我の方はエレナの治癒のお陰もありほとんど快癒しているが、お父様は、長い間お継母様の洗脳下にあった。

お父様があんなに私に怒鳴り、エレナを排除しろと言っていたのは、侯爵に命令されたお継母様の洗脳術下にあったからだ。侯爵はアレクシスと私を仲たがいさせ、私に罪を犯させて、追い詰められたところでお継母様を使って私を懐柔し、私の瞳を手に入れようとしていた。

私の火の魔法さえ手に入れれば、元々エレナは自分とエレナの父である男爵の言いなり。アレクシスの力も奪うのも簡単だ、と侯爵は目論んでいたらしい。

だが私が家出し、エレナの父親が捕まりエレナとも連絡がつかなくなって計画が破綻したため、強硬手段に出たのだ。

……もしかしたら、物語の中で私は死んだけれど、作中に描かれていないだけで侯爵に殺され、瞳を奪われていたのかもしれない。

とにかく、父には、長期的な治療が必要だ。

今は私もまだ距離を置いているが、徐々に会う頻度も増やしていきたいと思っている。

もう、たった二人の親子なのだから。

……たった二人の。

当然の結果といえばそうなのかもしれないが、お父様とお継母様は結局、離縁の道を選んだ。

「二人とも、本当にごめんね。私の父と……継母が、迷惑をかけて」

「何言うの！　お二人とも被害者なのでしょ？　大体、もしお二人に悪意があったとしても、マリアンナが謝ることなんて一つもない！」

「ああ、迷惑だとは思っていない。それに、悪いのは侯爵たちだろ」

それに私も迷惑かけたし、と言うエレナと、さすが王城で出るお菓子はうまいな、とクッキーを頬張るマイク。本当にいい友達を持てたな、と思わず涙腺が緩みそうになる。

しかし、どれだけ気にしていないと言われても、やはり二人には、お継母様のことやお父様のこと、そして、エレナの身に起こっていたことはきちんと話すのが筋だ。

「結局、父と継母は離縁したわ。父は継母に、『恵みをもたらすものを燃やし尽くす赤の瞳は、女神に厭われている。今のままでは、マリアンナは不幸になり、マリアンナを産んだ者の魂も永遠にさ迷ったままになる。助けるには、女神に愛された青の瞳と番う他はない。そのためには、邪魔な者を排除しなければいけない』と洗脳されていたそうなの」

「そんな……」

「……マリー、後で僕から説明しておこうか？」

私の口から、お父様とお継母様の話をするのは負担が大きいと心配してくれたのだろう。アレクシスが、代わりを申し出てくれる。

「ううん、大丈夫。きちんと私から話せるわ」

アレクシスに心配をかけたくなくて、笑顔を見せて答える。自分の家族の話なのだから、私が話すべきだ。

「継母は、実は侯爵の傍にいたキイナという女の人の姉だったの。その姉妹の一族は洗脳魔法とか、精神干渉するような魔法を研究していたらしくて。キイナという人が一族の後継者だったらしいけれど」

それが昔に禁忌とされた魔法で、排斥された一族の末裔だった、とは言えない。その禁忌魔法の存在が世間に知られたら、必ず悪用しようと狙う人が出てくる。それならば、なるべく知られない方がいい。

「継母は、妹のキイナほどの魔力はなかったから侯爵の遠戚のアドラム子爵に嫁いだけれど、私の母が亡くなって、母と交流のあった継母は侯爵に目を付けられてしまったの。子爵とは離縁させられて、子爵と幼い息子さんと引き離されたらしいわ。そして二人の無事と、息子さんへまともな教育を施すこととの引き換えに、ロッテンクロー伯爵家に後妻として嫁がされた……」

継母は、決してお父様のことを「あなた」などとは呼ばなかった。「旦那様」という呼び方も妻としておかしくないので特に疑問には思ってはいなかったが、継母の中で、きっと伴侶はアドラム子爵だけだったのだと思う。

「それは……いつ？　私の存在を知ったのが先、なのかしら……？」

「私の母が亡くなったのが先なのだけれど、侯爵がエレナのことを見つけたことをきっかけに、企みを思い立ったキイナに、侯爵が唆《そその》かされた形ね。……結局、侯爵もキイナに半分操られた状態だったみたい。最初にエレナを利用しようと思いついたのは侯爵だし、野心は本物なんだろうけど。魔力さえあれば、自分は今頃王位についていた、っていう気持ちを膨らませたのは、彼女なんでしょうね」

そして、キイナの動機は、「色持ちの魔力が本当に手に入るか、知りたかったから」という探求心からだそうだ。それでもし力が手に入ったら儲けもの、くらいで考えていたらしい。悪気がなさそうなのが侯爵よりよっぽど恐ろしい、と感じる。

「そう、私が、きっかけなの……」

事の始まりが自分であるのが気になるのか、目を伏せるエレナ。言い方が悪かった、と反省をする。

「もちろん、我が家の事情もありきだから、本当にきっかけに過ぎないけれどね。エレナは、ただお母様を助けたかっただけだわ」

「……そうね。私が気に病んでも仕方ないか！」

「そうだ。悪いのは、侯爵たちだからな。彼らは、エレナ嬢を使って僕を籠絡《ろうらく》し、マリアンナを唆して僕と引き離そうとした。僕とマリアンナがこのまま結婚してしまえば、手が出せないと思ったのだろう。エレナ嬢は、自分の手の内にあるから、僕とマリアンナを落としてからでいい、と考えていたところ、エレナ嬢が手の内から逃げて行ってしまった」

私の話の続きを、アレクシスが引き取って話してくれる。エレナとマイクは、神妙な表情で、アレクシスの話を聞いている。

「そして、半分、自棄にもなり、一番攻撃性の高いマリアンナの力さえ手に入れば、どうとでもなると思ったのだろう。エレナ嬢を餌に、マリアンナの父君やカリサ殿を使ってあの凶行に及んだ、というのが事の次第だ」

「……私は、結局ただ、いいように利用されてしまったのね……」

エレナが、眉根を寄せて、悔しそうに呟いた。

「お前のせいじゃない。……みすみす攫わせてしまった俺のせいだよ」

マイクも、アレクシスに託されていた分、自分を責めていたのだろう。まだ生徒の身分だから、と言っても、きっと気休め程度の慰めにしかならない。

「全て、王家から出た膿《うみ》だ。言い訳で言えば、僕たちはまだ学生。言い訳できるうちに経験を積み、守れるようになればいい」

「……はい、精進します、殿下」

マイクは、しっかりとアレクシスの目を見て力強く頷いた。アレクシスに信頼の置ける人が増えて、私も嬉しい。これから学園を卒業しいずれ王となるアレクシスに、信用できる人が周りに増えていってほしい、と切に願う。

「そういえば、思い出すのもおぞましい命令があの時聞こえたんだけど、あれって、本当のことなの……？」

エレナが思い出したように、カップを口に付けつつ、アレクシスに聞いてきた。いつの間にか敬語が抜けている。

「ああ、色持ちの瞳を、って言っていたらしいね？　全くの事実無根だよ。王族として保証する」

「なんだ、良かった！　そうよね。冷静になって考えたらどういう構造？　って思うものね！」

エレナが気になったそれは、私ももちろんアレクシスに聞いた。事実無根、というのは本当らしく、当時の、魔力の譲渡や与奪を研究されていた時、一人の若者が提唱した話が、真実のようにねじ曲がって伝わってしまった結果らしい。

つまりは、記憶を抹消する必要もない与太話《よたばなし》。それがきっかけで、長い年月の後に大騒動に発展してしまったのである。

たぶん、その若者もこんなことになるとは思ってなかったと思う。おじいちゃんが孫に、悪ふざけで怖がる話をしちゃったのが、孫がいつまでも本気にしちゃっていた、みたいなことだ。たぶん。

「お継母様……カリサさんは、今はどうしているの……？」

私がお継母様を慕っていたことを知っているエレナは、気遣うように聞いてきた。

「情状酌量もあって、三年間、修道院での奉仕になったわ。アドラム子爵と、息子さんに会えるのは……もう少し先になる、って……」

お継母様は、愛する夫と息子を守りたかっただけなのだ。どれだけ会いたいだろう、辛かっただろう、と思うと、胸が痛くなる。

「……手紙はやり取りできるように取り計らっておいたよ、マリアンナ」

そんな私の手を取って慰めてくれるアレクシスは、最初は私をだましていた形になったお継母様に憤慨《ふんがい》していたが、私の気持ちに寄り添って計らってくれた。

「……ありがとう、アレク」

お継母様は、私が辛い時に寄り添ってくれたことは事実で、それに救われたのも事実だ。そして、最後には私を庇おうとしてくれた。お母様が私に伝えられなかったことを、代わりに私に諭してくれた。

それに、お継母様が「夫の様子がおかしい」とアレクシスに手紙を送ったのは、私のためだ。危ない橋を渡って、助けを求めてくれた。自分は侯爵に従うしかないから、一縷《いちる》の望みをかけて。

お父様は、私のため、と言われて操られた。私を庇い、泣かないで、と慰めようとしてくれた。

バラバラだったけれど、この数年間、歪《いびつ》な形だったとしても私たち三人は、確かに家族だった。

寒さに手がかじかむこともなくなり、新たな命が芽吹きだす季節。毛皮の上着はいらないが、まだ肌寒さが残っていた日々のなか、今日は、雲に隠れることのない太陽と春の陽気のお陰で、心地の良い暖かさに包まれている。

私は、講堂を出て廊下を歩いている途中に目に入った、まだ蕾の紅薔薇に目を細める。王城にある薔薇と、同じ品種だ。

先ほど講堂で開かれていたのは、三年生の卒業式。

今日は、アレクシスが学園を去る日だ。

「アレクシス殿下、かっこよかったなあ……私はこの薔薇のようにまだ蕾だけれど、殿下は大輪の花を咲かせて卒業されるのね。だめだめっ！　おめでたいのだから、淋しいなんて思っちゃ」

立ち止まっていると、真後ろから友達の声が聞こえてきた。

「……一応聞いてあげるけど、それ、私の真似……？」

私はエレナよりも声が低めなのだけれど、エレナは地声よりもトーンの高い声で喋っていた。もはや誰でもない。ただの声が高めなエレナだ。

「真似っていうか、マリアンナの心の声？　さすがに愛称で呼べないから、敬称つけちゃったけど」

「何よ、だめだめっ！　って」

「あはは。でも淋しいのも、卒業生代表で答辞をする殿下がかっこいい、って思ったのも当たってるでしょ？」

う……、確かに、そんな感傷に浸っていたのは、否定できない。

「だって、珍しく緊張されていたみたいだから、余計かっこ……いいえ、本番はそんな風に見えなくてよかったな、って思ったの」

「え、緊張されていたの？　人前でスピーチなんて、歩き始めた頃には既にできてたような感じなのに」

「そうなの、赤ちゃん言葉でスピーチしてそうなのに、たまたま式の前に見かけたら、おひとりでブツブツ言いながら練習されていて。周りも気を遣ってそっとしているみたいだったから、声はかけなかったけれど」

「へぇ～、殿下も人の子なんだなあ……」

この後は一旦、各々寮や屋敷に帰り、卒業パーティのための準備がある。

私はもちろん、エレナも一緒に王城へ行き支度をする予定だ。これから、アレクシスと合流して馬車で帰る。

とその時、これまでも何度か覚えのある気配を感じ、反射的に振り返る。

ぽすんっ。

今日は、少し早めのタイミングで気づけたから、飛び込んでくると同時に後退して衝撃を多少流し、正面から受け止めることができた。

「マリアンナお姉さま、さすがです！　私、初めてですわ！　悟られたの！」

そう、可愛い（ほぼ）我が妹、ロザリア様だ。ロザリア様、さすがに厳しく躾けられた（一見そうは見えないが）王の娘なだけあり、無闇に足音をたてない。走るスピードなのに、頭突きされる……もとい、飛び込んでくるまで、今までは気づけなかった。

だがこの日を迎えた私は違う。私も成長している、ということである！

「ロザリア様！　アレクシスのところには行かなくていいのですか？」

兄の晴れ姿を見に来たのだと思うが、寿ぎに行かなくていいのだろうか。

「お兄様は、ついでだからいいの！」

「ついで……？　何のついででしょう……？」

「これロザリア！　また飛び出して行って……全く、誰に似たのかしら？」

「王妃様まで！　アレクシスには会われたのですか？」

「わざわざ今、おめでとうを言わなくても、後でいくらでも言えるもの。それより二人ともわたくしたちの馬車で一緒に帰りましょう？　アレクシスは、まだいろんな人に捕まっていて時間がかかりそうだから」

もうアレクシスへの伝達は済んでいるから、と王妃様は言って私と、慌てて礼をしようとしたエレナの背中を押す。

ご立派でしたよ、感動しました、とすぐ感想を伝えられなかったのは少し残念だけれど、アレクシスの、王太子であり生徒会長でもある立場なら、それも仕方がない。私とエレナは、四人でもゆったり座れる王族の馬車に乗って、王城へ向かった。


卒業生はもちろん、ほとんどの在校生と、卒業生の保護者も参加している卒業パーティ。

今は、卒業生たちがホールの中心で踊っている。色鮮やかなドレスが、煌めくシャンデリアの下で艶やかに咲き誇っている。

「今は、卒業される先輩方が踊る時間ですよね……？　私、まだ卒業するつもりはないんですけど……？」

そうなのだ。卒業生のみがファーストダンスをするのがこのパーティの伝統である。

そして、私は在校生側だ。

「そんなことより、明るい照明の下で舞う今日の君は妖精だって色あせそうなほど綺麗だね。控えめな装いでも、君自身の輝きは隠せていないよ」

卒業パーティは卒業生がメインなので、在校生は控えめな装いで参加するのが暗黙の了解となっている。私も、地味ではないが控えめなものをアレクシスが用意してくれた。

今日の私は、露出も少なく膨らみのないスレンダーラインの深い青に金の刺繡を控えめに入れたデザインである。

装身具は、もちろん学内夜会の時にいただいた、揃いの首飾りと耳飾り。

「ありがとう、アレクも素敵……じゃなくて！　職権乱用はだめよ」

「元々男が一人余っていたからちょうど良かったんだ。職権乱用ではなく、特権と言ってくれるかな？　公務も生徒会活動も手を抜かなかったのだから、これくらいのご褒美はあってもいいと思わない？」

「それは……まあ……そうなのかしら……？」

そう言われると弱い。かく言う私も、アレクシスを忙しくさせた一因を担っているのだ。

「私とのファーストダンスで、ご褒美としてご満足していただけるのかしら？」

「何よりのご褒美だよ！　今だから言うけど、マリアンナと高等部で被るのは一年間だけだから、ずっと楽しみにしていたんだよ、この一年の行事は」

「せっかくの一年間、魔法展覧会までは、あまり一緒に過ごせなかったけれどね」

「そうだろう。いろいろ……本当に、いろいろ楽しみたかったのに」

「何、その……いろいろって」

「あはは」

笑って誤魔化されている気がしないでもないが、私には屈託なく笑うアレクシスが可愛いので、一緒に笑ってしまった。ちょろい。

「何を夢想していたかはちょっと恥ずかしいから言えないけど、それ以外はちゃんと伝えるよ。約束する」

あの騒動の前、私とアレクシスは、ぎすぎすとして気まずくなっていた。喧嘩ではない（エレナには喧嘩認定された）が、継母への疑惑を隠し、私への手紙を留め置いていたことに、アレクシスなりに罪悪感があったのだろう。

「……ううん。私は、ずっと受け止める覚悟もないくせに、何で言ってくれないの、って駄々をこねていただけ。確かに、私が傷ついたとしても信じて話してほしい、っていう気持ちはあるけれど、私が知らない方がいいこともこれからきっと出てくるわ。私はアレクを信じているから、聞かない。だから、アレクは私を信じて話してね」

「マリー……うん、約束するよ。君は、泣いて傷つくだけの女性じゃない。ずっと家族を守ってきた人だ」

「……それは違うわ。ずっと自分のことで手一杯だったから。お母様だって私の……」

私のせいで、お母様は犠牲になった。

そう言いかけたのを、直前でぐっと飲み込む。このお祝いの場に、そんな言葉は似合わない。

しかし、前にもそうやってアレクシスは慰めてくれたが、私がきっかけでロッテンクロー家の歯車はおかしくなったのだ。守ってきた、とは程遠い。

「……火属性魔法の使い手の家族が、色持ちでもないのに色持ちの子どもを育てられたこと自体が、すごいんだよ」

「え？」

暗くなりかけた思考に、アレクシスが優しく語りかけてくる。

「火の魔法は、攻撃性が強すぎる。感情のコントロールが難しい幼子は、その起伏に影響されて家族を傷つけてしまう。まして色持ちなんて、奇跡に近いことなんだよ。色持ちでない両親の下で、周囲を傷つけずに育つなんて。マリーは、生まれながらにして両親を守っていた」

「そう……なんだ……」

「それだけじゃないさ。洗脳状態にあったのも、父君やカリサ殿を傷つけないようにしてのことだろう。じゃなきゃ、メンタルの強い色持ちが、そうやすやすと洗脳下に陥らない。……マリアンナは、ずっと家族を想い守っていたよ」

真実を知ってからずっと、騒動が解決して皆が笑顔でよく頑張った、と労ってくれていても、心のどこかでずっと血が流れていた。

悪はもちろん暴漢にあるが、お母様が私のことがきっかけで亡くなった事実は変わらない。たとえ、アレクシスの言うことが真実であっても。

だから、きっとこの傷跡はずっと残るだろう。

それでも、その言葉に救われ、流れ続けていた血が止まった気がした。

「そっか……そうだったら、いいな。……これからは、アレクも守ってあげるからね」

「それは頼もしいな！　……僕もマリアンナが傍にいてくれるなら、ずっと守るよ。……だから」

まだ曲は終わっていないのに、アレクシスが突然止まり、ホールの真ん中の、豪奢なシャンデリアの光が一等降り注ぐ場所で、跪いた。

「アレク？　突然止まったら周りが……」

私たちだけ止まったら、周りの流れも乱してしまう、と焦ったが、何故か私たちの周辺だけ、ぽっかりと人がいない。

「マリアンナ……君に話がある」

「え……？」

アレクシスの、さっきまでと違う真剣な表情と言葉に、ここ最近はずっと忘れていた記憶が去来する。

前にこの場所に立っていた時は、アレクシスを信じ切れずに失望される未来しか見えなかった。誰にも信じてもらえない、誰よりも強い悪役令嬢は、周りを傷つけることしかできないと、周りも、自分さえも、全て自分をそう見ていると思い込んでいた。

たくさんいるのに、たった独りで、広いホールにぽつんと立っていた。

「アレクシス・マッカンブルグは、国を預かる一族の名にかけて、マリアンナ・ロッテンクローを守り、慈しみ……隣で共に、歩んでいくことを誓う。……だから僕と、結婚してくれますか？」

結婚……！

「……マリー……？」

でも、今は……今も、あの時も、私は独りじゃなかった。

驚きと感動のあまり、言葉もなく胸と目を熱くさせていた私に、不安そうに呼びかける。そんなアレクシスに私は自然と目が細くなり、その拍子に嬉しい涙が溢れてしまった。

「はい……！」

「ありがとう……！　ありがとうマリアンナ！　愛してるよ！　すぐ結婚しようね！」

アレクシスは、緊張から一変して、喜色を声にのせ、輝く笑顔で私をぎゅっと抱きしめた。

「はい……！　……はい？　すぐ？」

私の疑問符のついた言葉と同時に、初代国王と王妃の偉業と偉大な愛を謳った曲が流れ、天井のシャンデリアから、色とりどりの光の粒がキラキラと降り注いだ。

それと共に、私とアレクシスは、万雷の拍手に包まれた。

「えっ？　なにこれ」

「おめでとうございます！」

「お幸せにー！」

「まり……っマリアンナっ……っよかったねえ……！」

「ああ、ほらエレナ、手で拭おうとするな、これで拭け」

「殿下……卒業式の前に一人でブツブツ練習した甲斐がありましたね……！」

寿ぎに合わせて、指笛を鳴らしている人もいる。

えっ、なにこれ恥ずかしい。

そういえばこの王子、ロマンス小説や恋愛劇に、私よりうっとりしていたな～と思い出した。

そして、ユアンが言っている言葉も聞こえてしまったけれど、ブツブツ練習していたの、もしかして答辞じゃなくてプロポーズの言葉だったのか。……何それ可愛い。

恥ずかしいけれど、あの時とは違い、誰に後ろ指差されることもなく、祝福に溢れていることが嬉しい。

顔に熱が集まることは感じつつも、微笑みを浮かべて周囲に礼をした。

「……で、アレク、すぐって……？」

「すぐだよ。もう教会へ提出する婚姻申請書もらっているから安心して」

「あ、そうだ言ってなかったっけ？　私まだあと二年くらい卒業しないんだ」

私は、高等部に最後まで通いたい、という意志を込めて冗談まじりに伝える。

「もちろん知っているよ。王太子妃が学園に通っちゃいけないっていう法はないのもね。大丈夫、マリーが卒業するまでは、僕たちの下に新しい命が芽吹くことはしない。ただ、僕がいない学園には、『婚約者』では心もとないから、『王太子妃』として通ってほしいんだ……だめ？」

大事なことは話し合おうって言ったばかりなのに？

なんて、少しだけ思っちゃったけど、私はこの子犬のような目に弱いんだ……。

それに、サプライズで喜ばせようとしてくれたことは、素直に嬉しい。

「いや…………」

拒絶の一言に、アレクシスは絶望を浮かべる。

「……なわけない！」

そう言うと、アレクシスは満面の笑みで手を広げる。

そして、洗脳されかけていた最凶の悪役令嬢は、これから共に歩む、愛する人の胸に飛び込んだ。

ちなみに、否定までの溜めが長かったのは、ちょっとした意趣返しである。

これくらい、可愛いものでしょ？


～ＥＮＤ～

novel スピラ

洗脳されかけていた悪役令嬢ですが家出を決意しました。

発行日 2023年8月17日　第1刷発行

著者　谷六花

イラスト　麻先みち

編集　定家励子（株式会社imago）

装丁　しおざわりな（ムシカゴグラフィクス）

発行人　梅木読子

発行所　ファンギルド
〒160-0022 東京都新宿区新宿2-19-1ビッグス新宿ビル5F
TEL 050-3823-2233　https://funguild.jp/

発売元　日販アイ・ピー・エス株式会社
〒113-0034 東京都文京区湯島1-3-4
TEL 03-5802-1859 / FAX 03-5802-1891
https://www.nippan-ips.co.jp/

印刷所　三晃印刷株式会社

　ISBN 978-4-910617-14-5　Printed in Japan

この作品を読んでのご意見・ご感想は
「novelスピラ」ウェブサイトのフォームよりお送りください。
novelスピラ編集部公式サイト　https://spira.jp/